SMILE MAKER

스마일 메이커

SMILE MAKER

스마일 메이커

요코제키 다이 지음

◆

택시를 이용하는 승객들은 크게 두 종류로 나뉜다. 택시에서 내릴 때 미소를 짓는 손님과 그렇지 않은 손님이다.

고미 쇼헤이는 자긍심이 있었다. 자신의 택시에서 내리는 승객들은 대부분 미소를 지으며 내린다는 사실에 대하여.

고미는 전방에서 택시를 잡기 위해 손을 흔드는 남자를 발견했다. 남자를 태우기 위해 고미는 택시를 길가에 세웠다.

고미의 택시는 도요타의 소형차 프리우스PRIUS였다.

남자는 40대로 보이는 회사원이었다.

"어디까지 가시죠?"

고미가 묻자 남자가 고개를 갸우뚱거리며 대답했다.

"중앙역 근처에 있는…, 뭐였더라, 미츠이 빌딩이었나?"

"미츠이 스미토모 빌딩 말씀이시죠? 알겠습니다."

남자는 목적지를 말하자마자 시트에 몸을 기대며 눈을 감았다.

고미가 계기판 옆 시계를 보니 오전 10시가 갓 넘은 시간이었다. 평일 아침부터 저렇게 피곤해하는 것을 보니 아무래도 업무량이 많은 회사원인 모양이었다.

"손님, 잠시 괜찮으시겠습니까?"

고미는 미터기를 켜면서 뒷좌석에 있는 남자에게 물었다.

"조수석 뒤에 붙어 있는 수납 주머니 보이시죠? 아, 네, 거기요. 그 안에 안내가 있으니 사용하시면 됩니다."

그 말에 남자는 일회용 안대를 꺼내 포장을 벗겼다.

"아, 감사합니다."

"시트도 뒤로 젖힐 수 있고, 중앙에 있는 팔걸이도 세울 수 있어요. 확인해보세요."

남성 승객은 시트를 젖히고, 팔걸이에 팔을 기댄다. 그리고 안대를 착용한 뒤, 거의 눕다시피 몸을 뒤로 뉘였다.

"좋군요. 정말 편히 쉴 수 있겠어요."

"15분 뒤면 도착합니다. 그동안 편히 쉬세요."

고미는 스위치를 조작해 뒷좌석 창문에 있는 커튼을 쳤다. 그리고 수면용 음악을 작은 볼륨으로 틀었다. 트렁크에 넣어둔 음이온 발생장치도 낮은 진동음을 울리며 작동시켰다. 이걸로 15분간의 숙면이 보장된다.

백미러로 뒤따라오는 차량이 없음을 확인한 고미는 서서히 속도를 늦춘다.

남자에게 15분 뒤면 도착한다고 말했지만, 남자는 딱히 서두르는 것 같지 않았다. 그래서 20분 후에 도착하기로 했다. 시간이 길어지더라도 주행거리는 같으므로 추가요금은 발생하지 않는다. 목적지가 어디든 자신이 계산한 시간대로 도착할 수 있는 것이 고미의 특기였다. 목적지까지의 거리, 현재 시간대, 교통상황 등 모든 사항들을 고려하여 도착예정시각을 정한다. 지금까지 틀린 적이 없었다.

정확히 20분 후, 고미는 목적지에 도착했다.

"손님, 도착했습니다."

그러자 남자가 안대를 벗고 기지개를 켜며 몸을 일으켰다.

"으아아, 잘 잤다. 이렇게 짧은 시간 동안 숙면을 취할 수 있다니…, 피로가 다 풀린 것 같아요."

"다행입니다. 괜찮으시면 이거 드세요. 전에 탔던 손님께서 주고 가신 겁니다."

고미는 비타민 음료를 콘솔 박스에 올려두었다. 남자는 잠시 주저하다가 비타민 음료에 주춤주춤 손을 뻗었다.

"정말 그래도 될까요?"

"네, 그럼요."

"그럼 감사히 받을게요. 사실은 어제 철야 작업을 해서 많이 피곤했거든요. 역시 40시간 이상 일하는 건 무리네요. 감사합니다, 기사님."

남자는 미소를 지으며 지갑에서 돈을 꺼냈다. 그리고 돈을 콘솔 박스에 올려두면서 말했다.

"잔돈은 안 주셔도 돼요."

"감사합니다, 손님. 조심해서 가세요."

고미는 택시에서 내리는 승객에게 감사의 인사를 했다.

'또 한 명, 스마일로 만들었어!'

마침 택시를 세운 곳 바로 앞에 맥도날드가 보였다. 고미는 택시에서 내렸다. 차에서 내리자 온몸에 한기가 돌았다. 12월의 거리는 무척 스산했다. 모두가 코트로 얼굴을 가리고 발걸음을 재촉하고 있었다.

아직 이른 오전 시간이라 그런지 맥도날드 안에는 사람이 많이 없었다. 뜨거운 커피를 산 고미는 서둘러 밖으로 나왔다.

그때 고미의 핸드폰이 울렸다. 고미는 주머니에서 핸드폰을 꺼내 전화를 받았다.

"네, 스마일 택시입니다."

"그쪽은 어때?"

전화를 건 사람은 같은 택시기사인 카가와 케이코였다.

"그냥 그래. 그래도 방금 전 타셨던 승객이 미소를 지어주셨어."

"참 태평해, 고미는. 승객들의 미소만으로도 행복해지다니…."

'스마일 택시'는 회사명이 아니라 고미가 멋대로 지은 자신의 택시 이름이다.

자신의 택시를 이용한 손님들이 미소를 지으며 내릴 수 있도록 최대한 노력을 한다, 그것이 고미의 신조였다. 그래서 고미가 운전하는 택시에는 여러 생활용품들이 있었다. 핸드폰 충전기는 물론 감기약, 소화제 등 각종 의약품, 뻗친 머리를 정리할 수 있는 헤어젤이나 왁스, 신문과 인기 있는 비즈니스 도서 등이 준비되어 있었다.

고미의 근무시간은 아침 5시부터 저녁 5시까지로, 그가 태우는 승객들 대부분은 회사원들이었다. 그래서 자연스레 회사원들을 위한 물품들을 준비해 놓게 되었다.

"그쪽은 어때?"

고미의 질문에 수화기 너머에서 케이코가 답했다.

"순조로워. 아직까지 손님들이 잔돈을 요구한 적이 없어."

확실히 여성이 우대받는 세상이다. 회사원들 중에는 상대적으로 남자들이 많아서 그런지 몰라도 택시기사가 여성, 그것도 미인이라면 잔돈을 받지 않는 경우가 많았다.

반면 남자인 고미는 성심성의껏 최선을 다해야 한두 번 잔돈을 받지 않는 승객들을 만나게 된다. 정말 불공평한 일이다.

"고미, 끝나면 같이 밥이라도 먹자. 오늘 수입이 좋은 쪽이 사는 걸로 하고."

"알았어. 그럼 끝나고 항상 만나는 거기로 갈게."

전화를 끊은 고미는 핸드폰을 주머니에 넣었다. 그리고 택시 위에 올려두었던 커피를 한 모금 마셨는데, 커피는 이미 다 식어 있었다.

"그럼 좀 더 돌아볼까?"

고미는 혼자 중얼거리며 운전석에 올라탔다. 그리고 시동을 걸었을 때, 뒷좌석에 누군가 타고 있다는 사실을 깨달았다.

룸미러로 확인하니 뒷좌석에 웬 소년이 앉아 있었다. 얼굴이 창백해서 왠지 모르게 허약해 보이는 10살 정도 나이의 소년이었다.

고미는 소년을 돌아보며 물었다.

"안녕! 혹시 실수로 여기에 탄 거니? 아니면 부모님이 먼저 타 있으라고 했니?"

"…."

소년은 대답하지 않았다. 차림새를 보니 꽤 잘사는 집 도련님 같았다. 교복으로 보이는 금색 단추가 달린 재킷 위에 고급스런 더플코트를 입고 있었다. 신고 있는 신발도 고급 가죽 구두였다. 고미는 콘솔 박스 위에 설치된 미터기를 가리키며 말했다.

"애야, 잘 들으렴. 이건 미터기라는 거야. 이 차가 출발하면 이게 곧 켜지는 시스템이지. 미터기가 켜지면 요금이 발생해. 너 돈은 있니?"

소년은 고개를 끄덕였다.

그 표정에 당황이나 불안의 기색이라고는 전혀 없었다. 어린 나이지만 혼자서 택시를 타는 일에 이미 익숙한 모습이었다.

하긴 요즘 세상에 그 어느 누가 택시를 타도 이상한 일은 아니다. 어린애건 노인이건 테러리스트건 로맨티스트건 돈만 낸다면 누구든지 택시를 이용할 수 있다. 그리고 그 누구라도 이 택시에서 내릴 때는 반드시 미소를 짓게 만든다, 그것이 스마일 택시의 철칙이었다.

"알았어."

고미는 기어변속기를 D에 맞추었다.

"손님, 어디까지 가시나요?"

"일단 이대로 쭉 가주세요."

소년은 무뚝뚝한 말투로 말했다. 얼굴도 무표정했다.

'참 재밌는 아이군. 그렇다면 이 아이의 스마일을 내가 찾아 주지.'

고미는 그렇게 결심하고는 액셀을 세게 밟았다.

"학교는 안 갔니? 오늘 평일이잖아."

고미의 물음에도 소년은 말이 없었다. 그저 우울한 표정으로 스마트폰만 만지작거렸다.

그래도 고미는 포기하지 않고 끈질기게 물었다.

"학교를 땡땡이치면 안 된단다, 얘야. 혹시 학교에서 무슨 일이 있었니?"

하지만 소년은 고개조차 들지 않았다.

차 안은 조용했다. 고미는 작년부터 프리우스를 택시로 사용하고 있다. 프리우스는 전기배터리를 사용하기 때문에 엔진소리가 조용해서 손님들에게 인기가 좋았다. 프리우스는 전기배터리를 사용하는 세계 최초 양산형 하이브리드카(기존의 일반 차량에 비해 유해가스 배출량을 획기적으로 줄인 차세대 환경자동차 - 편집자 주)인데, 사실 고미는 환경을 위해서가 아니라 단순히 지인의 추천으로 이 차를 샀다. 고미가 프리우스로 차를 바꾸고 나서 주변의 많은 동료들도 프리우스로 운행 차량을 바꾸었다.

고미는 전방을 주시하며 조수석 사물함에서 휴대용 게임기를 꺼냈다. 아이가 탔을 경우를 대비해 미리 준비해놓은 것이다. 이걸로 소년이 웃어주면 좋으련만.

"심심하면 이거라도 할래?"

게임기를 들이밀어도 소년은 여전히 시큰둥하기만 했다.

"다음 신호에서 좌회전하세요."

드디어 소년이 입을 열었다. 그 말에 따라 고미는 다음 신호에서 좌회전을 했다.

게임기를 다시 사물함에 넣으면서 고미는 생각했다.

'과연 이 소년이 돈을 낼 수 있을까?'

물론 소년은 돈이 많아 보이긴 했다. 하지만 사람을 외견으로만 판단해서는 안 된다는 사실을 고미는 이미 뼈저리게 알고 있었다. 이전에 값비싼 다이아몬드 반지를 낀 부잣집 아주머니가 택시비를 내지 않고 도망친 일이 있었고, 노숙자처럼 보였던 허름한 차림의 할아버지가 팁까지 준 일이 있었기 때문이다.

"여기서 멈추세요."

소년의 말에 고미는 비상 깜빡이를 켜고 다급히 택시를 길가에 세웠다.

택시가 멈춘 곳은 명품 매장이 늘어선 번화가였다. 휴일에는 많은 사람들로 북적댔지만, 오늘은 평일 오전이라 오가는 사람은 별로 없었다.

"저기, 요금은…."

고미가 미터기를 보며 요금을 말하려는 순간, 문이 열리는 소리가 들렸다. 고미는 서둘러 뒤를 돌아보았다. 아뿔싸, 설마 했던 우려처럼 소년이 도망치는 중 아닌가.

"기다려!"

고미는 소년을 따라 택시에서 내렸다. 그리고 저벅저벅 걸어가는 소년의 어깨를 낚아챘다.

"말했잖아! 택시에 타면 돈을 내야 한다고."

"돈, 없는데요."

소년은 태연하게 말했다. 어린 녀석이지만 의외로 강단 있는 모습이다.

'모든 손님에게 스마일을…!'

그것이 고미의 신조이다. 하지만 돈을 떼먹으려는 손님에게는 가차 없다. 상대가 설령 어린 소년이라고 해도 말이다.

"어른을 놀리면 못써. 경찰서에 가고 싶지 않으면 당장 엄마를 불러서 돈을 지불하렴."

"싫어요."

"얘!"

고미는 소년의 팔을 잡았다. 조금만 더 힘을 주면 그대로 부러질 것만 같은 가느다란 팔이었다. 소년은 고미의 손을 뿌리치며 말했다.

"돈은 지금부터 준비할게요."

"준비한다니, 어떻게…?"

"아무튼 절 믿어주세요."

"안 돼. 그러고서는 넌 도망칠 거잖니. 그런 것도 모를 만큼 난 순진한 사람이 아니야."

"그럼 절 따라오시면 되겠네요."

소년은 진지한 표정으로 그렇게 말하고는 앞으로 성큼성큼 걸어갔다. 고미는 허둥대며 소년의 뒤를 따랐다.

"얘, 같이 가!"

소년은 한 명품 매장으로 향했다.

매장 쇼윈도에는 선글라스를 낀 마네킹이 분홍색 모피코트를 걸치고 서 있었다. 아마 그 선글라스 하나만 하더라도 고미의 한 달 월급 정도는 될 것이다.

소년은 주저하지 않고 당당히 매장 안으로 들어갔다.

'혹시 어머님이 이 매장에서 근무하나? 그래서 어머니를 만나 돈을 받으려는 건가?'

그런저런 생각을 하면서 고미도 매장으로 따라서 들어갔다.

이제 막 매장 문을 열었는지 매장 안에 다른 손님은 없었다. 매장 안에 들어온 고미와 소년을 본 젊은 여자 점원이 그들에게 다가왔다. 화려한 화장을 한 금발 여성으로, 가슴은 확대수술이라도 받았는지 금방이라도 터질 것만 같았다. 그런데 여자는 소년의 어머니라고 하기에는 너무 젊어 보였다.

"안녕하세요. 무엇을 찾으시나요?"

…역시 소년의 어머니가 아니었다.

점원이 소년의 머리를 쓰다듬으려고 하자 소년은 점원의 손을 냉정히 뿌리쳤다. 그러고는 크게 심호흡을 하더니 고개를 크게 끄덕였다. 소년은 주머니에서 무언가를 꺼내서 그대로 점원의 가슴에 들이밀었다. 그 모습을 본 고미의 눈이 커다래졌다.

소년이 든 것은 칼이었다.

"도, 돈 내놔. 나, 나는 강도야."

점원은 비명을 지르며 엉덩방아를 찧고 넘어졌다. 칼을 든 소년의 손은 심하게 떨리고 있었고, 칼날도 아래위로 크게 흔들렸다. 소년의 이마에는 땀까지 흐르고 있었다.

"빠, 빨리 돈 내놔요. 어, 어린애라고…, 얕보지 마세요."

점원은 입만 멍하니 벌리고 있었다. 하지만 그 와중에도 오른손을 들어 계산대를 가리켰다.

그제야 간신히 정신을 차린 고미는 소년에게 외쳤다.

"너 뭘 하는 거야? 왜 이런 짓을…."

"시, 시끄러워요. 입 다물고 계세요."

소년은 그렇게 외치더니 이번에는 칼을 고미에게 뻗었다. 소년의 이빨이 딱딱거렸다. 소년의 엄청난 긴장감과 불안감이 고미에게도 생생히 전해졌다.

"지, 진정해. 일단 진정하자고."

그렇게 말은 했지만, 잔뜩 긴장한 바람에 평소 목소리와 달리 덜덜 떨리는 목소리가 나왔다.

소년은 고미의 말을 무시한 채 대리석으로 된 바닥 위를 또각또각 구둣발 소리를 내며 계산대로 다가갔다.

"부탁이에요. 살려주세요."

이번에는 점원이 눈물을 흘리며 고미를 향해 애원했다.

고미는 양손을 앞으로 내밀어 크게 흔들며 변명했다.

"아, 아니에요. 제가 아니에요. 전 그냥 택시비를…."

"다가오지 마세요. 부탁이에요, 살려주세요…."

점원은 공포에 질린 눈을 한 채 뒷걸음질을 쳤다.

그때 계산대 앞에 선 소년이 말했다.

"거기 점원님, 비밀번호를 알려주세요!"

고미가 소년에게 달려갔다. 계산대에는 현금이 거의 들어 있지 않았다. 그래서 소년은 계산대 밑에 있는 금고를 노려보고 있었던 것이다.

"그만둬. 네가 지금 무슨 짓을 하는지 알고나 있니?"

"빨리 비밀번호를 알려주세요. 안 그러면 이 아저씨가 여길 다 때려 부술 거예요."

"야. 그게 무슨…."

"아, 알았어요. 알려드릴게요."

점원이 겁에 질린 목소리로 비밀번호를 말했고, 소년은 만족스러운 표정으로 고개를 끄덕이고는 금고 비밀번호를 눌렀다.

딸깍, 금고 문이 스르륵 열렸다.

"아저씨, 가방…."

"뭐?"

"저기 있는 가방을 가져오세요."

소년이 가리킨 곳에는 숄더백들이 전시되어 있었다. 소년의 기에 눌린 고미는 저도 모르게 소년이 시키는 대로 가방을 가져왔다. 소년은 그 가방에 돈다발을 넣었다. 두툼한 돈다발이 3개나 되었다.

"좋아, 그럼 가죠."

소년은 앞서서 걸어갔고, 고미는 혼란스러운 마음으로 소년의 뒤를 따랐다. 뒤를 돌아 점원을 슬쩍 보니, 핸드폰을 만지고 있었다. 그러다 이내 고미의 시선을 느꼈는지 점원은 비명을 지르면서 핸드폰을 바닥에 떨어뜨렸다.

문 앞에서 잠시 멈춘 소년은 주위를 살피며 밖으로 나갔다.

'대체 뭐가 어떻게 된 거야…?'

고미도 소년의 뒤를 따라 매장을 나섰다.

"너 지금 대체 뭘 한 거니?"

"…강도요."

그런 것쯤은 고미도 당연히 알고 있다. 몰라서 물은 것은 아니다.

소년은 고미의 택시 앞으로 성큼성큼 가더니 뒷좌석 문을 열고 안에 탔다.

고미는 주위를 둘러보았다.

길에는 사람이 거의 없었고, 강아지와 함께 산책 중이던 노부인만 옆을 지나고 있었다. 노부인은 고미에게 인사를 했고, 고미도 가볍게 목례를 했다. 그녀는 방금 전 일을 눈치채지 못한 듯했다.

방금 있었던 강도사건이 도저히 실감이 나지 않았다.

"아저씨, 빨리 타요."

소년의 재촉에 고미는 운전석에 올라탔다. 그리고 소년에게 따져 물었다.

"지금 뭘 하는 거냐고, 대체?"

그러나 소년은 대답 없이 가방 안을 뒤적거렸다.

"잘 들어! 이건 범죄야, 범죄."

"잘하셨어요."

"뭐라고?"

"잘했다고요. 사실 처음으로 한 거라 사실 많이 긴장했거든요. 그런데 이렇게만 하면 되는 거였네요."

그때 저 멀리서 경찰차의 사이렌 소리가 들렸다. 그 소리는 점점 가까워졌다. 아마도 저 경찰차의 목표물은 바로 이 택시일 것이다.

"빨리 가요, 아저씨!"

그 말에 고미는 자기도 모르게 액셀을 밟고 차를 출발시켰다.

'이대로 도망치면 나도 공범 같잖아.'

그렇지만 고미는 브레이크를 밟지 못한 채 첫 번째 사거리에서 날카롭게 좌회전을 했다.

'최악이다. 이제 난 어떻게 되는 거지?'

◆

데즈카 마리는 변호사사무실을 나와 찻길을 주시했다. 마침 도로변에 택시가 한 대 주차되어 있었고, 마리는 그 택시로 향했다. 노란색 프리우스 택시였다. 마리는 창문에 똑똑 노크를 한 뒤, 택시에 올라탔다.

"안녕하세요."

신문을 보던 남자 택시기사가 시동을 걸었다. 택시는 소음 없이 미끄러지듯 출발했다. 마리는 무릎에 올려둔 서류철을 열고 서류를 보았다.

"손님, 어느 쪽으로 가시죠?"

"법원까지 가주세요. 중앙지방법원이요."

"알겠습니다."

오늘 아침부터 마리는 이상하게 재수가 없었다. 법원에 제출한 서류에 부족한 부분이 있어서 자신의 법률사무실과 법원을 벌써 두 번이나 왔다 갔다 했다. 이번이 벌써 세 번째였다. 그것도 서류가 잘못된 이유는 마리 탓이 아니라 업무에 미숙한 비서 때문이었다.

마리는 현재 법률사무실을 운영하고 있었다. '법률사무실'라는 명칭을 쓰고 있기는 하지만, 사실 소속 변호사는 마리 한 명뿐이었다.

지난달까지 일하던 유능한 비서가 퇴직하고, '얀'이라는 젊은 중국인 비서를 최근에 고용했다. 얀은 일본어도 할 줄 알았고, 면접 때 대답도 곧잘 했다.

최근 중국인 고객도 점차 늘어나는 추세라 도움이 많이 될 줄 알았는데, 실제로 함께 일을 해보니 얀의 일 처리는 마음에 들지 않았다. 이렇게 법원에 서류를 전달하는 일은 본래 비서의 업무지만, 얀에게 맡기는 것이 불안해져 마리가 직접 법원까지 가게 된 것이다.

"최근에 부쩍 추워졌어요."

"그러네요."

택시기사의 말에 마리는 짧게 답했다.

"곧 한파가 온대요. 이미 북쪽 지방에는 폭설이 내린다고 하더라고요."

"네에…."

마리는 원래 택시기사와 말을 섞는 것을 그다지 좋아하지 않았다. 마리의 잘못된 편견일 수도 있지만, 대부분의 남성 택시기사들은 여성 손님만 타면 말이 많아지는 경우가 있다. 그럴 때면 마리는 참 난감했다.

"괜찮으시면 제가 커피 한 잔 사올까요?"

택시기사의 의아한 제안에 마리는 고개를 들었다. 마침 택시는 신호에 걸려 정차 중이었는데, 바로 옆에 카페 간판이 보였다.

오늘은 참 오지랖 넓은 택시기사한테 걸린 것 같았다.

"제가 빨리 뛰어가서 사오겠습니다." 택시기사가 말했다.

"괜찮아요. 그것보다 최대한 서둘러주세요."

"알겠습니다."

신호가 바뀌고, 택시는 다시 출발했다.

마리는 다시 서류를 보았다. 사무실에서 여러 번 확인했으니 이제는 틀림없을 것이다.

"어휴…."

택시기사의 한숨소리가 들렸다.

마리는 그 소리를 무시하고 서류를 정리했다. 그리고 핸드폰을 꺼내 메시지를 확인했다. 당장 답장을 해야 할 메시지는 없었다.

그때 다시 택시기사의 한숨소리가 들렸다.

"어휴…."

더 이상 참을 수 없었다. 무슨 일인지는 모르겠지만, 손님을 태우고 계속 한숨을 쉬다니 매너가 없어도 너무 없다는 생각이 들었다.

마리는 조심스레 입을 열었다.

"죄송한데 좀 조용히 해주실래요?"

"그게 말이죠, 제가…."

그러자 택시기사가 기다렸다는 듯이 느긋한 말투로 말했다.

"사실 제가 삼재가 꼈는데, 올해가 딱 그 중간 해예요. 그래서 최근에 재수가 너무 없어요. 어제는 마트에서 성추행범으로 몰렸고, 그저께는 고양이 시체를 보았어요. 전 정말 운이 없답니다."

'…그건 내가 알 바 아니잖아.'

"손님, 혹시 액땜하는 방법이나 굿 할 수 있는 절 같은 곳 알고 계시나요?"

"몰라요."

"다들 그런 데 관심이 없으시더군요. 하지만 삼재를 얕보면 큰일 나요. 제 친구도 삼재가 있는 해에 암이 발병해서 입원했어요. 다행히 목숨에는 지장이 없었지만…."

암이 생겼다가 나았다면 오히려 행운이 아니냐고 반문하고 싶었지만, 마리는 그냥 잠자코 있었다.

택시기사는 계속 뭐라고 뭐라고 구시렁거렸지만, 마리는 계속 무시하고 문자메시지를 보았다.

친구에게 온 메시지에 답장을 보내려는 순간, 택시가 멈추었다.

고개를 들어 앞을 보니, 사고라도 났는지 도로가 꽉 막혀 있었다.

"봐요. 제 말이 맞죠? 전 올해 참 운이 없어요."

택시기사가 한숨을 쉬며 어깨를 늘어트렸다.

여러모로 특이한 사람 같아 룸미러로 택시기사의 얼굴을 보니, 찰리 채플린 같은 수염이 나 있었다.

교통체증이 시작된 지 벌써 10분이나 지났지만, 해소될 기미라고는 보이지 않았다. 마리를 태운 택시는 미동도 하지 못하고 있었다. 다른 운전자들도 기다리다 지쳤는지 아까부터 몇 대의 차량이 경적을 울려대고 있었다.

마리는 손목시계를 보았다. 오전 11시가 조금 넘었다. 앞으로 1시간 내에 이 서류를 법원에 제출해야 했다. 아직 시간 여유는 있지만, 번거로운 제출 절차를 고려하면 가능한 한 빨리 도착하는 편이 좋다.

"저기, 기사님. 빨리 갈 수 있는 골목길은 모르시나요?"

"골목길이요?"

"네, 택시기사시니까 보통 그런 골목길은 잘 아시지 않나요?"

택시기사는 내비게이션을 보며 중얼거렸다.

"골목길 말이죠…. 그러니까 여기로 가서, 여기에서 꺾어서, 이렇게…. 흐음, 어떻게 될 것도 같네요."

"그럼 부탁드릴게요."

"그런데 괜찮으실까요, 정말로 골목길에 들어가도…?"

'왜 구태여 그런 걸 나한테 확인하는 거지? 눈치 빠른 택시기사들 같으면 내가 말하기도 전에 먼저 골목길로 가자고 했

을 텐데….'

마리는 조금 무뚝뚝하게 택시기사에게 말했다.

"네, 좀 바빠서요."

"그럼 골목길로 들어가겠습니다."

기사는 깜빡이를 켜고 좁은 일방통행 길로 들어섰다. 택시기사는 핸들을 좌우로 꺾으며 좁은 골목길을 지그재그로 운전했다.

잠시 뒤, 택시는 순조롭게 달리기 시작했다. 기분이 좋아졌는지 택시기사는 콧노래를 부르며 운전을 했다.

마리가 시계를 보니 벌써 오전 11시 15분이었다. 어디쯤인지는 명확히 모르지만 어쨌든 법원에 가까워지는 것만은 분명했다.

택시기사는 혼자서 계속 구시렁댔다.

"전 골목길을 갈 때면 초등학생 때 지각을 한 기억이 떠올라요. 지각만은 안 된다는 마음에 평소 다니지 않는 산길을 가로질러 갔는데, 결국 길을 잃어버리는 바람에 지각을 하고 말았죠. 앗, 죄송합니다. 제 소개도 안 하고 혼자서 떠들었네요. 인사가 좀 늦었습니다만, 제 이름은 하카마다입니다."

택시기사가 멋대로 자기소개를 시작했다. 마리는 창밖을 보며 택시기사의 말을 흘려들었다.

"하카마(袴)에 '밭 전(田)'을 써서 '하카마다(袴田)'라고 합니다. 참고로 저는 형도 있는데, 형의 이름은…."

더 이상 참지 못하고 마리가 입을 열었다.

"저기, 얼마나 남았나요?"

"죄송합니다. 최근엔 계속 서양 분들만 태우다가 일본어를 하실 줄 아는 분을 만나니 기뻐서 그만…."

하카마다가 내비게이션을 보며 말했다.

"이제 곧 도착합니다. 저 골목을 지나면 큰길이 나옵니다. 거기서부터는 제가 잘 아는 길이죠. 법원까지는 직진만 하면 되거든요."

하카마다는 의기양양하게 웃으며 좌회전을 했다.

그러자, 이번에는 50미터 너머에 트럭들이 잔뜩 모여 있는 모습이 보였다. 하수도 공사를 하는지 도로는 완전히 봉쇄되어 있었다.

택시는 점점 속도를 낮추더니 마침내 멈추고 말았다. 하카마다는 어깨를 떨어뜨리고 힘없이 중얼거렸다.

"…보셨죠? 이렇답니다. 손님, 죄송합니다. 제가 삼재가 끼지 않았다면 이런 일은 없었을 텐데…. 다 제 탓입니다."

하카마다는 승리를 이끌지 못한 야구팀 감독처럼 사과했다.

마리는 몸을 내밀어 택시 앞쪽 상황을 살폈다. 인부들이 돌아다니며 포크레인으로 땅을 파고 있었다. 소음과 함께 모래먼지가 날렸고, 택시 유리창으로도 모래가루가 덮치고 있었다.

"저, 여기서 슬슬 내릴게요." 마리는 핸드백에서 지갑을 꺼내며 말했다. "얼마죠? 그리고 여기서 가장 가까운 지하철역을 알려주세요."

"아닙니다, 손님. 이렇게 폐만 끼치고 돈을 받을 수는 없죠."

뒤에서 경적이 울렸다. 뒷 차량을 보니 담배를 문 운전자가 짜증을 내며 마리가 탄 택시를 노려보고 있었다. 그렇지만 일방통행 길이라 어떻게 할 수가 없었다. 다들 교통체증을 피해 이 길로 왔는지 그 차 뒤에도 차들이 줄지어 서 있었다.

요금을 안 받아도 된다고 하니 정말로 요금을 내지 않아도 될 것 같았지만, 마리는 그래도 지폐를 한 장 꺼내 콘솔 박스 위에 올려두었다.

그리고 다시 한번 하카마다에게 물었다.

"지하철역은 어디에 있죠?"

"아니요, 손님. 손님이 내리시지 않으면 좋겠습니다."

"그게 무슨 소리죠?"

"손님을 법원까지 꼭 모셔다드리고 싶어요. 손님을 법원까지 무사히 모셔다드리면 제 운수도 좋아질 것만 같은 예감이 들어서요. 제가 내려서 잠깐 공사를 중단할 수 있느냐고 물어보고 올게요."

하카마다는 그렇게 말하더니, 갑자기 택시에서 내렸다. 밖은 모래먼지가 심하게 불고 있어서 하카마다의 모습이 잘 보이지 않았다.

마리는 한숨을 쉬었다. 하카마다에게 택시에서 내리겠다고는 했지만, 이런 모래먼지 속을 걸으면 옷이 더러워질 것이 분명했다. 그래서 가능하면 마리도 택시를 타고 법원에 가고 싶었다.

시계를 보았다. 정오까지 이제 30분도 채 남지 않았다.

◆

15분 정도 택시를 더 운행했다.

하지만 목적지는 없었다. 그저 조금 전 그 명품 매장에서 멀어지고 싶었다. 고미는 자신의 심장박동 소리가 귀에까지 들릴 지경이었다. 하지만 소년은 뒷좌석에 앉아 아무 일도 없었다는 듯 태연하게 스마트폰만 만지작거리고 있다.

경찰차의 사이렌 소리는 더 이상 들리지 않았다. 이미 그곳으로부터 10킬로미터 이상 떨어졌다.

고미는 깜빡이를 켜고 택시를 도로변에 세웠다. 그리고 사이드 브레이크를 올린 다음 소년에게 말했다.

"이제 경찰서에 갈 거야? 자수해야지."

"자수요? 왜요?"

"넌 나쁜 짓을 했잖아."

"흥, 경찰서엔 안 갈 거예요."

고미는 머리가 지끈거려 손가락으로 관자놀이를 눌렀다. 개인택시를 시작한 지 벌써 10년, 그러나 강도를 태운 것은 오늘이 처음이었다. 게다가 우연찮게 그 강도의 도주까지 돕게 된 것은 더더욱 처음 있는 일이었다. 심지어 강도는 어린애였다.

'뭐가 뭔지 나도 모르겠다. 어린애가 강도짓을 하는 세상이 올 줄이야…. 아냐, 아닐 거야. 이 아이가 유독 이상한 걸 거야.'

"경찰서에 가자."

고미는 사이드브레이크를 내리고 다시 차를 출발시켰다.

아까는 경황이 없어서 저도 모르게 소년을 태우고 여기까지 왔지만, 돌이켜 보면 역시 그 자리에서 어떻게든 소년을 붙잡아 경찰서로 보냈어야 했다. 그게 올바른 시민의 의무이다.

"아저씨 말대로 경찰서에 갔다 쳐요. 그것 때문에 아저씨 입장이 곤란해지더라도 전 책임 안 져요."

차가 출발하자 소년이 떠들어댔다.

"그게 무슨 소리야?"

"생각해보세요. 경찰은 아저씨 말을 절대 믿지 않을 거예요."

"무슨 소리야? 네가 한 짓은 아까 그 점원도 봤잖아."

"그럴까요? 하지만 그 점원은 범인이 제가 아니라 아저씨라고 생각할 텐데요?"

"그럴 리 없어."

어느새 바로 앞쪽에 오래된 경찰서 건물이 보였다. 관할은 다르겠지만 경찰서임에는 틀림없었다.

"순진무구한 소년과 무뚝뚝한 얼굴의 택시기사, 경찰은 누구 말을 믿을까요?"

소년의 말에 고미는 잠시 고민했다. 이 아이 말대로였다. 어쩌다가 우연히 사건에 휘말렸다는 자신의 말을 경찰들이 믿어줄까. 자신은 그 현장에 있었을 뿐이지만 그 여성 점원은 지금도 고미를 범인이라 오해하고 있을지도 모른다.

고미는 속도를 올려 경찰서 앞을 그냥 지나쳤다. 그리고 잠시 차를 달리다가 다시 도로변에 세웠다.

"이거 요금이에요."

그 말을 듣고 고미가 뒤를 돌아보자 소년의 손에는 많은 지폐가 들려 있었다.

'훔친 돈이잖아.'

"웃기지 마. 그런 돈을 어떻게 받아?"

"아저씨 몫이에요."

"아니, 난 네 공범이 아니니까 받을 수 없어."

지폐는 몇 십 장이나 되었다. 택시비라고 하기에는 너무 많은 돈이었다.

"절대로 받을 수 없어. 이걸 받으면 나도 공범이 되잖아."

"선불이에요."

"무슨 소리야?"

"이 택시를 전세로 빌리고 싶어요."

'전세라고? 무슨 소리를 하는 거야?'

"이 택시, 마음에 들었어요."

소년은 여전히 무표정한 얼굴이었다. 소년이 하는 말이 대체 무슨 의미인지 알 수 없어 고미는 당황스러울 뿐이었다.

"너 말이야, 농담도 정도껏 해. 내가 지금 좋아서 널 태우고 있는 게 아니야."

"편의 사양이 좋아요, 이 택시는."

소년은 그렇게 말하더니, 시트를 뒤로 젖히고 팔걸이를 꺼냈다.

'그야 당연히 그렇지. 많은 돈을 들여서 여러 가지 개조를 했으니까.'

고미는 손님이 앉는 뒷좌석 시트를 통째로 교체했고, 트렁크에는 음이온 발생장치를 넣었다. 택시에서 업무를 보는 회사원들을 위해 비행기 좌석처럼 접이식 간이책상도 조수석 뒤에 붙였다. 거기에는 당연히 컵받침도 있다. 비행기의 퍼스트 클래스 수준은 아니지만, 가능한 범위 내에서 손님들이 쾌적하게 택시를 즐길 수 있도록 여러 가지를 배려를 한 것이다.

"저기는 뭐예요?"

소년이 가리키는 곳에는 상당수의 사람들이 줄지어 서 있었다. 대부분이 젊은 여성들이었다. 여성들은 추운 겨울인데도 다들 활짝 웃고 있었다.

"저기 말이야? 저긴 인기 있는 아이스크림 가게야."

고미는 아이스크림 같은 음식에는 별 관심이 없지만, 그 언젠가 케이코가 해준 말이 떠올랐다.

"저 아이스크림 가게 말이야…, 파리에 본점을 둔 가게인데, 요즘 젊은 여성들한테 인기가 좋아."

그때 뒷문이 열리는 소리가 들렸고, 소년이 택시에서 내리는 모습이 백미러로 보였다. 소년은 훔친 돈가방을 메고 있었다.

"야, 기다려!"

그러고는 서둘러 택시에서 내려 소년을 뒤쫓았다. 소년은 줄 맨 끝에 서서 뒤따라온 고미에게 물었다.

"이 아이스크림 맛있을까요?"

"…줄까지 서서 먹을 정도니 맛있지 않을까?"

"흐음."

줄을 선 사람은 대략 20명 정도였다. 소년은 손을 뻗어 바로 앞에 서 있는 여성을 톡톡 쳤고, 그녀는 뒤를 돌아보았다. 소년은 가방에서 돈을 꺼내 그녀에게 건넸다.

"이걸 줄 테니 자리를 양보해주세요."

그녀는 눈을 동그랗게 뜨더니 지폐를 바라보았다. 소년은 그 앞에 선 그녀의 친구에게도 돈을 주면서 부탁했다.

"자리 양보 괜찮죠? 누나, 제가 바빠서 그래요."

"뭐? 그래…, 그렇게 바쁘면 어쩔 수 없지."

소년이 건네준 돈은 아이스크림을 50개 이상 살 수 있는 금액이었다. 두 여성은 냉큼 자리를 양보하고는 소년의 뒤에 섰다.

"너 말이야…."

고미는 당혹감에 말을 잇지 못했다. 그러나 소년은 아랑곳하지 않고, 자신의 앞에 선 젊은 커플을 불러 남자에게 돈을 주었다.

"자리를 양보해주실래요? 제가 좀 바빠서요."

"조, 좋아."

남자는 당황한 얼굴로 중얼거리고는 여자친구와 함께 자리를 비켜주었다.

그렇게 소년은 계속해서 사람들에게 돈을 건네면서 앞줄로 나아갔다. 그러다 어느새 소년은 가게 앞까지 오게 되었다.

가게 안에는 핑크색 머리띠를 한 아르바이트생이 서 있었다.

"이 가게에서 가장 맛있는 아이스크림은 뭐예요?"

소년의 질문에 아르바이트생이 답했다.

"가장 인기 있는 건 소금캐러멜이 들어간 초코와 바닐라랍니다."

"그럼 그걸로 주세요."

"네."

소년은 지폐 한 장을 아르바이트생에게 주면서 이렇게 말했다.

"잔돈은 됐어요. 누나한테 주는 팁이에요."

"가, 감사합니다."

아르바이트생은 조금 놀란 얼굴로 생긋 웃었다.

가게 안은 혼잡했고 아이스크림 가게답게 달콤한 냄새가 가득했다.

"오래 기다리셨습니다. 소금캐러멜이 든 초코와 바닐라 아이스크림입니다."

소년은 아이스크림을 건네받아 들더니, 만족스러운 미소를 짓고는 택시로 돌아왔다. 그리고 마치 자신의 차인 양 태연히 뒷좌석에 올라앉았다. 고미도 운전석에 올라탔다.

아이스크림이 맛있다며 감탄하던 소년은 고미에게 말했다.

"아저씨에겐 안 줘요."

"필요 없어. …난 더 이상 너와 같이 있을 수 없어."

고미의 본능이 더 이상 이 아이와 같이 있으면 안 된다고 경고하는 것 같았다. 모습만 도련님 차림새지, 하는 행동은 몰상식하기 이를 데 없었다.

"정말로 괜찮아요?"

"정말 괜찮아. 그런데 너 말이야, 네가 무슨 짓을 저질렀는지 알기나 해?"

"나쁜 짓을 한 적 없어요. 다들 돈을 받고 좋아했잖아요. 다들 스마일이었다고요!"

"그런 문제가 아니잖아. 어쨌든 더 이상 널 태우고 다닐 수 없어. 내려!"

"내리지 않을 거예요."

"빨리 내려."

"안 내려요."

실랑이를 벌이던 중에 고미의 주머니에서 핸드폰이 울렸다. 케이코의 전화였다. 고미는 어쩔 수 없이 전화를 받았다.

"여보세요?"

"고미? 나 케이코야. 조금 전에 언뜻 들었는데, 오카지마 씨가 기사 일을 그만둔대. 듣자하니 어머님이 쓰러지셨다고 하더라고."

오카지마는 고미와 같은 택시회사 소속 동료였다. 그는 고미처럼 노란색 프리우스 택시를 몰았다. 오카지마는 아직 많이 어려서 어차피 이 택시기사 일을 오래 할 것 같지는 않았다. 매일같이 누군가가 그만두고 누군가가 들어온다. 택시 업계는 그런 곳이다.

"미안해, 케이코. 지금 좀 바빠. 나중에 통화해."

고미는 전화를 끊고 소년에게 경고했다.

"너 말이야, 적당히 하지 않으면 경찰에…."

그 말을 하면서 뒤를 돌아 소년의 얼굴을 본 순간, 소년은 딱딱하게 굳은 표정으로 창밖을 보고 있었다. 그 시선을 따라가자 반대쪽 길에 정차한 검은색 어코드 차량이 고미의 눈에 보였다. 그 차에서 검은색 양복을 입은 남자 두 명이 내렸다. 그들은 그대로 길을 가로질러 이쪽으로 걸어오기 시작했다.

"도망쳐요!"

소년이 이제껏 듣지 못했던 절박하고 예의 바른 말투로 말했다.

경찰인가, 고미는 그렇게 생각했다.

'여기서 소년을 경찰에게 넘기고 모든 것을 사실대로 이야기할까? 하지만 잘못하다간 경찰한테 공범으로 몰릴지도 몰라.'

고미는 갈팡질팡하지 않을 수 없었다.

"빨리 도망쳐요!"

다시 한번 절박한 목소리가 들렸다. 그 말에 고미는 등이라도 떠밀린 사람처럼 후다닥 시동을 걸고 차를 출발시키고 말았다. 사이드미러로 확인해 보니, 검은색 양복을 입은 두 사람은 서둘러 자기네 차로 돌아가고 있었다.

택시의 속도는 시속 50킬로미터에 도달했다. 조금 전 그 검은색 차가 빠른 속도로 고미의 택시를 추격하고 있었다.

'뭐야, 대체 뭐가 어떻게 된 거야? 이번엔 추격전이야?'

"저 사람들은 경찰이니?"

"경찰은 아니에요. 그저 저를 쫓고 있는 거예요."

"그게 무슨 말이야? 설명해줘."

"설명할 시간이 없어요."

이제 검은색 차와의 거리는 고작 20미터밖에 되지 않았다.

소년의 말대로 경찰은 아닌 것 같았다. 경찰차라면 사이렌을 울렸을 것이다. 그렇다면 저 남자들은 대체 누구란 말인가.

"어쨌든 빨리 도망쳐요."

"그렇지만…."

그러자 소년이 몸을 내밀어 고미의 귓가에 대고 속삭였다.

"이 택시는 제가 전세 냈잖아요. 그 돈을 아저씨가 가져간 게 증거예요. 즉, 우리 사이의 계약은 이미 성립한 거죠. 그러니까 정해진 시간 동안 아저씨는 저를 택시에 태울 의무가 있어요. 계약이 성립되었으니 아저씨는 최선을 다해야 해요."

정말 입만 살아 있는 녀석이다.

고미는 백미러를 확인했다. 이미 검은색 차는 고미의 택시 바로 뒤까지 따라잡았다. 선글라스를 낀 남자들이 운전석과 조수석에 앉아 웃고 있는 것 같았다.

'금세 따라잡았다고 택시를 무시하는 건가.'

고미는 살짝 기분이 나빴다.

고미는 전방을 확인했다. 100미터 앞에 신호등이 있었는데, 마침 빨간불로 바뀌려고 했다. 이대로 가다가는 신호 때문에 정지하게 될 것이고, 그러면 분명 저 남자들에게 붙잡힐 것이다.

"위, 위험해요. 아저씨, 이대로는…."

"알았어. 어쨌든 잡히지만 않으면 되잖아!"

고미는 퉁명스레 말하면서 브레이크를 밟았다. '끽-'하는 소리가 요란스레 울리더니, 프리우스가 골목길로 들어섰다.

"택시기사를 얕보지 마."

검은색 차는 5초 정도 늦게 골목길에 들어서는 것 같았다.

고미는 다시 브레이크를 밟고 좌회전을 했고, 균형을 잃은 소년은 뒷좌석에 쓰러졌다.

고미가 날카롭게 외쳤다.

"안전벨트!"

소년은 그 말에 곧장 안전벨트를 맸다. 검은색 차는 계속해서 추격했지만, 두 차 간의 간격은 이제 20미터 이상 벌어진 상태였다. 고미는 다시 속도를 높여 우회전을 했다.

고미는 내비게이션을 거의 보지 않는다. 이 도시의 거미줄처럼 복잡한 골목길 전부가 고미의 머릿속에 완벽히 입력되어 있기 때문이다. 모든 것이 오랜 경험의 산물이었다.

그 후에도 속도를 높였다가 골목길 모퉁이를 도는 것을 반복하자, 검은색 차는 어느새 사라졌고, 고미는 큰길로 나가기로 했다. 이제 2차선 도로로 나와 다시 규정 속도를 준수하며 운행했다.

뒷좌석을 흘깃 보자 소년이 들고 있던 아이스크림이 엎어져서 시트 위에서 녹고 있었다.

"함부로 내 차를 더럽히지 마. 나중에 청소시킬 거야."

소년은 반응이 없었다. 그러다가 무슨 생각인지 갑자기 주머니에서 스마트폰을 꺼내서 창밖으로 버렸다.

"무슨 짓이야?"

"버린 거예요. 저걸 가지고 있으면 놈들이 제 위치를 파악할 수 있으니까요."

'GPS 기능, 뭐 이런 걸 말하는 건가? 그런데 아까 검은색 차를 탄 녀석들은 뭐였지? 이 소년을 왜 쫓는 거야?'

"무슨 소리인지 설명 좀 해줘."

여전히 아무 대답이 없었다. 소년은 기분이 좋지 않은지 우울한 표정으로 눈을 감은 채 창문으로 들어오는 바람을 묵묵히 쐬고 있었다.

◆

마리는 간신히 법원에 서류를 제출하고 다시 법원을 나왔다. 법원 앞에는 노란색 프리우스가 주차되어 있었다. 마리의 모습을 지켜보던 하카마다가 운전석에서 내렸다.

"손님, 해결되셨나요?"

"네, 덕분에요."

조금 전 공사 현장에서 차가 멈췄을 때, 하카마다는 공사 관계자와 직접 담판을 지어 길을 열어줄 것을 부탁했다. 마침 점심시간이라서 몇 분 정도는 괜찮았는지 공사관계자는 마리가 탄 택시를 지나갈 수 있도록 해주어서 제시간에 법원에 올 수 있었다.

"괜찮으시면 돌아가시는 길도 제 택시를 타세요."

하카마다가 그렇게 제안하며 뒷좌석 문을 열었다.

어차피 택시를 탈 생각이었기에 마리는 순순히 뒷좌석에 탔다. 사실 조금 불안하기는 했다. 또 교통체증에 걸릴 수도 있고, 공사현장을 만날 수도 있지만 어차피 사무실에 가는 거라면 조금 늦어도 별다른 문제는 없었다.

하카마다는 안전벨트를 한 다음 시동을 걸었다.

"손님을 무사히 법원까지 모셔다드릴 수 있어서 매우 만족스러웠습니다. 어떤 성취감이라고 할까요, 중요한 일을 해낸 것만 같은 기분이 듭니다. 손님, 혹시 변호사신가요?"

"아, 네."

"그래서 활기가 넘치시는 거군요. 정말이지 여성 변호사는 너무 멋있어요."

하카마다는 감탄하며 고개를 끄덕였다.

마침 점심시간이라 거리에는 식사를 하기 위해 나온 회사원들이 여럿 보였다. 다들 추운 듯 몸을 움츠리고 발걸음을 재촉하고 있다.

"앗, 또 길이 막히네요. 저는 정말 운이 없군요."

이 도시의 교통 사정은 정말 전 세계에서 가장 심각했다.

또 교통체증에 휘말렸지만 이미 법원에 서류를 제출했기에 마리의 마음은 홀가분했다. 마리는 자투리 시간을 이용해 그동안 답하지 못한 문자메시지에 답장이라도 보내자는 마음으로 핸드폰을 꺼냈다.

그때 종이 넘기는 소리가 들렸다. 운전석을 보니 하카마다가 진지한 표정으로 A4 사이즈의 노트를 보고 있었다.

'저게 뭐지? 근무일지 같은 건가?'

"이거 제 런치 노트예요."

묻지도 않았는데 하카마다가 또 멋대로 떠들어댄다.

"사실 전 매일 점심을 어디서 먹었는지 기록하고 있어요. 오늘은 뭘 먹어야 좋을지 몰라 이전에 갔었던 음식점들을 보고 있었어요."

"…."

"오늘은 뭘 먹을까…? 어제는 햄버거였고, 그저께는 덮밥이었으니…."

마리는 아침부터 아무것도 먹지 않았다. 그 사실을 깨닫자마자 마리는 거짓말처럼 배가 고파왔다.

"아, 라면도 괜찮겠네. 잠깐, 저기에…."

노트를 읽던 하카마다는 원하는 정보를 찾았는지 기뻐하며 외쳤다.

"여기 있었네! 여기 된장라면이 맛있었지."

'…일본 라면인가.'

마리의 머릿속에 라면이 생생하게 그려졌다. 김이 모락모락 피어오르는 뜨거운 국물, 두꺼운 돼지고기. 마지막으로 라면을 먹어본 게 언제인지 기억도 나지 않았다. 아마 2~3년은 되었을 것이다.

"손님, 혹시 괜찮으시면 같이 라면 드시지 않겠습니까?"

"네?"

"아, 죄송합니다."

핸들을 잡은 하카마다가 고개를 숙여 사과했다.

"제가 너무 주제넘었네요. 그냥 잊어주세요. 처음 뵙는 손님에게 같이 식사를 하자고 하다니, 너무 경솔했죠? 정말이지 제가 무슨 말을 한 건지…."

그러나 라면은 계속해서 마리의 머릿속을 떠나지 않는다. 평소 마리는 업무를 보면서 점심을 간단히 먹는 편이다. 대체로는 법률사무실이 있는 빌딩의 1층 카페에서 빵을 먹는다. 식사를 즐긴다기보다 그냥 일을 하기 위해 영양 보충을 할 뿐이었다.

"그 가게, 가까워요?"

마리는 저도 모르게 그렇게 물었다.

하카마다가 앞을 보며 말했다.

"네, 여기서 한 50미터 앞입니다."

"좋아요. 라면 먹으러 가죠!"

어째서 그런 말을 했는지 마리 스스로도 놀랐다. 하지만 지금 당장 라면을 먹지 않는다면 종일 라면이 생각날 것만 같았다.

"손님, 정말 괜찮으세요?"

"네."

시간을 고려한 판단이었다. 여기서 교통체증으로 움직이지 못할 바에는 식사를 해두는 편이 훨씬 시간이 절약된다. 운이 좋으면 라면을 먹고 나오자마자 교통체증이 해결될 수도 있다.

"알겠습니다. 바로 가겠습니다. 아마 저기 주차장이…."

하카마다는 핸들을 꺾어 차선을 변경했다.

택시기사와 식사를 하는 것은 태어나서 처음 있는 일이다. 마리는 운전석에 앉은 하카마다를 쳐다보았다. 콧수염이 난 선

량한 남자였다. 라면을 같이 먹는 정도라면 문제가 없을 것이다.

라면가게는 번잡했다. 가게 밖에는 5팀 정도의 손님들이 대기 중이었다. 하카마다와 마리는 그 뒤에 섰다.

"여기도 사람이 많네요. 죄송합니다."

하카마다가 사과했다.

하지만 이미 여기까지 온 이상 돌아갈 수는 없었다.

다행히 라면가게는 회전율이 빨라서 10분도 채 지나지 않아 들어갈 수 있었다. 라면가게는 긴 바 자리와 두 개의 테이블 자리가 있는 정도로 조그만 가게였다. 양복을 입은 회사원들이 라면을 먹고 있었다.

"어서 오세요."

하카마다와 마리는 나란히 바 자리에 앉았다. 가게 주인으로 보이는, 머리띠를 두른 젊은 남자가 그들 앞에 물컵을 놓았다.

벽에 걸린 메뉴를 보니, 추천메뉴는 특제 된장라면이라고 한다. 주위를 보니 다들 된장라면을 먹고 있었다.

옆에 있는 하카마다가 마리에게 물었다.

"손님, 된장라면을 시킬까요?"

"네, 그렇게 해요."

그러자 하카마다가 주인에게 말했다.

"특제 된장라면 둘 부탁합니다."

"알았어요."

주인은 고개를 끄덕이고, 주문서에 메뉴 이름을 적었다. 종업원은 이 남자 혼자인 듯했다.

"오래 기다리셨습니다."

3분 정도 기다리자 특제 된장라면이 나왔다. 진한 국물에 숙주나물 같은 야채와 돼지고기가 들어 있는 먹음직스러운 라면이었다.

"자, 드실까요?"

"네."

마리는 라면 국물을 마셨다. 그러다 자신을 응시하는 하카마다의 시선을 알아챈 마리는 하카마다를 바라보았다. 하카마다는 헛기침을 하며 시선을 돌렸다. 마리는 다시 국물을 마셨다.

맛있었다. 진한 된장의 맛이 구수하면서도 부드러웠다. 아마도 라면에 버터나 우유를 넣은 듯했다. 가는 면발은 국물과 잘 어울렸다.

옆에서는 하카마다가 거의 흡입하듯이 라면을 먹고 있었다. 그들은 잠시 동안 아무 대화 없이 묵묵히 먹는 데에 전념했다.

먼저 다 먹은 사람은 하카마다였다. 그는 컵에 담긴 물을 단숨에 들이켜고는 다시 물을 따랐다. 그리고 마리의 컵에도 물을 따라주었다.

“아, 감사합니다.”

“아닙니다. …어떤가요? 맛있나요?”

“네, 정말 맛있어요.”

“다행이네요. 맛있는 라면도 먹었으니 이걸로 운수가 조금이라도 좋아지면 좋을 텐데요.”

“이 라면은 정말로 맛있었어요.”

마리는 그리움에 젖은 얼굴로 말했다.

“이미 오래전의 일이지만 매일 포장마차에서 라면을 먹는 게 일과였던 때가 있었어요.”

아직 마리가 20대 초반이었을 때의 일이다. 마리는 낮에 학교를 다니며, 밤에는 카페에서 아르바이트를 했다. 아르바이트가 끝나는 시간은 밤 10시였고, 집으로 가는 길에 늘 포장마차에 들러 라면을 먹었다. 마리는 잠시 추억에 젖었다.

“하지만 그곳의 라면은 맛이 이랬다가 저랬다가 했고, 대체로 맛이 좀 없는 편이었어요.”

“맛이 없는데 매일 가신 건가요?”

마리는 왜 처음 보는 택시기사에게 자신이 이런 이야기를 하는 건지 스스로 이상하다고 생각하면서도 선선히 대답했다.

“네, 가끔 엄청 맛있는 날도 있었거든요. 가격도 한 그릇에 500 엔밖에 안했고요.”

어느 날은 평소처럼 그 포장마차에서 라면을 먹는데, 정말 이지 맛이 없었다. 그때 옆에 있던 남자가 ‘이런 맛없는 라면에 돈을 낼 순 없어!'라고 하면서 주인과 말싸움을 벌이게 되었다. 어쩌다가 마리는 포장마차 주인의 편을 들면서 남자와 말싸움을 하였다. 그때 마리는 설마 그 남자와 결혼까지 하게 될 줄 꿈에도 몰랐다. 그 포장마차가 없었더라면 마리는 전 남편과 만나지도 못했을 것이다.

핸드폰이 울렸다. 마리는 젓가락을 내려놓고 핸드폰을 꺼냈다. 사무실에서 걸려온 전화였다. 얀이었다.

"마리 씨, 지금 어디세요?"

"식사 중이에요. 무슨 일 있나요?"

"좀 곤란한 일이 생겼습니다. 사실은…."

의뢰인 중 한 사람이 고소를 취하하겠다고 울면서 전화를 해왔다는 것이다. 재판에 임할 때는 그에 상응하는 다짐과 각오가 필요한 법인데, 이번 의뢰인은 송사에 시달린다는 것이 겁이 난 것 같았다.

"알았어요. 얀 씨, 당신이 먼저 가서 어떻게든 의뢰인을 설득해보세요. 저도 곧 갈게요."

마리는 지갑을 꺼내 지폐 2장을 자리에 올려놓았다.

"여기, 계산 부탁합니다."

"손님, 이러시면 안 됩니다. 여긴 제가…."

하카마다가 만류했지만, 마리는 그의 말을 딱 자르고 일어났다.

"여긴 제가 계산할게요. 대신 서둘러 가주세요. 곧바로 가야 할 곳이 생겼어요."
"아, 알겠습니다."
하카마다와 마리는 서둘러 가게를 뛰쳐나갔다.

◆

"근데 넌 이름이 뭐니?"
"…."
고미가 물어봐도 소년은 입을 열지 않았다.
"양심이 있다면 이름 정도는 이야기해. 난 네가 한 짓의 공범으로 몰리게 생겼고, 넌 내 택시까지 아이스크림으로 더럽혔어. 난 고미 쇼헤이야, 나이는 35살이고. 그래서 넌 이름이 뭐니?"
"유우예요. '우수(優秀)하다'라고 할 때 그 '우(優)' 자를 써요."
고미는 한숨을 쉬었다. 우수한 사람은 강도짓을 하지 않는단다.
"나이는…?"
"13살이에요."
생각보다 나이가 많아서 놀랐다. 학년으로 따지자면 중학교 1학년생이다. 초등학생이 아니라는 말을 들으니 왠지 표정이나 말투가 이전보다 좀 더 어른스럽게 느껴졌다.
"스마일 택시." 유우가 말했다.

"응? 뭐라고 했니?"

"택시에 탈 때 봤어요. 스마일 택시라는 게 무슨 뜻이죠?"

고미의 택시에는 'SMILE TAXI'라는 문구가 표기되어 있다. 단골 정비소에 가서 페인트로 칠한 것으로, 이런 택시는 아마 세상 어디에도 없을 것이다. 유일무이한 고미 전용 택시였다.

"스마일 택시란, 손님을 미소 짓게 만드는 택시를 말하는 거야."

유우는 자기가 먼저 물어봐놓고 고미의 대답을 건성으로 들었다.

'질문해놓고 그 태도는 뭐야.'

건방진 태도에 고미는 내심 화가 나면서도 성심성의껏 설명했다.

"이 택시를 내릴 때 손님이 웃어주었으면 좋겠다, 그런 마음으로 만든 거야."

"저도요?"

"그럼. 물론 너도 포함이지."

그렇게 말했지만, 이 아이가 마지막에 미소를 지으며 택시에서 내리는 것은 무리일지도 모른다는 생각이 들었다. 이 아이는 강도니까.

"그런데 스마일 택시라고 하면서 아저씨는 전혀 웃지 않잖아요?"

"내 표정은 원래 이래."

계기판 옆에 있는 시계를 보니, 벌써 오후 1시를 지나고 있었다.

유우가 목적지를 말해주지 않았기에 고미는 지금 내키는 대로 가고 있다. 그렇게 5분 정도 운행을 하다가 고미는 브레이크를 밟았다. 그리고 공립도서관 주차장에 들어가 택시에서 내렸다.

"어디 가세요?"

"좀 늦었지만 점심 먹으러 간다."

유우는 혼자 택시에 남아 있는 상황은 위험하다고 판단했는지 따라서 차에서 내렸다. 고미는 택시 문을 잠그고 주차장을 가로질러 갔다.

도서관 옆에는 공원이 있었고, 그 안에 매점이 있었다. 고미는 이렇게 편하게 주차를 하고, 식사를 할 수 있는 장소를 몇 군데 알아두었다.

평소라면 사람들로 북적거렸을 텐데, 늦은 점심시간이라 그런지 매점 앞은 한산했다. 고미는 매점 앞으로 가서 주문을 했다.

"치즈버거와 감자튀김, 그리고 다이어트 콜라."

옆을 돌아보니 유우는 호기심 가득한 눈빛으로 가게 안을 살피고 있었다.

"…를 2개씩 주세요."

주인장은 대답도 하지 않고 바로 치즈버거를 만든다. 이 집 주인은 항상 마치 누군가에게 얻어맞은 사람처럼 잔뜩 성이 난 표정을 짓고 있다. 하지만 햄버거의 맛 하나만큼은 일품이었다. 주변 패스트푸드점과는 차원이 달랐다.

주인장이 햄버거가 든 봉지를 건넸다. 그 봉지를 받아든 고미는 파라솔 옆의 의자로 향했다.

"이게 네 거야."

봉지를 본 유우가 눈을 동그랗게 뜬다. 15센티미터 정도의 두께의 치즈버거 밑에 감자튀김이 빼곡하게 깔려 있었다.

유우가 진지한 표정으로 물었다.

"나이프와 포크는요?"

"없어, 그런 건."

고미는 양손으로 햄버거를 들고 먹기 시작했다. 고기의 육즙과 특제 소스가 섞여 말로 형언할 수 없는 감미로운 맛이 입 안에 퍼졌다.

그러다 고미는 유우가 햄버거에 손도 대지 않고 있는 모습이 눈에 들어왔다. 어린애라면 으레 햄버거를 좋아할 줄 알았는데….

"왜 안 먹니?"

"…이게 햄버거라는 거군요."

"설마…, 너 햄버거 처음 보니?"

"네, 이거 맛있어요?"

좀 이상하다. 아니, 많이 이상하다. 요즘 세상에 햄버거를 처음 보는 아이가 있다니, 믿을 수 없었다.

"넌 이제껏 뭐 하고 살았니?"

고미가 진지한 표정으로 유우에게 물었다.

유우는 말없이 햄버거를 양손으로 잡았다. 그리고 그것을 덥석 깨물어 먹는다. 너무 한꺼번에 많이 입에 넣어서인지 얼굴이 금세 일그러진다.

"어때? 맛있지?"

"네, 맛있네요. 이렇게 맛있을 줄 몰랐어요."

유우는 다이어트 콜라를 마시며 고개를 끄덕거렸다.

"하지만 이런 햄버거는 영양소가 편중되어 있을 것 같네요. 어이, 거기 아저씨!"

유우가 거만한 말투로 주인장을 불렀다. 늘 그렇듯 주인장이 언짢은 표정으로 몸을 앞으로 내밀었다.

"왜?"

"이 가게에 영양사는 없나요?"

"없어, 그런 건."

주인은 카악, 침을 내뱉듯 말했다.

"시끄러운 꼬맹이로군. 입 다물고 얌전히 처먹기나 해."

'이런 꼬마 강도와 느긋하게 햄버거나 먹고 있어도 되는 걸까.'

고미는 문득 현실을 생각하며 햄버거를 먹는 유우를 물끄러미 보았다. 입 주위를 케첩으로 더럽히며 열심히 햄버거를 먹고 있었다.

'이 아이는 왜 그런 짓을 했을까? 그리고 아이스크림 가게 근처에서 우리를 추격해온 검은색 차는 뭐지? 유우는 자기가 쫓기고 있다고 했는데, 누가 이 아이를 그렇게까지 쫓는 걸까?'

의문은 산더미처럼 많았다. 어쨌든 이대로 이 아이를 데리고 다닐 수는 없었다. 경찰에게 발각되는 것은 시간문제일 것이다.

먼저 이 아이의 부모에게 연락을 해야 한다. 고미는 그렇게 결론을 내렸다.

고미는 다이어트 콜라를 마셨다. 유우는 배가 부른지 햄버거를 반이나 남긴 채 감자튀김을 먹고 있었다. 역시 튀김은 누구나 좋아했다.

고미는 쓰레기가 든 봉지를 쓰레기통에 던지고 자리에서 일어났다.

"가자."

유우는 조용히 일어나 고미의 뒤를 따랐다. 그런 다음 그들은 도서관 주차장에 세워둔 택시에 올라탔다.

명품 매장에서 강도 행각을 벌인 지 벌써 2시간 넘게 지났다. 라디오를 켠 고미는 뉴스 채널을 찾았지만 안타깝게도 어느 채널이든 시끄러운 음악만 흘러나왔다.

그때 뒤에서 바스락거리는 소리가 들렸다. 뒤를 돌아보니 유우가 고미에게 돈을 건넨다.

"이거 햄버거 값이에요."

"필요 없어."

"받으세요."

"이런 식으로 날 매수하려고 하지 마. 훔친 돈을 어떻게 받아?"

"하지만 아까 이미 받았잖아요."

마침 그때 음악소리가 멎더니 아나운서의 목소리가 들렸다.

"뉴스를 전해드리겠습니다. 오늘 오전 11시경, 어느 명품 매장에 남자 두 명이 들어와 돈을 훔치고 도주하였습니다. 장소는…."

심장이 철렁 내려앉았다. 그 사건이다!

고미는 입을 다물고 라디오에 귀를 기울였다.

"…당시 현장에 있던 점원의 말에 따르면, 범인은 중국인으로 보이는 남자 두 명으로, 나이는 둘 다 30대에서 40대 사이로 둘 다 검은 옷을 입고 있었다고 합니다."

'이게 무슨 소리야…!'

고미는 자신의 귀를 의심했다. 중국인 2인조, 게다가 둘 다 30대에서 40대 사이라니…. 어린애와 택시기사가 아니란 말인가.

"경찰은 현재 이 두 사람의 행방을 추적하고 있습니다. …다음 뉴스입니다. 오늘 주식 시장에서는…."

이 상황을 도무지 이해할 수 없었다. 고미는 라디오를 끄고 유우를 돌아보았다.

"이상하죠, 지금 뉴스. 범인은 중국인들이라니 대체 어떻게 된 일일까요?" 유우가 말했다. "그 누나, 눈이 참 나쁜가보네요."

그럴 리가 없다. 아무리 눈이 나빠도 우리 두 사람을 성인 중국 남자들로 본다는 건 말이 안 된다. 대체 일이 어떻게 돌아가고 있는 건지 고미는 전혀 감이 오지 않았다.

"혹시 걱정되시면 아저씨가 경찰에 전화해서 자수하면 어때요? 당신들이 쫓고 있는 범인은 사실 우리들이라고요."

"정말 뭐가 어떻게 된 거야, 대체…."

고미는 한숨을 크게 쉬고 룸미러를 보았다. 그런 고미의 기분 따위에는 아랑곳하지 않고 유우는 다이어트 콜라만 홀짝이고 있었다.

◆

경찰서 앞이라서 그런지 외국인이 많았다.

택시 운전석에 앉은 카가와 케이코는 경찰서 입구를 보았다. 벌써 오후 2시가 넘은 시간이었다. 이제 슬슬 그가 나올 것이다.

잠시 후에 경찰서에서 한 남자가 나왔다. 남자는 택시 쪽으로 걸어오고 있었다. 40대 중반으로, 배가 많이 나온 뚱뚱한 사람이었다. 남자는 한 걸음, 한 걸음 큰 걸음으로 택시를 향해 다가왔다. 그리고 뒷좌석 문을 열고 들어왔다. 남자가 자리에 앉는 순간, 마치 택시의 무게중심이 뒤로 쏠리는 것 같은 느낌을 받았다.

"출발!"

남자의 말대로 케이코는 택시를 출발했다. 그리고 룸미러로 남자의 얼굴을 확인한다.

입고 있는 옷은 제법 고급스러웠다. 하지만 어딘지 모르게 피곤한 기색이었다.

"누가 불러서 왔지?"

남자의 질문에 케이코는 운전을 하며 말했다.

"글쎄요, 누군가 전화로 지시를 해서 기다리고 있었어요."

"흥! 그런가? 그럼…."

남자가 목적지를 말했다. 여기서 5킬로미터 정도 떨어진 주택가였다. 케이코는 규정 속도를 지키며 택시를 몰았다. 평일 오후라서 그런지 길은 막히지 않고 순조로웠다.

"잠깐 멈춰!"

남자의 명령에 케이코는 브레이크를 밟고 택시를 세웠다. 남자는 길가에 있는 편의점을 보았다. 그 눈은 마치 먹이를 노리는 맹수처럼 기괴하게 빛나고 있었다. 그 뚱뚱한 체형으로는 상상할 수 없을 정도의 빠른 스피드로 남자는 택시에서 내려 편의점으로 들어갔다.

케이코는 사이드브레이크를 걸고 남자가 돌아오기를 기다렸다. 이윽고 남자가 다시 돌아왔다. 오른손에는 뚱뚱한 비닐봉지, 왼손에는 라지 사이즈 커피가 들려 있다.

"출발해!"

케이코는 다시 핸들을 잡았고, 남자는 비닐봉지에서 도넛을 꺼내 순식간에 먹어치웠다. 아니, 먹는다기보다는 그냥 삼키는 것만 같았다. 케이코는 남자가 다 먹는 것을 기다렸다가 그에게 말을 걸었다.

"형사님, 지금은 무슨 사건을 쫓고 계세요?"

"엉? 내가 형사로 보이나?"

남자가 커피를 한 모금 마시고 물었다.

"아, 아니에요? 경찰서에서 나오시길래…."

"경찰서를 드나드는 사람은 경찰과 범죄자뿐이야. 난 후자에 속하고."

"그럼 범죄자인 건가요?"

남자는 고개를 끄덕인다.

"그동안 계속 유치장 안에 있었어. 거의 한 달 만에 세상에 나왔지. 그곳에 있는 동안 맛없는 밥 먹는 게 제일 힘들었어. 달콤한 것들도 잔뜩 먹고 싶었고."

"저도 달콤한 음식 좋아해요."

그러자 남자가 몸을 내밀어 케이코의 얼굴을 보았다.

"당신 원래 그렇게 성격이 특이해?"

"가끔 그런 소리를 들어요."

"범죄자와 단둘이 있는데 무섭지도 않아?"

무섭긴 하지만 그게 택시기사라는 직업의 숙명이다. 손을 흔드는 사람은 누구든 태운다. 그게 형사건 범죄자건 상관없다.

"좀 무섭긴 해요. 하지만 호기심도 솟네요. 범죄자를 태우는 상황이 처음이라서. 아무튼 자신을 범죄자라고 솔직하게 소개하는 사람은 손님이 처음이네요. 그런데 무슨 죄로…?"

"…성폭행."

"어이쿠, 이런."

케이코는 피식 웃으며 룸미러로 남자의 얼굴을 살폈다. 남자의 표정은 사뭇 진지했다.

"농담이죠?"

"진짜야. 하지만 걱정 마. 너를 덮치는 건 물리적으로 불가능하니까."

남자는 강화 플라스틱으로 된 칸막이를 두들기며 말했다. 이 도시의 모든 택시는 방범 장치로 앞좌석과 뒷좌석 사이에 칸막이가 있다. 돈을 놓는 장소에만 구멍이 뚫려 있지만, 그 작은 구멍으로는 이 남자의 팔 하나조차 제대로 들어가지 않을 것이다.

"정말로 성폭행범인가요?"

남자는 대답하지 않았다. 남자는 스마트폰을 만지작거리더니 그것을 귀에 가져갔다. 얼마 후 남자는 혀를 끌끌 차며 다시 스마트폰을 만지작거리고는 귀에 댔다. 남자는 몇 번이나 같은 동작을 반복했지만, 상대방이 전화를 받지 않는 것 같았다.

남자는 머리는 길고, 수염이 나 있었다. 얼굴을 다시 보니 강간범처럼 생긴 것 같기도 했다. 편의점에 달려갈 때 보니 몸은 그 체격에 어울리지 않게 날렵했고, 아마 힘도 꽤 셀 것이다.

케이코는 남자 몰래 칸막이가 탄탄한지 만져보았다.

'괜찮아. 문제없어. 아무리 힘이 세도 이 칸막이를 부술 수는 없을 거야.'

"운전은 재미있나?"

스마트폰에서 눈을 뗀 남자가 뜬금없이 케이코에게 물었다.

"네, 재미있어요. 저는 이 일을 정말 좋아해요. 생각해보세요. 차를 운전하면서 여러 사람들과 많은 이야기를 나눌 수 있는데, 돈도 벌 수 있어요. 이렇게 좋은 직업은 택시기사뿐일 거예요."

케이코는 운전도 좋아하지만, 사람들과 이야기하는 것도 좋아한다. 평소에는 만날 수 없었던 사람들과 잠시 동안 같은 공간과 시간을 공유하는 것이다. 케이코는 이 일이 자신의 적성에 잘 맞는다고 생각했다.

"전 항상 의문이었어요. 왜 다들 택시기사를 하지 않는 거죠?"

"당신, 바보야? 모두가 택시기사를 하면 아무도 택시를 타지 않을 거 아냐?"

참 거만한 남자 같았다. 이런 손님을 태우는 경우가 종종 있었다. 택시기사를 하인으로 오해하는 사람들 말이다. 불쾌한 감정을 억누르며 케이코가 말했다.

"정말 그러네요. 앗, 도착했어요."

케이코는 차를 세웠다. 고급 아파트 앞이었다. 화려한 입구만 보더라도 여기에 사는 사람들이 다들 부자라는 사실을 단박에 알 수 있었다. 택시기사 수입으로는 도저히 살 수 없는 곳이었다.

남자는 돈도 지불하지 않고 아무 말 없이 택시에서 내렸고, 케이코는 고개를 돌려 남자를 불러 세웠다.

"완전히 여기서 종료하시는 건가요? 아니면 기다렸다가 다시 가실 곳이 있으신가요?"

"아, 그렇군. 그럼 기다려줘!"

남자는 아파트 입구를 향해 달렸다. 그 모습이 왠지 모르게 성폭행범 같지는 않았다.

잠시 기다리자 남자가 다시 나왔다. 남자는 숨을 헐떡이며 다시 택시에 올라탔다. 문을 '쾅' 하고 닫는 것을 보니 화가 많이 난 모양이었다.

"무슨 일 있었나요?"

"아무것도 아니야. …멋대로 집 월세 계약이 해지됐어. 이런 젠장."

남자는 내뱉듯 말하더니, 칸막이를 난폭하게 두들겼다.

"돈을 인출해야겠어. 은행이 있는 곳으로 가줘."

"알겠습니다."

출발 후 첫 사거리에 은행이 보였다. 케이코는 우회전을 해서 바로 앞 도로변에 택시를 세웠고, 남자는 택시에서 내려 현금자동인출기ATM로 달려갔다. 돈을 인출한 남자는 다시 택시 뒷좌석에 올라탔다.

"출발!"

"알겠습니다."

케이코는 비상 깜빡이를 끄고 다시 출발했다. 그리고 전방을 주시하며 남자에게 물었다.

"그런데 어디로 갈까요?"

하지만 남자는 아무런 답도 하지 않았다. 룸미러로 흘깃 보니, 남자는 창밖만 응시하고 있다. 케이코의 말 따윈 들리지도 않는 모양이었다. 케이코는 한숨을 쉬었다.

"멈춰! 여기서 멈춰!"

그때 남자가 외쳤다.

케이코는 곧바로 급브레이크를 밟고 차를 도로변에 세웠다. 그러자 뒤따라오던 차가 케이코의 차를 추월하며 신경질적으로 경적을 울렸다.

택시에서 달려 나간 남자가 향한 곳은 주류 판매점이었다. 잠시 후에 남자는 종이봉투를 품에 안은 채 돌아왔다.

"미안해. 출발해."

남자는 종이봉투 안에서 위스키를 꺼내 병째로 마셨다. 또 봉투에서 육포와 주전부리도 꺼내서 좌석 위에 올려놓았다. 남자는 육포를 씹으면서 위스키를 홀짝거리더니, 이번에는 피스타치오를 입에 넣었다. 피스타치오 껍질은 그냥 바닥에 버려 버렸다.

술 냄새와 육포 냄새가 차 안에 진동했다. 속이 울렁거릴 정도였다. 케이코는 남자 몰래 창문을 살짝 열었다.

◆

마리를 태운 택시는 순조롭게 달렸다. 교통체증도 없었고, 공사를 하는 곳도 나오지 않았다.

하카마다는 콧노래를 부르며 느긋하게 운전했지만, 마리는 신경이 곤두서 있었다. 무슨 일이 생길지 알 수 없어서였다. 그의 한탄처럼 하카마다는 정말 운이 없는 사람 같았다. 따라서 앞서가고 있는 차량이 갑자기 사고가 나거나, 졸음운전을 하던 트럭이 갑자기 튀어나올 수도 있다는 생각이 들었다. 초조해진 마리는 주위를 계속 살폈다.

"그런데 손님, 성함이 어떻게 되시나요?"

그 말에 마리는 퍼뜩 정신을 차렸다.

"아, 죄송해요. 뭐라고 하셨죠?"

"손님 성함이요. 물론 알려주고 싶지 않으시면 말씀 안 하셔도 돼요."

이름 정도는 괜찮다. 마리는 선선히 대답했다.

"데즈카예요. 데즈카 마리라고 합니다."

"마리 씨군요. 이름이 참 좋네요."

앞에 사거리가 보였다. 저 사거리에서 우회전만 하면 목적지는 코앞이다. 먼저 도착한 얀이 의뢰인을 설득하고 있겠지만, 얀은 역시 믿을 수 없다. 자신이 빨리 가지 않으면 설득은 실패할 것이다.

신호가 빨간불로 바뀌자, 차는 일단 정차했다. 여기서부터는 내려서 달려가도 되는 거리이다. 마리는 지갑을 꺼냈다.

"여기서 내릴게요. 얼마죠?"

"그런 말씀 마세요. 이제 조금 남았잖아요. 날도 추운데 목적지까지 모실게요."

그렇긴 하다. 달려서 갈 수 있는 거리라고 해도 아직 1킬로미터는 족히 남았다. 마리는 지갑을 무릎 위에 올려놓은 채 신호가 파란불로 바뀌기를 기다렸다.

잠시 뒤에 신호가 바뀌었지만, 택시는 움직이지 않았다. 앞에 있는 차량들이 움직이지 않았기 때문이다. 옆 차선의 차량들도 역시 꼼짝하지 않았다.

마리는 몸을 내밀어 앞을 보았다. 횡단보도에 한 여성이 쓰러져 있었다.

하카마다가 말했다.

"임산부인 것 같아요."

옆 차선에 있는 차에서 운전자가 내려 어딘가로 전화를 걸었다. 아무래도 병원에 연락하는 모양이었다. 주변에는 핸드폰으로 통화하는 사람들이 보였다. 임산부 주위로 많은 행인들이 여럿 모여들었다.

"전 여기서 내릴게요."

마리는 지갑에서 돈을 꺼내려고 했지만 하카마다는 마리의 말을 듣지 못한 듯했다. 하카마다는 진지한 표정으로 이렇게 말했다.

"어쩌면 전 저분을 구하기 위해 이 세상에 태어났을지도 몰라요."

'이 사람이 지금 무슨 소리를 하는 거야?'

마리는 마음속으로 혀를 끌끌 차며 돈을 꺼냈다.

"아무튼 전 여기서 내릴…."

마리의 말이 끝나기도 전에 하카마다는 "좋아."라는 소리를 내면서 기세 좋게 문을 열고 나갔다. 그러더니 횡단보도에 쓰러진 여성에게 다가갔다.

'무슨 일이지?'

그 모습에 마리 역시 자신도 모르게 택시에서 내렸다.

하카마다는 주변에 있던 행인들과 힘을 합쳐 3명이서 임산부를 택시로 데려왔다.

마리는 그 모습을 멍하니 지켜보았다.

"마리 씨, 문을 열어주세요."

하카마다의 말에 마리는 후다닥 택시 문을 열었다. 하카마다를 포함해 임산부를 부축한 3명의 남자들이 세심한 주의를 기울이며 조심스레 임산부를 택시 뒷좌석에 눕혔다.

"조심해요."

"살짝 놓아, 살짝!"

사람들이 입을 모아 말했고, 그 사이 하카마다는 택시 운전석에 탔다.

"힘내요."

"잘 부탁해요."

주위 사람들의 당부에 하카마다는 고개를 크게 끄덕였다.

'이런, 실수했다. 가방을 차 안에 두고 내렸어.'

마리는 택시 뒷좌석에 상반신을 다시 집어넣었다. 임산부는 거친 숨을 몰아쉬며 배를 부여잡고 있었다. 마리의 가방은 시트 아래에 떨어져 있었다.

가방을 주우려고 마리가 손을 뻗는데, 그 손을 누군가가 붙잡았다. 임산부였다. 임산부의 손은 매우 뜨거웠고, 땀으로 범벅이 되어 있었다.

마리는 임산부와 눈이 마주쳤다. 20대 후반으로 보이는 임산부의 눈동자는 두려움으로 격하게 떨리고 있었다.

"마리 씨, 빨리요."

마리는 저도 모르게 다시 택시에 올라탔고, 하카마다는 운전을 시작했다.

임산부의 숨이 점점 거칠어졌다. 마리는 임산부의 손을 양손으로 감쌌다. 마리는 차마 그녀의 손을 뿌리치고 갈 수는 없었다.

◆

유우는 뒷좌석에서 콜라를 마시며 태블릿을 보고 있다. 손님에게 빌려주기 위해 고미가 택시 안에 비치해놓은 것들이었다. 미간을 찌푸리며 태블릿을 보는 유우의 모습이 사뭇 어른스러워 보였다.

목적지에 도착한 고미는 택시를 도로변에 세웠다. 유우를 처음 태웠던 맥도날드 앞이었다.

"도착했어."

유우는 태블릿에서 시선을 떼고 고개를 들어 창밖을 보았다.

"도착했다니…, 여기가 어딘데요?"

"오전에 널 태웠던 곳이야. 네 집은 이 근처잖아. 더 이상 너와 함께 있을 순 없어."

"난 오늘 이 택시를 전세 냈잖아요."

"난 이미 지쳤어. 더 이상 날 곤경에 빠트리지 말아줘."

고미는 발밑에 있는 가방에서 유우에게서 받은 지폐 뭉치를 꺼냈다. 그리고 운전석에서 내려 뒷좌석 문을 열고 단호하게 말했다.

"내려!"

유우는 순순히 차에서 내렸다. 하지만 여전히 돈가방을 들고 있었다. 고미는 손에 들고 있던 지폐 뭉치를 그 가방에 넣었다.

"뭐가 뭔지 난 전혀 모르겠다. 하지만 널 이대로 내 택시에 태울 순 없어. 미안하지만."

"…."

유우는 대답하지 않았다. 말없이 택시를 보고 있다.

"만약 네가 원한다면 네 부모님께 오늘 일어난 일에 대해 설명을 해드릴 순 있어."

말은 그렇게 했지만, 사실 고미도 유우의 부모님께 어떻게 설명해야 좋을지 잘 몰랐다. '당신 자녀가 강도짓을 했습니다.'라는 말을 한다면 유우의 부모님은 어떻게 받아들일까.

"…거짓말이었네요."

유우가 'SMILE TAXI' 로고를 보며 말했다.

"저 웃지 않았잖아요?"

대꾸할 말이 없었다. 그 말대로 유우의 스마일을 보지는 못했다. 하지만 이번은 특수한 경우이다. 손님의 스마일을 고집할 상황이 아니었다.

"어쨌든 난 더 이상 너와 같이 있을 수 없어."

그렇게 말하고 운전석에 올라탄 고미는 크게 한숨을 쉬었다. 사이드미러를 보니, 유우는 가방을 어깨에 멘 채 계속 도로에 멍하니 서 있었다.

그때 고미의 핸드폰이 울렸다.

"네, 스마일 택시입니다."

"고미 맞지? 나야, 나. 아까부터 계속 전화했는데 왜 받지를 않아."

전화를 건 사람은 도모토였다. 그는 고미가 평소 자주 가는 술집의 단골손님으로, 우연히 몇 번 같이 술을 마시다가 친해지게 되었다.

"미안해요, 도모토 씨. 계속 운전하느라…."

"고미, 물어볼 게 있어. 너, 지금 어떤 애랑 같이 있지 않아? 13살 남자애 말이야."

'도모토는 어떻게 유우를 알고 있는 거지?'

고미는 저도 모르게 핸드폰을 강하게 움켜쥐었다.

"아, 네. 그래요."

"역시 그렇군. 너일 줄 알았어. 잘 들어, 그 꼬맹이에게서 절대 눈을 떼지 마."

"왜요? 아니, 그보다 도모토 씨가 왜 유우를…, 아니, 내가 어린애를 데리고 있다는 걸 어떻게 알았어요?"

"다 아는 수가 있지. 우리 업계 애들이 떠들더라고."

도모토는 자신이 탐정사무실을 운영하고 있다고 소개했었다. 물론 실제로는 심부름센터일 것이다. 자세히 말해주지 않아서 정확히는 모르지만 합법과 불법 사이의 아슬아슬한 일도 맡아서 한다고 했다. 당연히 검은 세계와도 연줄이 있는 사람이라 술친구 이상으로 친해지고 싶지는 않았다. 하지만 그는 제법 통이 크고, 그에게 도움을 받은 적이 여러 번 있어서 이렇게 친구처럼 격의 없이 지내고 있다.

"그 애송이, 나루오카 씨 아들이라는군."

"나루오카? 나루오카가 누구인가요?"

"고미, 설마 나루오카 씨를 몰라? 이래서 택시기사들이란…. 잘 들어, 고미. 나루오카 씨는 유명한 변호사야. 우리 업계에서는 모르는 사람이 없을 정도라고."

도모토의 설명에 의하면, 나루오카는 검은 세계에서 유명한 변호사이며, 악덕 기업의 변호를 전문으로 하는 변호사라고 한다. 재판에서 한 번도 진 적이 없는 전천후 실력자로, 검찰에서도 주목하고 있는 변호사라고 했다.

"그 나루오카 씨의 아들이 가출을 한 것 같더군. 그래서 나루오카 씨가 부하들을 써서 아들을 찾고 있대."

'…그렇게 된 거였군.'

고미는 사이드미러로 유우를 다시 보았다. 유우는 아직 길가에 서 있었다.

고미는 도모토에게 말했다.

"걱정 마세요. 그 소년은 내려주었어요. 이제 알아서 집으로 돌아가겠죠. 그럼 해결된 거 아닙니까?"

"기, 기다려, 고미."

도모토가 당황한 목소리로 외쳤다.

"그 아이를 그냥 보내주면 안 돼. 아직 근처에 있지? 그 꼬맹이는 분명 돈이 될 거야."

돈이 된다기보다 돈을 강탈하는 소년이다. 저 나이에 벌써 강도짓이라니, 대체 나루오카라는 남자는 자식 가정교육을 어떻게 한 걸까.

"내 이야기 아직 안 끝났어. 여러 소문들 중 하나가 그 꼬맹이는 가출한 게 아니라 유괴를 당했다는 거야. 그중 하나가 노란 프리우스 택시기사에게 납치당했다는 소문이더군. 그래서 너에게 전화한 거야. 결국 내 짐작이 맞았네. 대단하지?"

"잠깐만요. 유괴가 아니에요. 저 애가 멋대로 내 택시에 탄 거라고요."

"그렇겠지. 하지만 저쪽에서는 그렇게 생각 안 할 거야. 만약 그 꼬맹이 아버지가 노란색 프리우스 택시기사한테 우리 아들을 납치당했다고 주장한다면 넌 그냥 범죄자가 되는 거지."

하긴 검은색 차에 있던 남자들이 보았을 때는 고미가 유괴범으로 보일 수도 있다. 고미는 아이를 태우고 도주했으니까.

그 명품 매장에서 있었던 일도 마찬가지다. 지금은 중국인 2인조의 범행이라고 알려져 있지만, 모든 진실이 밝혀지면 어떻게 될까? 13살 어린이와 35살 택시기사. 그 누구든 고미가 범인이라고 여길 것이다.

"그러니까 고미, 무슨 수를 써서라도 꼬맹이를 다시 데려와. 그리고 남들 눈에 띄지 않게 숨어 있어. 내가 어떻게든 방법을 알아볼게. 또 연락하지. 알았지?"

전화가 끊겼다. 사이드미러를 보니 마침 유우는 오른손을 흔들며 다른 택시를 잡고 있다. 택시에서 내린 고미는 서둘러 유우에게 달려갔다.

"기다려! 잠깐만 기다려!"

고미를 본 유우가 어리둥절한 표정을 짓는다.

"마음이 바뀌었어. 일단 택시에 타."

고미는 그 사이 유우 앞에 멈춘 다른 택시 창문을 두들기며 택시기사에게 말했다. "미안, 내가 먼저야."

아랍인 택시기사가 고미를 노려보더니 이내 택시를 출발시켰다.

고미는 유우의 등을 떠밀며 자기 택시 안으로 밀어 넣었다. 그리고 운전석에 앉아 안전벨트를 매면서 유우에게 말했다.

"미안해. 전세였는데…."

"네, 미안한 게 당연하죠."

유우는 시큰둥하게 대답하면서 다시 태블릿을 무릎 위에 올렸다.

"그래서 어디로 가면 돼?"

고미의 질문에 유우는 태블릿을 보면서 말했다.

"동물원이요."

"뭐?"

"동물원이라고요."

이 상황에서 동물원에 가다니 도무지 무슨 생각인지 알 수가 없었다. 어쨌든 유우의 아버지가 아들이 유괴당했다고 찾고 있는 이 시점에서 유우와 함께 거리를 활보한다는 것은 위험한 발상이다.

'나루오카라는 남자는 아들이 동물원에 갔을 거라고는 상상도 못하겠지? 차라리 잘됐어.'

"알았어. 그럼 동물원으로 가자."

"네."

고미는 거칠게 액셀을 밟았다.

◆

위스키를 반쯤 마신 남자는 기분이 좋아진 모양이다. 그는 빨개진 얼굴로 케이코에게 주절거렸다.

"내가 처음으로 상경했을 때는 18세였어. 처음에 가장 놀랐던 것은 사람이 많다는 거, 두 번째는 택시가 많다는 거였어. 시골에서는 택시를 타본 적이 없었거든. 지하철이 있는데 왜 택시를 타는지 계속 궁금했었지."

"아, 이해해요. 저도 처음엔 그랬으니까요."

케이코가 상경한 것도 18세였다. 고등학교를 졸업한 케이코는 단과대학에 다니기 위해 상경했다. 그리고 이 남자와 마찬가지로 케이코 역시 거리를 돌아다니는 택시의 수에 적잖이 놀랐었다.

“그렇지? 난 처음에는 택시를 타지 않았어. 지하철이면 충분했고, 택시를 탈 수도 있다는 생각 자체가 없었지. 그러다 졸업하고 일을 시작하게 되었고, 그때부터는 택시밖에 타지 않았어. 거의 10년 전부터 지하철을 탄 적이 없어.”

케이코는 이 남자가 지하철을 타는 모습을 상상할 수 없었다. 이 체구로는 자리도 두 자리나 차지해야 할 것이다.

“매번 택시를 타면서 생각하는 건데, 택시란 것은 정말 신기하지 않나? 생각해봐. 처음 만난 남남이 갑자기 좁은 밀실에 둘만 남겨진 거야. 기차나 지하철처럼 공공성이 없잖아.”

케이코도 그 말에 동의한다. 그래서 재미있는 것이다. 택시기사는 화를 내는 사람, 즐거워하는 사람, 서두르는 사람 등을 모두 태운다. 그것이 택시기사의 업무이다.

“나 정도 레벨이 되면 택시를 타자마자 택시기사가 어떤 녀석인지 알 수 있지. 어떤 녀석이 초보인지, 어떤 녀석이 나랑 대화가 되는 고수인지 등을.”

“그럼 저는요? 저는 어때요?”

“너 말이야? 너는…, 넌 아직 모르겠다. 하지만 승차감은 좋아.”

그렇게 말하며 남자가 시트에 앉은 채 위아래로 몸을 흔들었다. 남자의 체중 탓인지 택시가 살짝 흔들렸다. 남아 있는 위스키를 단숨에 들이켠 남자는 입에 묻은 위스키를 손등으로 닦고, 그 손을 그대로 좌석 시트에 문질렀다.

"전기자동차를 타는 것은 처음이야. 환경보호에는 전혀 관심이 없지만, 어쨌든 이 차는 좋군."

"전기자동차가 아니에요. 하이브리드카입니다. 전기자동차란 전기만으로 움직이는 차고, 이 하이브리드카는 전기와 기름 둘 다를 사용하는 차예요. 정확하게는 엔진과 전기모터죠. 참고로 이 프리우스가 출시된 것은 1997년으로, 세계 첫 스플릿 방식이라는…."

"그런 건 아무래도 상관없어."

남자는 자리에서 더 팔짝팔짝 뛰어오른다. 그 순수한 표정은 마치 어린애 같았다. 자동차 연비를 나쁘게 만들 체형이지만 얼굴만큼은 잘생겼다고 볼 여지도 있는 외모였다. 지금 여기서 50킬로그램만 빼면 나름 여자들에게 인기가 있을 것도 같다. 물론 택시 뒷좌석에서 술을 마시는 버릇도 뺀다면.

"저기, 그렇게 뛰지 마세요. 심바가 불쌍해요."

"심바?"

"이 아이의 이름이에요."

케이코는 그렇게 말하며 핸들을 가볍게 두들겼다.

"손님이 무거워서 심바가 힘들 거예요."

"차에 이름을 지어준 거야?"

"안 돼요? 다들 자신의 애완동물에게 이름을 지어주잖아요? 그거랑 같은 이치예요. 마침 이 차를 구입했을 때 뮤지컬 '라이온 킹'을 봐서 '심바'라고 지었지요."

"역시 넌 특이해."

"그런 말 자주 들어요."

전방에 있는 길이 공사 중으로 막혀 있어서 케이코는 차선을 바꾼 다음 좌회전을 했다. 조금 전부터 아무 데나 가고 있는데, 남자는 딱히 잔소리를 하지 않았다.

"이 냄새는 뭐지…?"

남자가 갑자기 코를 킁킁거렸다.

"이제야 눈치챘군요. 아로마 향이에요."

"아로마?"

"네, 좋죠? 아로마 오일을 적신 손수건을 트렁크에 두었어요. 오늘은 라벤더 향이에요. 스트레스 해소 작용이 있어서 긴장감을 풀 때 특히 좋아요. 손님에게 딱이죠?"

"난 딱히 긴장하지 않았는데?"

"여성분들은 많이 좋아하세요. 그리고 택시 안에는 소형 가습기도 있답니다. 대단하죠?"

"주절주절 떠들지 말고 운전에나 집중해."

"그건 걱정 마세요."

운전은 자신 있다. 20살 때 면허를 딴 케이코는 그때 자신에게 운전 재능이 있다는 것을 알았다. 말솜씨와 운전만큼은 그 누구에게도 지지 않을 자신이 있었다. 그 두 가지를 동시에 잘해야 하는 직업이 바로 택시기사다. 그래서 택시기사야말로 케이코에게 딱 맞는 직업이었다.

"그것보다 어디로 갈까요?"

남자는 잠시 뜸을 들이고는 말했다.

"그렇군. 그럼…, 호텔로 가줘. 집은 해약당했으니 당분간은 호텔에서 지내야겠어."

"어느 호텔로요?"

"그건 네 안목을 믿어보지. 밥이 맛없으면 용서하지 않을 거야. 그것보다 너, 남자 있냐?"

"아니, 그런 걸 왜 물으세요?"

"괜찮으면 내가 널 품어줄 수도 있다. 하룻밤에 이거면 어때?"

이 남자는 정말 최악이었다. 아무리 술을 먹고 취했어도 성추행 발언을 일삼는 걸 보니, 정말 성폭행범으로 경찰서에 잡혀있다가 나온 사람이 맞는 것 같았다.

"거절하겠습니다."

"그래, 좋아. 서둘러 호텔로 가지."

케이코는 다시 핸들을 잡았다.

'남자는 돈이 많아 보이니 일단 고급호텔 아무 곳이나 데려가면 되겠지.'

"그런데 택시기사는 돈이 좀 되나?"

"기사마다 다르죠. 많이 버는 사람도 있고, 그렇지 못한 사람도 있어요."

"보통 호텔이나 역 앞에서 승객을 기다리나?"

"그런 기사들도 있죠. 한 군데 머물면서 승객을 기다리는 거죠. 아니면 돌아다니면서 승객을 태우는 기사들도 있어요. 대체로 그 두 종류죠."

"넌 어느 쪽이야? 기다려, 돌아다녀?"

"기다리는 편이죠. 역이나 호텔 앞에 서 있으면 손님이 나타나니까요. 하지만 그런 손님들은 단거리가 많아요. 장거리가 더 돈이 되는데 말이죠."

택시기사도 자기만의 스타일이 있다. 그런데 드물기는 하지만 돈보다 다른 목적이 있어서 택시 운전을 하는 사람도 있다. 그 대표적인 예가 바로 고미 쇼헤이였다. 그는 승객의 스마일을 위해서 택시를 운전한다. 요즘 세상에 보기 힘든 천연기념물 같은 존재였다.

"예전에 비해 경기가 안 좋아졌잖아. 난 지금도 택시를 자주 이용하지만…."

그 말에 케이코는 고개를 끄덕였다.

"그렇죠. 저는 거의 낮에만 영업을 해서 실감이 나진 않지만, 가끔 금요일 밤에 나가보면 회식을 마친 사람들이 곧장 지하철역이나 버스정류장으로 향하는 모습을 종종 봐요. 택시는 거들떠보지도 않고요. 그런 모습을 볼 때마다 정말 경기가 좋지 않다는 걸 느끼죠."

물론 그렇다고 해서 케이코가 택시기사를 그만둘 생각은 없었다.

"그거 나도 할 수 있나?"

갑자기 남자가 그렇게 물어봤고, 케이코는 되물었다.

"그게 무슨 말씀이시죠?"

"택시기사 말이야."

케이코는 남자를 쳐다보았다. 이미 많이 취했는지 눈 주위가 빨갰다. 하지만 말투는 아직 멀쩡했다. 손에 쥔 위스키는 약 1/3이 남아있었다. 상당히 술에 강한 모양이었다.

"할 수 있을 거예요. 이 업계에는 정말 별의별 사람들이 다 있거든요. 전직 댄서나 전직 개그맨, 그리고 전직 사장님이었던 택시기사도 있어요."

택시기사를 시작하고 나서 가장 먼저 느낀 것이 다양한 경력을 지닌 사람들이 여기서 일하고 있다는 사실이었다. 그래서 케이코는 휴식시간에 다른 택시기사들과 이야기하는 것을 좋아했다. 케이코의 핸드폰에는 택시기사만 해도 300여 명의 연락처가 등록되어 있다. 그래서 케이코는 그들의 이야기를 듣고 수많은 직업들의 장단점을 알고 있는 것이다.

"제가 물어봐드릴까요?"

"누구한테?"

"택시기사 중에 전과자도 있거든요."

케이코는 곧바로 택시를 길가에 세웠다. 그리고 핸드폰 주소록을 확인하고 전화를 걸었다. 상대방은 곧바로 전화를 받았다.

“여보세요, 케이코? 무슨 일 있어?”
“갑자기 죄송해요. 지금 어디 계세요?”
“역 앞에서 승객을 기다리고 있어. 어휴, 내 앞에 택시가 10대나 있어. 언제 내 차례가 오려나.”
“저기, 아저씨와 잠깐 이야기를 하고 싶다는 사람이 있어요.”
“누군데?”
“전과자가 될지도 모르는 사람인데, 택시기사를 하고 싶대요.”
“좋아. 어차피 할 일도 없으니까.”
케이코는 핸드폰을 스피커폰으로 바꾸고 남자에게 설명했다.
“이 사람은 제 동료인데, 강도상해죄로 10년을 살다나왔어요. 하지만 지금은 마음을 잡고 택시기사를 하고 있죠. 자, 물어보고 싶은 게 있으면 얼마든지 물어보세요.”
케이코는 핸드폰을 돈 놓는 곳 위에 두었다. 취해서 그런지 남자는 주저하지 않고 곧바로 핸드폰을 낚아챘다.
“야, 범죄자.”
“야, 라고 했어? 이 녀석 제법인데. 야, 인마! 넌 무슨 죄를 저질렀어?”
“성폭행이다. 이제 곧 재판이야.”
“그건 좀 심각한데…. 어쩌면 무기징역형을 선고받을 수도 있어. 하지만 감옥도 익숙해지면 별거 아냐. 얌전히 있으면 모범수로 일찍 나올 수도 있고. 만약 세상에 다시 나온다면 택시기사를 하는 것도 좋아."

"돈벌이가 좋은 직업인가?"

"전과자를 고용해줄 회사가 별로 없으니 하는 말이야. 그런 점에서 택시기사는 좋아. 그리고 무엇보다도 자유로우니까. 고속도로를 달리기만 해도 속이 다 시원하다니까. 요령만 생기면 입에 풀칠은 하고 살만 할 거야."

"그렇군."

"만약 가게 될 감옥이 정해지면 케이코를 통해서 연락해. 내가 잘 설명해 줄게. 난 지금도 그쪽에서 꽤 유명해. 지금까지 복역하고 있는 동료들이 많으니까 그 녀석들한테도 잘 이야기 해줄게. 의외로 끈끈하거든, 감옥 동료 사이는."

"알았어. 조언 고맙다."

"그딴 인사는 필요 없어. 나도 심심풀이였으니까. 앗, 슬슬 내 차례네. 그럼 이만."

갑자기 전화가 끊어졌다.

케이코는 핸드폰을 돌려받으면서 남자에게 물었다.

"어때요? 도움은 좀 되었나요?"

"그래, 조금."

"잘됐네요. 손님의 재취업 후보 1위가 택시기사라니…."

"빵에서 살다가 돌아오면 그렇겠지."

남자는 그렇게 말하고 갑자기 트림을 하더니 창문을 열었다. 찬바람이 차 안으로 훅 들어왔다.

남자는 큰 소리를 내면서 창밖으로 가래를 내뱉었다.

그리고 다시 창문을 닫고는 아무 일 없었다는 것처럼 케이코에게 태연하게 물었다.

"너, 지금 팬티 색깔이 뭐야?"

"몰라요."

"뭐 어때? 팬티를 보여달라는 것도 아니잖아. 색깔만 알려주면 돼."

"싫어요."

'정말이지 태우지 말 걸 그랬어, 이런 변태 같은 새끼.'

케이코는 얼굴을 찡그렸다.

◆

"아프리카 코끼리와 인도 코끼리의 차이를 아시나요?"

코끼리 우리 앞에 선 유우가 물었다.

고미는 딱히 코끼리 종류에 관심이 없어서 무뚝뚝하게 답했다.

"몰라. 차이가 있어?"

"당연히 있죠. 먼저 귀가 달라요. 큰 삼각형 귀가 아프리카 코끼리, 작은 사각형 귀가 인도 코끼리예요. 그리고 발도 달라요. 앞 발가락 4개, 뒤 발가락 3개가 아프리카 코끼리, 앞 발가락 5개, 뒤 발가락 4개가 인도 코끼리예요. 그 다음은 상아죠. 이게 가장 차이가 심해요. 아프리카 코끼리는 상아가 길고, 인도 코끼리는 짧아요."

고미는 유우의 이야기를 대충 흘려들으면서 생각했다. 정말 귀찮은 일에 휘말려버렸다. 유괴범으로 오해받다니 정말 최악의 상황이다. 게다가 운이 없게도 상대방은 악덕기업 전문 변호사다. 이제는 도모토가 그에게 잘 설명해주기만을 바라는 수밖에 없었다.

"…그럼 저 코끼리는 무슨 코끼리일까요?"

"응? 뭐가?"

갑작스러운 유우의 질문에 고미는 당황했다.

"저기 저 코끼리 말이에요. 지금 풀을 먹고 있는 코끼리. 아프리카 코끼리예요, 인도 코끼리예요?"

유우가 손가락으로 가리킨 곳에 코끼리 한 마리가 있었다. 동물원에 와서 기분이 좋아진 것인지 유우는 말도 많아지고, 볼도 상기되어 있었다.

"그러니까…, 상아가 기니까 인도 코끼리인가?"

"틀렸어요. 아프리카 코끼리예요. 제 말을 안 들었네요, 아저씨."

"미, 미안."

"치."

유우는 열심히 코끼리를 바라본다. 고미는 그런 유우에게서 슬쩍 벗어나 매점으로 향했다. 그리고 팝콘과 코코아를 사와서 유우에게 건네주었다.

보아하니 유우가 보고 있는 코끼리는 '알렉스'라는 이름의 50살 수컷 코끼리였다. 코끼리 수명이 정확히 어느 정도인지는 모르지만, 모르긴 몰라도 알렉스는 상당히 고령일 것이다.

고미가 유우에게 물었다.

"코끼리를 좋아하니?"

"네."

"동물원에는 자주 왔어?"

"처음이에요."

"처음치고는 잘 알고 있구나."

"책으로 봤거든요. 그리고 TV로도요."

그래서 이렇게 흥분한 거로군, 고미는 고개를 끄덕였다.

유우는 책이나 영상으로만 보던 동물을 실제로 처음 보았다. 그러니 흥분하지 않는 것이 오히려 이상한 일이었다.

'이 아이는 왜 이제까지 동물원에 온 적이 없었을까? 나루오카라는 변호사는 대체 아이를 어떻게 키워온 거지?'

고미는 유우의 아버지 나루오카가 궁금해지기 시작했다.

고미는 유우에게 물어보고 싶었지만 참았다. 유우는 자신이 도모토와 어떤 이야기를 나눴는지 모를 테니, 이대로 아무것도 모르는 택시기사인 척하면 되는 편이 낫다.

고미와 유우는 근처에 있는 벤치에 앉았고, 유우가 고미를 보면서 이렇게 물었다.

"지금까지 가장 이상했던 손님은 어떤 손님이었어요?"

고미는 택시 일을 시작한 지 벌써 10년이 되었다.

"…장기였지."

고미의 말에 유우가 흥미를 느낀 듯 되물었다.

"장기요? 사람의 장기요?"

"그래. 9년 전에 병원 앞에서 흰 가운을 입은 두 남자가 탄 적이 있어. 그중 한 명이 아이스박스를 소중히 안고 있었지."

'최대한 서둘러줘요!'

흰 가운을 입은 남자들의 말에 고미는 서둘러 출발했다. 그 두 사람의 말에 따르면 아이스박스 안에는 뇌사한 아이에게서 적출한 심장이 들어 있었고, 이제 곧 심장 이식수술을 하러 간다는 것이었다.

"당시 나는 정말 놀랐어. 장기를 태운 건 처음이었으니까."

원래대로라면 당연히 구급차가 해야 할 일이었다. 하지만 근처 빌딩에서 화재가 발생하여 구급차가 전부 그쪽으로 출동해 버린 것이었다.

"심장은 무사히 운반했고, 수술도 성공했다고 들었어. 꽤 유명한 사건이라 해외 토픽에서도 다루었지. '택시기사, 심장을 나르다!'라고 말이야. 물론 난 매스컴의 취재를 전부 거절했지만."

"장기라니, 그게 진짜예요?"

"응, 진짜야."

유우는 무표정한 얼굴로 다시 코끼리 우리를 보았다. 그 시선 너머에는 알렉스라는 코끼리가 아직도 풀을 먹고 있는 모습이 보였다.

◆

마리는 여전히 임산부의 손을 잡고 있었고, 임산부는 식은 땀을 흘리며 고통을 견디고 있었다.

“아직인가요?”

마리가 운전석에 있는 하카마다에게 물었다. 하카마다는 시계를 보며 말했다.

“이제 8분, 아니 5분 후면 도착합니다.”

조금 전 임산부가 가야 할 병원을 말해주었다. 하카마다는 그 병원을 향해 달리고 있다.

“저기, 임신은 처음인가요?”

마리는 임산부에게 물었다. 임산부는 거친 숨을 쉬며 고개를 끄덕였다. 역시 그런가. 임신을 한 번이라도 해봤으면 제법 여유가 생기고, 산통도 처음만큼 심하게 느끼지 않는다고 한다.

“어쨌든 마음을 편하게 먹고 계속 호흡을 하세요. 병원에 곧 도착하니까요.”

임산부가 고개를 끄덕였다. 임산부는 자신의 핸드백을 가리키며 힘없이 중얼거렸다.

“…전화 좀 부탁해요.”

"알았어요. 남편에게 하면 되는 거죠?"

마리는 핸드백 안을 뒤져 핸드폰을 꺼냈다. 다행히 잠금이 걸려 있지 않아서 곧장 화면을 열 수 있었다.

"남편 이름은요?"

"최근 통화를…."

최근 통화이력을 보니 계속 같은 이름이 나왔다.

'이게 전부 남편과 연락을 취한 이력인가.'

마리는 그대로 통화버튼을 눌렀다. 잠시 뒤에 남자의 목소리가 들렸다.

"어, 무슨 일이야? 기분은 괜찮아?"

"실례합니다. 전 데즈카 마리라고 합니다. 현재 아내분과 같이 택시를 타고 있어요. 아내분의 산통이 시작된 모양입니다."

"뭐라고요? 예정일보다 열흘이나 빠른데요…. 그러니까, 제가 뭘 하면 될까요?"

"지금 어디예요?"

"지금 회사에 있어요. 저, 전…."

남자는 임산부 이상으로 당황하고 있었다.

"회사를 조퇴하는 건 가능한가요?"

"아, 네. 이런 일을 대비해 상사에게 미리 말해두었습니다."

"그럼 이렇게 하죠. 지금 당장 회사를 조퇴하고 택시를 타요. 그리고 택시기사에게 사정을 이야기하고 여기 병원으로 빨리 와주세요. 아셨죠?"

"네, 넵."

그때 택시가 크게 흔들렸다. 하카마다가 속도를 떨어트리지 않은 채 우회전을 했기 때문이다.

마리는 꽥 소리를 질렀다.

"기사님, 뭐 하시는 거예요!"

"죄송합니다."

"급한 마음은 잘 알겠어요. 하지만 임산부를 위해 최대한 안전하게 운전해주세요. 아셨죠?"

"네, 알겠습니다."

마리는 자신의 핸드폰을 꺼내 인터넷에 접속하는 한편, 다시 임산부의 핸드폰으로 남편에게 말을 걸었다.

"여보세요, 잘 들리세요?"

"네, 지금 막 회사를 나왔습니다."

"이제부터 아내 분에게 핸드폰을 넘길 거예요. 아내 분에게 계속 말을 걸어주세요. 택시에 타셔도 마찬가지예요. 아셨죠?"

"네, 알겠습니다."

마리는 핸드폰을 임산부의 귓가에 대었다. 임산부는 눈물을 글썽이며 힘없이 속삭였다.

"여보…."

그 사이 마리는 자신의 핸드폰으로 지금 향하고 있는 병원을 검색했다. 그리고 그 병원으로 전화를 걸면서 하카마다에게 물었다.

"하카마다 씨, 얼마나 남았죠?"

"다 왔습니다. 약 2분 후면 도착합니다."

하카마다도 필사적으로 운전을 하고 있다. 마리는 병원 관계자에게 앞으로 2분 후면 임산부가 도착하니까 미리 모든 준비를 해달라고 부탁한다.

전화를 끊자 바로 앞에 흰색 병원 건물이 보였다.

하카마다가 병원 입구에 차를 세우자마자 병원 안에서 들것을 든 간호사들이 뛰쳐나왔다.

서둘러 차에서 내린 마리는 간호사들에게 말했다.

"이쪽이에요."

임산부는 조심스럽게 들것으로 옮겨졌다. 임산부는 고통스러운 표정으로 계속 핸드폰을 귀에 대고 있었다.

마리도 임산부를 따라서 병원 안으로 들어갔다. 시선 끝에서 하카마다가 택시에서 내리는 모습이 보였다.

들것은 빠르게 병원 복도를 지났다. 마리의 눈앞에 붉은 문이 보였을 때, 갑자기 누군가 마리의 손을 붙잡았다. 옆을 보니, 간호사였다.

"환자분의 가족이신가요?"

"아, 아뇨. 아닙니다."

"그럼 들어가시면 안 됩니다."

간호사는 마리를 남긴 채 붉은 문 너머로 사라졌다. 마리는 근처에 있는 기다란 소파에 앉았다. 갑자기 피로가 몰려왔고,

온몸에서 열이 났다.

하카마다가 마리에게 걸어왔고, 자리에서 일어나던 마리는 균형을 잃은 채 휘청거리며 벽을 짚었다.

하카마다는 서둘러 마리에게 달려왔다.

"괜찮으세요?"

"네, 괜찮아요."

"간호사에게 제 연락처를 알려주었으니 이제 무슨 일이 있으면 제게 곧바로 연락이 올 겁니다. 이런 일에 휘말리게 해서 죄송합니다. 바로 목적지로 가겠습니다."

"아…."

하카마다의 말을 듣고 그제야 떠올렸다. 마리는 의뢰인에게 가던 중이었다.

마리는 서둘러 복도를 나왔다. 아직 숨이 가쁘고, 다리가 휘청거렸다.

"마리 씨, 정말 멋있었어요."

나란히 걷던 하카마다가 고개를 끄덕이며 말했다. 하지만 마리는 그 말에 콧방귀를 뀌었다.

'전부 이 재수 없는 남자 때문이야. 이 남자가 그 임산부를 태우지 않았다면, 지금쯤 의뢰인을 만나고 있을 텐데….'

하지만 정말 희한하게도 기분은 그리 나쁘지 않았다.

"이것 보세요. 결국 이렇게 될 운명이에요, 저는."

하카마다가 한숨을 쉬었다.

병원을 출발한 후 순조롭게 달리던 택시는 다시 교통체증에 휘말렸다. 어디서 사고라도 났는지 길이 꽉 막혀 꼼짝도 하지 않았다.

"하지만 다행이었잖아요." 마리가 말했다.

이제 호흡도 진정되었다.

"임산부를 태웠을 때 그 불운이 발생했다면 큰일 났을 거예요."

"하긴 그것도 그러네요. 운이 좋은 건지, 나쁜 건지…."

"그냥 낙천적으로 생각해요. 이런 교통체증쯤은 별거 아니에요."

이상한 기분이 들었다. 택시기사와 이렇게 대화를 나누는 것은 처음 있는 일이다. 하카마다라는 남자는 사람의 마음을 움직이는 특별한 재능이 있는 것만 같았다.

"아, 어떻게 할까요? 또 골목길로 들어갈까요?"

"아뇨. 이대로 가주세요."

이미 얀이 가서 의뢰인을 설득하고 있을 것이다.

'그냥 이대로 얀에게 모두 맡길까.'

"그런데 마리 씨, 혹시 자녀분이 있으신가요?"

"왜요?"

"조금 전에 보니까 패닉 상태인 임산부를 앞에 두고도 매우 침착하셔서요. 혹시 자녀분이 있으셔서 그러나 했어요."

"네, 있어요."

벌써 13년 전 이야기이다. 조금 전의 임산부처럼 만삭의 마리도 택시를 타고 병원에 갔다. 그 임산부와 달랐던 점은 그때 마리의 옆에는 남편이 있었다는 점이다. 하지만 남편은 자신보다 더 안절부절못하는 터라 도움이라고는 전혀 되지 않았다.

오늘 만난 임산부가 마치 그때의 자신처럼 느껴졌다. 만약 그 임산부가 무사히 출산을 하게 된다면 그녀에게 조언을 한마디 해주고 싶었다. 절대로 아이를 빼앗겨서는 안 된다고.

"저도 아들이 한 명 있답니다."

하카마다가 말했다.

"올해로 12살이 되었어요. 야구를 하는데 저를 닮아서 발이 빨라요. 1번 타자를 하고 있답니다."

"아, 그러세요."

"하지만 사정이 있어서 거의 3년 동안 보지 못했어요."

마리는 왠지 그럴 것 같았다. 핸들을 잡은 하카마다의 왼손 약지에 결혼반지가 없었기 때문이다.

그때 핸드폰이 울렸고, 화면을 본 마리는 불길한 예감에 사로잡혔다. 얀이 건 전화였다.

"여보세요, 마리 씨. 지금 어디예요?"

"그쪽으로 가고 있어요. 거기 상황은 어때요?"

"전혀 해결이 안 되고 있어요. 친구에게 이상한 말을 듣고 와서는 소송 거는 일을 취소하겠다는 말만 반복 중이에요. 아무튼 빨리 와주세요. 대체 어디서 뭘 하고 계신 거예요?"

본인의 무능력함은 생각하지 않고 자신에게 모든 책임을 전가하려는 얀의 뻔뻔한 말투에 마리는 화가 났다. 그래서 마리는 저도 모르게 언성을 높였다.

"어쩔 수 없었어요. 횡단보도에 쓰러져 있는 임산부를 발견했어요. 그래서 그녀를 병원까지 데려다주었어요."

"네? 임산부를 병원까지요?"

얀이 웃으며 물었다.

"그건 변호사가 할 일이 아니잖아요. 마리 씨는 의외로 친절하시네요. 놀랐어요."

얀의 비아냥거림에 더욱 화가 났다. 마리는 얀에게 차가운 어조로 말했다.

"그만 돌아가도 돼요. 이제부터 내가 알아서 할게요."

전화를 끊은 마리는 하카마다에게 부탁했다.

"지금부턴 기사님 재주껏 골목길로 최대한 빨리 가주세요."

"정말 그래도 되나요?"

"네, 부탁할게요. 아까처럼요."

하카마다는 고개를 끄덕이고는 골목길로 접어들었다.

◆

"영화라도 보시겠어요?"

케이코가 묻자, 손에 묻은 감자칩 가루를 빨아 먹으며 남자가 말했다.

"영화가 있어?"

"거기 화면이 있죠? 거기서 좋아하는 영화를 재생할 수 있어요."

태블릿에 연결된 소형 모니터를 조수석 뒤에 붙여두었다. 그리고 넷플릭스 서비스를 신청해두어서 승객들이 뒷좌석에서 영화를 볼 수 있도록 한 것이다. 이 서비스는 특히 장거리를 이동하는 승객들에게 인기가 좋았다.

"성인영화도 있나?"

'이 남자 정말 미친 거 아닐까? 정말 성폭행범이 맞는 거 같애.'

케이코는 한숨을 쉬며 말했다.

"그런 게 있을 리 없잖아요. 아, '택시 드라이버'라는 영화는 어떤가요? 마침 택시를 타고 계시고요."

"로버트 드 니로가 나온 영화 말인가. 20년 전에 본 적이 있어. …그럼 그러도록 하지. 틀어."

남자가 명령조로 말했다.

신호가 빨간불로 바뀌어 차가 잠시 멈추었을 때, 케이코는 그 틈을 타 영화 '택시 드라이버'를 재빨리 재생했다. 슬픈 테마곡과 함께 영화가 시작되었다.

잠시 후, 케이코가 물었다.

"…이 영화에서는 로버트 드 니로가 엄청 젊죠?"

그때 뒷좌석에서 코 고는 소리가 들려왔다. 남자가 머리를 위아래로 흔들며 졸고 있었다. 영화가 시작된 지 얼마 되지 않아 영화 속 주인공인 트래비스가 아직 택시에 타지도 않은 상황이었다. 다행히도 남자는 위스키 병을 다리 사이에 끼운 채 잠이 들어 내용물을 바닥에 흘리지는 않았다.

"뭐, 아무래도 괜찮아."

케이코는 작게 속삭이고는 영화를 틀어둔 채로 운전을 계속했다. 목적지인 호텔까지 이제 15분 정도밖에 남지 않았다.

남자는 거만한 태도에 술도 마시고, 안주는 바닥에 흘리고, 게다가 코고는 소리도 시끄러웠다. 남자는 최악의 승객이지만, 이런 일을 하다보면 종종 이런 무례하고 불쾌한 사람들을 만나기도 한다.

케이코는 그런 사람들이 탔을 때 대처하는 방법을 잘 알고 있다. 적당히 흘려 넘기면 그만이다. 일종의 게임이라고 생각하면 마음이 편해진다.

그때였다. 핸드폰 벨소리가 울렸다. 남자에게 온 전화였다. 남자는 눈을 비비면서 전화를 받았다.

"여보세요, 나야. 그래, 아까부터 계속 전화를 했었어. 응? 지금 택시 안이야. 대체 뭐가 어떻게 된 거야? …뭐? 뭐라고? 그런 중요한 일을 내게 한마디 말도 안 하고…. 네 녀석은 대체 무슨 생각을 하고 있는 거야!"

남자의 말을 듣다보니, 결코 우호적인 내용이 아니란 사실을 알 수 있었다. 무슨 말을 할 때마다 남자는 몸을 크게 들썩였고, 그 진동이 케이코에게까지 전달되었다. 케이코는 태블릿을 조작해서 영화를 정지시켰다.

"바보 같은 녀석, 웃기지 마! …뭐, 그에 관해선 나도 잘못이 있지. …뭐라고? 다시 한번 말해봐! …그렇군. 그게 네 결론이군. 좋아. 나도 필요 없어!"

전화를 끊은 남자는 의자에 몸을 깊게 기대면서 한숨을 쉬었다.

차 안에 무거운 침묵이 흘렀고, 케이코는 일부러 밝은 말투로 말했다.

"음악이라도 켤까요? 여러 가지 노래가 있답니다."

"…히바리."

"네?"

"미소라 히바리(1937부터 1989년까지 생존했던 일본의 국민가수 - 역자 주) 노래를 틀어줘."

"죄송합니다. 미소라 히바리 씨 노래는 없어요."

"뭐라고?"

남자가 눈을 크게 뜨며 칸막이를 손바닥으로 때렸다.

"무슨 소리야! 일본인이라면 미소라 히바리 노래를 들어야지. 그녀의 목소리는 국보급이라고."

"진정하세요. 무슨 일이 있었는지는 모르겠지만, 저에게 화풀이하지 마세요."

"그럼 여기 너 말고 누가 있는데? 너 아니면 누구한테 화풀이를 하라는 거야!"

"택시기사를 화풀이 대상으로 삼는 건 그만두세요. 대체 무슨 일이 있던 거예요?"

"이혼했어."

"네? 지금 전화로요?"

"그래."

놀라웠다. 연인이나 부부들이 택시 안에서 다툼을 벌이는 경우는 종종 있었다. 하지만 실제로 이혼하는 순간을 목격한 일은 처음이었다. 잠시 주저하던 케이코는 조심스레 말했다.

"나중에 어떻게 화해 안 될까요? …지금은 그저 서로 화가 나서 그런 걸 거예요."

"무리야."

남자는 위스키를 한 모금 마시고 단언하듯 말했다.

"나에게 잘못이 있으니까. 범죄자의 아내라는 꼬리표를 달고 살 수는 없겠지. 이혼하겠다는 것도 이해는 가. 캐서린을 탓할 순 없어."

"자, 잠깐만요. 아내 분은 외국인인가요?"

"그래. 말 안 했나?"

"처음 들었어요."

"이게 아내 사진이야."

남자는 사진 한 장을 케이코에게 보여주었다. 케이코는 운전을 하며 흘깃흘깃 곁눈으로 그 사진을 보았다. 아름다운 백인 여성의 사진이었다. 마치 미녀와 야수 같은, 뒷좌석의 남자와는 도무지 어울리지 않는 아름다운 여성.

"캐서린은 홍콩에 사는 사업가의 딸이야. 일본에서 공부를 한 적도 있어서 일본어도 잘하지. 캐서린과 나는 3년 전에 한 후원회에서 만났어. 캐서린이 나에게 한눈에 반했고, 만난 지 일주일 만에 결혼했지."

이 여자 눈은 장식인가, 아니면 케이코가 모르는 그 어떤 매력이 이 남자에게 있는 건가.

케이코는 사진을 남자에게 돌려주었다.

"하지만 오늘로 끝이야."

남자는 사진을 찢더니 바닥에 함부로 버려버렸다.

"내 집을 멋대로 해약해버린 다음, 이미 비행기 타고 홍콩으로 떠나버렸다는군."

"아직 잡을 수 있어요. 손님이 이렇게 석방된 것은 무혐의로 불기소되었기 때문 아닌가요?"

"아니, 보석금을 내고 나왔을 뿐이야. 엄청난 보석금을 내고 겨우 나왔어. 아마 일주일 후에 있는 재판에서 실형을 선고받게 될 거야. 이길 가능성은 불가능에 가깝고, 난 감옥에 가겠지."

"그렇군요…. 아, 맞다. 미소라 히바리 CD는 없지만 전직 가수였던 택시기사는 알아요. 잠시 통화해볼게요."

마침 빨간 신호에 걸려 택시를 세운 케이코는 핸드폰 주소록을 열었다. 그리고 전화를 걸었다.

"케이코, 무슨 일이야?"

허스키한 여성이 전화를 받았다.

"수고가 많으세요. 잠깐 부탁할 게 있어서요."

"말해. 마침 휴식시간이라 내가 할 수 있는 일이라면 들어줄 수 있어. 너한테는 신세도 졌으니까."

전화 상대는 전직 재즈 가수인 미혼모였다. 역 앞에서 나란히 승객을 기다리다가 우연히 친해진 사이였다.

"미소라 히바리 노래를 불러주실 수 있나요?"

"여기서?"

"네, 부탁해요."

"너 어떻게 알았어? 히바리 노래는 완전 내 애창곡이야."

케이코는 스피커폰 상태로 핸드폰을 내려놓았다. 그러자 잠시 후에 허스키한 노랫소리가 들려왔다. 반주는 없지만, 마음속에 향수를 불러일으킬 만한 구슬픈 노래였다.

남자는 눈을 감고 노래에 집중하고 있었다.

신호가 바뀌었고, 케이코는 다시 출발했다.

"와, 정말 좋은 노래였어요."

케이코가 남자에게 말하자, 남자도 만족스러운 표정으로 고개를 끄덕이며 동조했다.

"그래, 제법 잘 부르더군."

"에이, 감동했으면 감동했다고 솔직하게 이야기하면 좋잖아요. 부끄럼쟁이시네요, 손님은."

"흥, 딱히 부끄러운 건 아니야."

"제가 말했잖아요. 택시기사의 인맥을 이용하면 안 될 게 거의 없다고요. 앗, 도착했어요."

케이코의 택시는 호텔에 들어섰다. 힐튼 호텔이었다. 붉은 제복을 입은 벨보이들이 환하게 웃으며 케이코의 택시를 맞았다. 아주 부유한 사람들이나 이용하는 일류 호텔이지만, 남자는 태연한 얼굴을 하고 있다. 숙박비 따위는 신경 쓰지 않는 모습이다.

"신세를 졌다. 마음에 들었어."

뒷좌석에는 피스타치오 껍질과 육포 봉투 등이 지저분하게 널려 있었다. 케이코는 속으로 한숨을 쉬었지만, 겉으로는 일단 웃으면서 말했다.

"감사합니다."

"네가 아니야. 이 전기자동차가 마음에 든 거야."

"심바라고 불러주세요. 그리고 전기자동차가 아니라 하이브리드카예요."

"또 무슨 일이 있으면 이 전기자동차로 부탁해. 연락처를 알려줘."

가끔 이런 손님들이 있기에 명함을 미리 준비해두고 있다.

케이코는 명함을 꺼내 남자에게 주었다.

남자는 명함을 보면서 말했다.

"얼마지? 현금으로 지불하지."

"감사합니다. 금액은…."

케이코는 미터기에 찍힌 금액을 말했다. 하지만 남자는 아무 반응이 없었다.

케이코가 룸미러로 남자의 얼굴을 살펴보니, 남자는 케이코가 준 명함을 뚫어지게 쳐다보고 있었다.

"손님, 결제 부탁드릴게요."

그러자 갑자기 남자가 몸을 내밀며 칸막이 앞까지 얼굴을 들이밀었다. 그리고 거칠게 화를 내며 말했다.

"너…, 이거 누가 시킨 거야!?"

"네? 누구냐니, 그게 무슨…?"

"모르는 척하지 마. 너 카가와 케이코지? 네가 바로 그 카가와 케이코잖아!"

"잠깐만요. 제 이름을 그렇게 막 부르지 마세요. 도대체 무슨 일이죠?"

"고미 말이야. 스마일 택시의 고미 쇼헤이! 너 고미와 한패잖아."

남자가 침을 튀기며 날뛰었다. 벨보이들은 기다려도 손님이 내리지 않자, 이상했는지 차 안을 들여다보았다.

"고미라면 잘 알고 있어요. 손님도 고미를 아시나요?"

"알고말고. 그냥 아는 정도가 아니야! 그것보다 너, 어떻게 된 건지 설명해!"

"뭘 설명하라는 말씀인지…. 무슨 말씀을 하시는 건지 도통 모르겠네요. 빨리 돈이나 주세요."

"아니, 한 푼도 줄 수 없어! 고미와 한패인 너에게 줄 돈 따위는 없어!"

"돈을 내지 않으면 경찰을 부를 거예요. 그래도 돼요?"

"어차피 난 강간죄로 유죄판결을 받을 몸이야. 이 마당에 무임승차 따위를 무서워할까. 빨리 설명해, 고미는 어디 있어? 날 고미가 있는 곳으로 데려가!"

"저도 몰라요. 오히려 제가 알고 싶을 정도예요."

"그럼 출발해! 지금 당장 이 전기자동차를 출발하라고!"

"그러니까 이건 하이브리드카라니까요."

"아무래도 이상해. 내가 이 택시를 타게 된 건 분명 어떤 계략 때문이었을 거야."

"네? 우연히 고미 씨를 아는 택시기사가 고미 씨를 아는 손님을 태웠을 뿐이에요. 이게 뭐가 이상한가요?"

"됐으니까 출발이나 해."

남자는 칸막이를 주먹으로 사납게 때렸다.

어휴, 케이코는 한숨을 쉬면서 시동을 걸었다.

'미안해, 심바. 많이 무겁더라도 조금만 더 참아줘.'

케이코는 심바에게 사과를 하면서 액셀을 밟고 다시 출발했다.

◆

고미와 유우는 동물원을 한 바퀴 돌고 다시 코끼리 우리로 돌아왔다. 고미는 벤치에 앉아 유우의 뒷모습을 보고 있다. 유우는 질리지도 않는지 계속해서 코끼리를 보고 있다.

오후 3시가 되었지만 추위 탓인지 동물원에는 사람들이 별로 없었다.

"슬슬 돌아가자. 날이 꽤 추워졌어."

고미의 말에 유우가 뒤를 돌아봤다. 그리고 다시 코끼리를 보더니 고미에게 천천히 걸어왔다.

벤치에서 일어난 고미는 유우와 같이 걸었다.

"코끼리를 많이 좋아하는구나."

"코끼리가 아니라 알렉스를 좋아해요."

"응? 오늘 동물원에 처음 왔다면서?"

"…."

유우는 아무 말도 하지 않았다.

그때 고미의 주머니에서 핸드폰 벨소리가 울렸고, 고미는 주머니에서 핸드폰을 꺼내 전화를 받았다.

"네, 스마일 택시입니다."

"고미, 나야."

탐정 도모토가 건 전화였다. 도모토는 조심스럽게 목소리를 낮추어 말했다.

"그래서 고미, 꼬맹이는 지금 같이 있는 거지?"

"네, 걱정 마세요."

고미는 일부러 발걸음 속도를 늦추고 유우의 조금 뒤로 물러났다.

"지금도 같이 있어요. 그런데 상황은 좀 어때요? 역시 제가 유괴범이라고 알려져 있나요?"

고미 역시 목소리를 낮추어 물었다.

"걱정 마, 고미. 나루오카 씨와 직접 이야기하진 않았지만, 어쨌든 그 부하와 교섭을 했어. 네가 유괴범이 아니란 걸 내가 제대로 설명했어."

고미는 가슴을 쓸어내렸다. 이것으로 가장 걱정했던 사태는 피할 수 있게 되었다. 이제 유우가 스스로 고미의 택시를 탔다는 사실만 증명하면 된다. 그런 다음 유우를 부모님에게 데려다주면 된다.

"고마워요, 도모토 씨. 그러면 이제 제가 뭘 하면 되죠?"

"나루오카 씨는 매우 조심스러운 사람이야. 낯선 사람과는 잘 만나려고 하지도 않아. 나도 몇 번 얼굴만 봤지 직접 대화를 한 적은 없어. 오죽하면 별명이 지옥의 파수꾼이라니까. 일반인이 쉽게 만날 수 있는 상대가 아니야."

고미는 유우의 뒷모습을 물끄러미 보았다. 이 정도로 사람들이 두려워하는 나루오카라는 변호사는 대체 어떤 인간일까?

"하지만 안심해. 협상이라면 나를 따라올 사람이 없어. 저쪽도 내 이야기를 잘 이해해주었지. 게다가 사례금까지 주겠다는 거야. 역시 나루오카 씨는 통이 큰 사람이라니까."

"사례는 필요 없어요. 전 그저 꼬마 손님을 제 택시에 태웠을 뿐이에요."

"사양하지 마. 사례금은 50만 엔이야. 나루오카 씨에겐 푼돈이지. 내 몫은 10만 엔이면 되니까, 그 돈으로 타이어라도 바꾸라고."

40만 엔이라는 추가 수입은 꽤 짭짤하긴 하다.

"그래서 전 뭘 하면 되죠?"

"내 사무실에 꼬맹이를 데리고 와. 그러면 내가 그 꼬맹이를 나루오카 씨에게 데려갈게. 사례금은 빠른 시일 내에 줄게. 어때?"

"좋아요. 지금 갈게요."

고미는 전화를 끊고 잰걸음으로 유우를 따라잡았다.

"누구 전화였어요?"

유우가 물었다.

"응? 그냥 아는 사람."

"…절 넘기시려는 거군요."

"…!"

유우가 앞을 보며 말했다. 통화 내용이 유우에게 들렸을지도 모른다. 고미는 마음을 다잡고 유우에게 말했다.

"그래, 가출한 꼬맹이를 아버지에게 되돌려주는 거야. 모든 게 원래대로 돌아가는 거지."

"제 아버지니까 사례금이라도 준다고 했겠죠."

'전부 알아챘나.'

고미가 우물쭈물하자 유우가 어깨에 메고 있던 가방을 벗어 고미에게 내밀었다.

"이거 전부 드릴게요. 절 넘기지 마세요."

"안 돼. 훔친 돈을 받을 수는 없어."

둘은 동물원 출구를 지나 주차장으로 향했다. 드문드문 주차된 차들 중에서도 고미의 노란색 택시가 유난히 눈에 띄었다.

운전석에 탄 고미는 안전벨트를 착용했다. 유우도 말없이 뒷좌석에 탔다.

"왜 집에 가기 싫은 거야? 그 이유를 말해줄래?"

유우에게 물었지만 대답은 없었다.

룸미러로 보니 유우는 슬픈 표정으로 창밖만 바라보고 있었다.

20분 정도 지나 도모토의 탐정사무실 앞에 도착했다.

택시에서 먼저 내린 고미는 뒷좌석 문을 열며 유우에게 말했다.

"도착했어. 내려."

유우는 아무 말 없이 조용히 차에서 내렸다. 거리는 오가는 회사원들로 북적거렸다. 고미는 앞에 있는 빌딩을 올려다보았다. 이 빌딩 3층에 도모토의 사무실이 있다. 예전에 몇 번 이곳에 도모토의 직원을 태우고 온 적이 있어서 정확히 기억한다.

"가자."

고미는 빌딩 안으로 들어갔다. 그리고 좁은 엘리베이터에 유우와 함께 탔다. 고미가 버튼을 누르자마자 유우가 툭 내뱉었다.

"아저씨는 거짓말쟁이예요."

"뭐?"

"스마일 택시는 거짓말이잖아요. 뭐가 스마일이에요?"

"…."

유우가 불만스러운 표정으로 말했다.

고미는 할 말이 없었다.

고미와 유우는 엘리베이터에서 내려서 복도를 걸었다. 가장 안쪽에 있는 사무실 앞에 도착한 고미는 문손잡이를 돌렸다.

그때 뒤에서 유우가 말했다.

"제 생각이 틀렸네요. 아저씨가 절 도와주실 줄 알았는데…."

"미안하지만 난 그저 평범한 택시기사야. 유괴범이 되고 싶지도 않고, 꼬마 강도의 공범으로 몰리고 싶지도 않아."

문을 연 고미는 사무실 안으로 들어갔다. 문을 열자마자 담배 냄새가 진동했다. 언제 와도 참 지저분한 곳이다.

사무실 안쪽에 한 남자가 앉아 있었다. 도모토였다. 도모토는 고미를 보더니 손에 들고 있던 신문을 집어던지며 말했다.

"고미, 일찍 왔네."

자리에서 일어난 도모토는 고미에게 걸어왔다. 이미 40이 넘은 나이였지만, 그는 터프한 가죽점퍼를 입고 손가락에는 두꺼운 반지를 끼고 있었다.

"네가 나루오카 씨의 그 꼬맹이구나."

도모토가 유우를 보며 히죽거렸다.

"정말이지 총명한 얼굴이군. 그 나이에 벌써 가출까지 하다니 담력 역시 제법 큰 녀석이야. 넌 분명 대성할 거다."

도모토는 근처 재떨이에 담배를 짓이겨 끄더니, 그 손으로 유우의 머리를 쓰다듬으려 손을 뻗었다. 하지만 유우는 몸을 뒤로 빼서 그 손길을 피했다.

"뭐, 좋아. 1시간 뒤에 아이의 아버지에게 데려갈 거야. 준비를 해야 하니 잠깐 기다려줘. 이런 차림으로 나루오카 씨를 만날 수 없지, 암."

도모토는 사무실 구석에 있는 옷장 앞으로 가서 가죽점퍼를 벗어 넣었다. 그리고 옷장 안을 뒤지며 고미에게 말했다.

"고미, 이제부터는 나에게 맡겨도 돼. 너도 일하는 중이었잖아. 이제 가봐. 사례금을 받으면 바로 줄게."

"딱히 사례금을 바라고 그런 게 아니…."

"괜찮다니까. 아무 걱정 말고 받아. 그리고 솔직하게 그냥 좋아해도 돼. 고미, 넌 좀 웃고 다닐 필요가 있어."

그 말에 유우가 고미를 올려다보았다. 그 눈빛에 비난의 기색이 서려 있었다. 고미는 차마 그 시선을 마주하지 못하고 고개를 돌렸다.

사무실을 나온 고미는 서둘러 택시로 향했다. 유우의 그 싸늘한 눈빛이 계속해서 고미를 괴롭혔다.

◆

"감사합니다, 마리 씨. 제가 좀 우울해졌던 것 같아요. 친구가 재판에서 이길 수 없을 거라고 하도 강하게 주장하는 바람에 마음이 약해져서 그만…."

"흔한 일이에요. 하지만 마음을 굳게 먹지 않는다면 이길 재판도 질 수밖에 없어요. 3일 후에 제 사무실로 와주세요. 다시 계획을 짜도록 하죠."

마리는 여성 의뢰인에게 인사를 하고는 집 밖으로 나왔다. 그리고 그대로 주차되어 있는 택시에 탔다.

하카마다가 그녀에게 물었다.

"수고하셨습니다. 어떻게 됐나요?"

"덕분에 의뢰인도 잘 이해해주셨어요."

"그거 다행이네요. 그럼 사무실로 돌아갈까요?"

"네."

조용히 택시가 출발했다. 마리는 좌석에 몸을 기대고 살짝 한숨을 쉬었다. 이것으로 오늘 일과가 끝났다.

"그런데 무슨 사건인가요?"

"이혼소송이에요."

마리는 주로 민사재판을 다루는데, 그중에서도 이혼소송을 전문으로 하고 있다.

마리는 대부분 여성의 편에 서서, 친권이나 위자료 등을 의뢰인에게 유리한 쪽으로 받아냈다. 조금 전에 만난 의뢰인도 남편과의 친권문제로 마리에게 상담을 해왔다. 남편이 불륜을 저지른 증거도 있었기에 승산은 충분했다.

"아까도 말씀드렸지만 전 아들과 벌써 3년이나 만나지 못했어요."

"무슨 사정이 있나요?"

"3년 전에 이혼을 했거든요. 당시 저는 근무 중이던 증권회사에서 해고되었습니다. 그러자 아내가 일방적으로 이혼을 요구했어요. 이 나이에 재취업하는 것도 쉽지 않았기에 서로를 위해서 이혼을 하기로 했죠. 그때 여러 서류에 사인을 했는데, 설마 아들과 만나면 안 된다는 내용이 있을 줄은 꿈에도 몰랐습니다."

흔히 있는 이야기다. 그의 아내가 영악하게 뒤통수를 때린 것이다.

"소문으로만 들었는데 아내는 이미 재혼을 해서 행복하게 살고 있다고 들었습니다. 이미 제가 끼어들 자리도 없는 거죠. 하지만 여전히 아들이 보고 싶어요. 이 소원이 이루어질 리는 없겠지만…"

하카마다의 말 한마디, 한마디가 마리의 가슴을 쿡쿡 찔렀다. 마치 마리의 심정을 대변하는 것 같았다.

마리는 작은 목소리로 중얼거렸다.

"…저도요."

"네?"

"저도 그렇다고요. 하카마다 씨와 마찬가지라고요. 8년 전에 이혼을 했는데, 그때 이후로 아들을 만나지 못했어요. 물론 제 경우에는 법정공방에서 져서 그렇지만요."

마리가 이혼소송을 전문으로 하게 된 이유는 이혼소송에서 진 자신의 뼈아픈 경험 때문이었다. 그래서 여자 쪽이 조금이라도 유리한 조건으로 이혼을 하고, 가능하면 친권도 여자 쪽에게 주고 싶었다. 그런 각오로 마리는 매일 같이 여성 의뢰인들의 상담을 받아왔다.

"그러시군요. 괴로운 기억을 떠올리게 해서 죄송합니다."

하카마다가 고개를 숙였고, 마리는 손사레를 치며 말했다.

"벌써 8년 전 일이에요. 다 옛날 일이죠."

"…죄송합니다, 마리 씨."

"네? 왜 또 그러세요?"

"또 막히네요. 정말 저는 운이 없어요, 휴."

전방을 주시하자, '공사 중'이라는 안내판과 함께 차들이 늘

어선 모습이 보였다. 긴 정체가 시작되고 있었다. 하카마다는 몸을 숙이고는 자신의 불운을 한탄하고 있었다. 그 모습에 마리는 너털웃음을 터트렸다.

"이미 익숙해졌어요. 어차피 사무실로 돌아가는 길이니까 천천히 이대로 가주세요. 이 도시는 전 세계에서 교통체증이 제일 심한 곳이니까요."

"알겠습니다. 그런데 마리 씨, 아드님의 이름은 어떻게 되나요?"

"유우예요. '뛰어날 우(優)'의 '유우(優)'예요. 그런데 이름처럼 뛰어나지 않아도 좋으니까, 그저 상냥한 아이가 되었으면 좋겠어요."

"유우…. 좋은 이름이네요."

마리는 긴 한숨을 내쉬었다. 유우가 5살 때 헤어졌으니, 이미 유우는 마리의 얼굴을 다 잊어버렸을 것이다. 올해 유우는 13살이다. 언젠가 다시 유우를 볼 수 있는 날이 오지 않을까, 마리는 막연히 그런 기대를 한 적도 있었다. 하지만 지금은 완전히 포기 상태였다. 그 남자가 유우와의 만남을 허락할 리 없기 때문이다.

"앗, 마리 씨. 저 가게를 보세요."

하카마다가 가리킨 곳에 일러스트가 코믹하게 그려진 간판이 있었다. 보아하니 아마도 스테이크를 파는 음식점인 것 같았다.

"저 가게 정말 맛집이에요. 밤에는 대부분 예약이 차 있어서 점심시간만 노려야 하죠. 점심시간에는 조금만 기다리면 식사를 할 수 있으니까요. 저도 두 번 정도 간 적이 있는데, 특히 티본스테이크가 최고예요. 특히 소스가 맛있어서…."

하카마다의 설명이 이어졌다. 하지만 마리의 귀에는 들리지 않았다. 마리는 그 스테이크 음식점 앞을 걷고 있는 한 여성을 응시했다. 화려한 핑크색 코트를 입은 여성이었다. 커다란 선글라스로 눈가를 숨기고 있지만, 그녀가 상당한 미인이라는 것은 멀리서도 알 수 있었다. 지나가는 남자들이 그녀를 흘깃거렸고, 그녀 역시 그 시선을 즐기는 듯이 엉덩이를 흔들며 모델처럼 위풍당당하게 걷고 있었다. 키도 170센티가 넘어, 마치 패션잡지에서 막 튀어나온 것만 같은 화려한 여자였다.

"하카마다 씨, 저 여자를 아시나요?"

하카마다는 스테이크하우스 설명을 중단하고 마리가 가리킨 여성을 보았다.

"저 핑크색 코트를 입은 여성이요? 혹시 아시는 분인가요?" 하카마다가 되물었다.

"직접 알고 있는 건 아니지만, 알긴 알아요."

마리는 어떻게 설명해야 할지 잠시 고민했다. 설마 이런 곳에서 저 여자를 보게 될 줄은 몰랐다. 어쨌든 모처럼 찾아온 기회를 놓칠 수는 없었다. 이 기회를 놓치면 두 번 다시 저 여성을 만날 수 없을 것이다.

"하카마다 씨, 저 여자를 미행해주세요."

"미행이요?"

"네, 미행이요."

핑크색 코트를 입은 여성은 현재 마리가 탄 택시 방향과 같은 방향으로 걷고 있었다. 하지만 택시는 현재 길이 막혀서 움직이지 못하는 상태였고, 여자와의 거리는 벌어지기만 했다. 앞을 보니 공사현장까지는 이제 10미터도 채 남지 않았다. 여기만 벗어나면 정체도 어느 정도 풀릴 것이다.

"부탁해요, 하카마다 씨."

그러자 하카마다가 자신만만한 태도로 고개를 끄덕였다.

"네, 여긴 저에게 맡겨주세요."

◆

"정말이지? 정말로 고미가 어디에 있는지 모르는 거지?"

"진짜 끈질기시네요. 아까부터 계속 모른다고 말했잖아요."

남자는 아까부터 계속 같은 질문을 반복하고 있었다. 케이코는 이제 같은 대답을 계속하는 것이 짜증나서 남자가 손님이라는 사실도 잊은 채 평소 말투로 편하게 답하고 있었다.

"근데 어떻게 절 아시는 거죠?"

"그야 당연히 조사를 했으니까 알고 있지. 고미가 가장 신뢰하는 택시기사라고 보고서에 적혀 있었어. 고미는 어디에 있어?"

"아, 정말 모른다고요."

케이코는 뒤따르는 차가 없음을 확인하고 차선을 변경했다. 그리고 브레이크를 밟으며 속도를 줄였다.

남자가 다시 칸막이를 두들기며 외쳤다.

"멋대로 멈추지 마. 내가 말하는 대로 운전하라고!"

"억지 부리지 마세요. 심바도 배가 고프다고요."

그러고는 주유소에 들어갔다.

케이코는 창문을 열고 신용카드를 건네며 주유소 직원에게 말했다.

"가득 채워주세요."

"알겠습니다."

케이코는 운전석에서 내렸다. 남자가 또다시 뭐라 외쳤지만 무시했다. 그리고 서비스로 창문을 닦아주려는 주유소 직원을 불러서 그가 들고 있던 수건을 건네받았다.

"제가 할게요."

케이코는 와이퍼를 올린 뒤, 앞 유리를 조심스레 닦았다. 심바는 단순한 차가 아니다. 케이코의 소중한 파트너였다. 거친 비바람이 부는 날에도 함께 달리는 소중한 파트너다. 그러므로 청소 정도는 자신이 직접 해줘야 한다. 케이코는 사이드미러와 뒤 유리창도 모두 닦고 트렁크에서 소형 청소기를 꺼냈다. 그리고 뒷좌석 문을 열면서 말했다.

"내려요."

"왜? 귀찮아."

"빨리 내려요."

남자는 어쩔 수 없다는 표정으로 툴툴거리며 마지못해 택시에서 내렸다. 케이코는 뒷좌석에 들어가 남자가 흘린 쓰레기를 주우면서 청소기를 돌렸다.

뒤에서 남자가 다시 물었다.

"너, 고미 쇼헤이와 무슨 관계야?"

케이코는 즉답을 할 수 없었다. 고미와의 관계를 한마디로 표현하기 힘들었다. 한때 연인이었던 적도 있었지만, 지금은 아니다.

"악연이라고 할 수 있죠."

"무슨 뜻이야? 알기 쉽게 말해 봐."

케이코는 남자의 말을 무시한 채 계속 청소기를 돌렸다. 기름을 다 넣은 점원이 영수증을 가져왔고, 케이코는 거기에 사인했다.

"끝났어요. 다시 타요."

남자는 곧장 뒷좌석에 탔다. 케이코는 손에 든 쓰레기를 쓰레기통에 버린 다음 운전석에 타서 시동을 걸었다. 배부른 심바가 기분 좋은 듯이 몸을 부르르 떠는 것이 느껴졌다.

"이제 어디로 가면 되나요?"

"일단 출발해. 대충 아무 데나 가."

"네네."

케이코는 그대로 주유소를 나왔다. 시간은 오후 3시가 넘었고, 도로에는 점차 차들이 많아지고 있었다. 4시부터 6시 사이에는 귀가하는 차량이나 스쿨버스 등으로 길이 막히는 경우가 많았다.

헛기침을 하면서 남자가 다시 말했다.

"다시 하던 이야기로 돌아가지."

"어떤 얘기요?"

"내가 이 택시를 탄 이유 말이야."

"전 그냥 우연이라고 생각해요. 아까 말한 대로 전화를 받고 경찰서 앞에서 기다리고 있었어요. 흔히 있는 일이죠. 제 명함을 받은 승객들이 워낙 많으니까, 그분들 중 한 명한테서 비슷한 요청이 오는 경우가 많아요."

"너에게 전화한 그 사람은 신분을 밝혔나?"

"아뇨, 부재중 음성메시지에 연락이 와 있었어요. 전 그때 운전 중이라서 그 메시지를 듣고 경찰서 앞에 간 거예요. 물론 장난 전화였으면 허탕이었겠지만요. 손님은 어쩌다 제 택시를 타신 거죠?"

"난 단순해. 나야말로 아무 이유 없어. 경찰서를 나왔는데 바로 앞에 택시가 보여서 그냥 탄 거야."

"그럼 이렇게 생각하면 어때요? 손님의 부하가 저에게 전화한 거죠. 그 부하가 이전에 제 택시를 탄 적이 있어서 제 명함을 가지고 있었다, 이건 어때요?"

"그런 센스가 있는 부하는 없어. 그리고 체포되기 전에는 내 밑에서 일하는 녀석들이 15명 정도 있었는데, 내가 체포되자마자 다들 연락 두절이야. 좀 전에도 몇 명한테 전화를 했지만 아무도 받지 않았어. 자랑은 아니지만 난 그렇게 존경 받는 경영자가 아니었으니까. 아니, 대체 이게 어떻게 된 거지?"

남자는 팔짱을 끼고 생각에 잠긴다. 그러다 잠시 후에 속삭이듯 말했다.

"대체 그 두 녀석은 어디로 간 거야…?"

"두 녀석이요? 고미 말씀하시는 거예요? 그럼 다른 한 사람은…?"

"당연히 내 아들이지. 지금으로부터 한 달 전에 고미 쇼헤이와 내 아들은 홀연히 자취를 감추었어."

"네? 그럼 손님이 그…"

"그래. 한 달 전에 실종된 나루오카 유우의 아버지, 나루오카 츠카사야."

◆

빌딩을 나온 고미는 길가에 주차한 택시로 돌아와 청소를 시작했다. 항상 차 안을 청결하게 유지하는 것이 스마일 택시의 철칙이었다.

고미는 청소기로 뒷좌석을 청소했다. 특히 유우가 아이스크림을 떨어트린 곳은 세정액까지 뿌려가며 더욱 세심하게 수건으로 닦았다.

청소를 마친 고미는 차에 올라탔다. 유우의 얼굴이 머릿속에서 떠나지 않아 괴로웠지만, 고미는 크게 숨을 한 번 내쉬고 마음을 다잡았다.

그리고 스위치를 눌러 '빈 차'라는 표시를 했다. 출발하자마자 회사원으로 보이는 젊은 남성이 고미의 택시를 향해 손을 흔들었고, 고미는 차를 세웠다.

회사원은 허겁지겁 택시를 탔다. 그러고는 이마에 땀을 흘리며 목적지를 말했다. 여기서 7킬로 떨어진 곳에 있는 대형 빌딩이었다.

"4시까지 가야 하는데 가능할까요?"

남자의 말에 고미는 시계를 보았다. 현재 시각은 3시 42분이다. 겨우 18분밖에 남지 않았다. 이곳에서 보통 30분은 걸리는 거리였다. 고미는 가야 할 길을 머릿속에 그렸다. 4종류의 루트를 머릿속에 그리며 그중에서 가장 빠르게 갈 수 있는 루트를 결정했다. 신호만 잘 뚫리면 어떻게든 될 것도 같았다.

"알겠습니다."

고미는 스위치를 눌러 '빈 차'라는 표시를 끄고 택시를 출발했다. 회사원은 가방에서 서류를 꺼내 읽기 시작했다. 아마도 프레젠테이션을 하러 가는 듯했다.

"손님, 괜찮으시다면 책상을 쓰셔도 됩니다. 거기 앞좌석 뒤에 붙어 있죠? 네, 그거요. 그걸 기울여서 쓰시면 됩니다."

남자는 간이 책상 위에 서류를 놓았다. 고미는 바그너의 '발퀴레의 기행'을 틀었다. 바그너의 곡은 집중력에 도움이 되어 회사원들이 좋아하는 곡 중 하나였다.

바로 앞에서 신호가 노란색으로 바뀌었다. 평소라면 브레이크를 밟을 텐데 지금은 그대로 액셀을 밟고 통과한다. 여기까지는 순조롭다.

조금 전에 유우가 한 말이 계속 맴돈다.

'아저씨는 거짓말쟁이예요. 스마일 택시는 거짓말이잖아요.'

유우의 말 그대로였다. 고미는 유우의 스마일을 위해 아무 노력도 하지 않았다. 자신에게 튈 불똥만을 피하려고만 했을 뿐이다.

"하지만 이번엔 어쩔 수 없었어."

무의식중에 고미가 중얼거리자 회사원이 고개를 들고 물었다.

"네? 뭐라고 하셨죠?"

"아닙니다. 그냥 혼잣말입니다."

지금쯤 유우는 도모토와 함께 나루오카에게 가고 있을 것이다.

유우는 처음 이 택시를 탔을 때 거의 말을 하려고 하지 않았다. 지금 생각해보니 유우 나름대로 긴장했을 것이다. 그 나이대의 어린애가 혼자서 택시를 타고 가출한 것이었다. 아이 나름대로 중대한 결심을 했던 것이 틀림없다.

"…망했다." 회사원이 중얼거렸다.

고미가 룸미러로 확인해 보니, 회사원은 핸드폰을 손에 든 채 입술을 잘근잘근 깨물고 있었다.

"하필 이런 중요한 타이밍에…."

아무래도 배터리가 나간 모양이다. 고미는 회사원의 핸드폰을 살폈다. 삼성 갤럭시 아니면 애플 아이폰 같았다. 고미는 한 손으로 핸들을 잡고 다른 한 손으로 조수석 사물함을 연 다음, 그 안에서 핸드폰 충전기를 꺼냈다. 이런 일을 대비해 다양한 제조사의 핸드폰 충전기를 구비하고 있었다. 고미는 충전기를 남자에게 건넸다.

"이걸 사용하세요."

"네? 써도 돼요?"

"네."

"아, 감사합니다."

남자는 충전기를 핸드폰에 꽂았고, 고미는 다시 운전에 집중했다. 이제 5분 남았다. 고미는 더욱더 속도를 높여 앞에 있는 트럭을 추월했다.

다행히 3시 59분에 목적지에 도착했다. 고미가 택시를 세우자 남자는 서둘러 지갑을 꺼내 대충 지폐를 몇 장 꺼내면서 말했다.

"잔돈은 괜찮아요."

"너무 많습니다, 손님."

"아닙니다. 시간에 맞춰준 보답이에요. 그리고 충전기도 감사했고요."

남자는 미소를 짓고 있다. 안도의 스마일이다. 차를 내리려던 남자가 뭔가를 줍더니 그걸 고미에게 내밀었다.

"이게 떨어져 있네요. 먼저 탄 승객이 두고 내린 것 같아요."

사진이었다.

오래된 사진이다. 어린아이를 안은 여성이 사진에 찍혀 있었다. 그런데 그 배경이 매우 익숙했다. 바로 조금 전까지 고미와 유우가 있던 곳이었다. 그 동물원의 코끼리 우리 앞에서 찍은 사진이다. 사진 밑에는 매직펜으로 '유우, 3살. 알렉스와 함께.'라고 적혀 있었다. 글씨가 흐릿해질 정도로 오래된 사진 같았다.

그때 다시 핸드폰이 울렸다. 고미는 전화를 받았다.

"네, 스마일 택시입니다."

"고미 씨, 저예요. 오늘 저녁 부탁해도 될까요?"

단골고객이었다. 교외에 사는 사람으로, 평소에는 지하철이나 버스를 이용하지만 한 달에 한 번은 고미의 택시를 타고 귀가한다. 미리 사놓은 맥주와 안주를 들고 택시 뒷좌석에서 영화를 보며 집으로 돌아가는 것이다. 고미는 이런 단골고객을 몇 명 확보하고 있었다.

"오늘 저녁 말씀인가요?"

"네, 오늘 월급날이라…."

"죄송합니다…."

고미는 다시 사진을 보았다. 3살인 유우가 어머니의 품에서 잠들어 있다.

"선약이 있어서요."

"아쉽네요. 그럼 다음에 부탁할게요."

"네, 그럼 다음번에 뵙겠습니다."

전화를 끊은 고미는 한숨을 내쉬었다.

'두고 내린 물건은 전해줘야지. 그래, 반드시 전해줘야지. 정말 애먹이는 꼬맹이야.'

고미는 다시 운전대를 잡았다. 뒤따르는 차가 없는 걸 확인하고 고미는 택시를 출발시켰다. 첫 사거리에서 U턴을 해서 왔던 길을 그대로 돌아갔다. 액셀을 밟는 발에 자연스럽게 힘이 실렸다.

20분 정도 후, 고미는 다시 도모토의 사무실 앞까지 왔다. 고미는 택시를 골목에 주차하고, 빌딩 뒤편으로 걸어갔다. 다행히도 도모토의 차는 아직 주차장에 주차되어 있었다. 고미는 쓰레기장 뒤편에 몸을 숨기고 도모토가 나오기만을 기다렸다.

점차 해가 기울었다. 이렇게 기다리는 것만으로도 온몸이 얼어붙을 것처럼 날씨는 추웠다. 그러던 중에 갑자기 발소리가 들렸고, 고미는 더더욱 깊숙이 몸을 숨겼다.

드디어 도모토가 빌딩에서 나왔다. 옆에는 유우도 있었다. 도모토는 평소엔 본 적 없는 근사한 양복을 입고 넥타이까지 하고 있었다. 도모토가 이렇게까지 차려 입고 가야 할 정도로 나루오카라는 사람은 엄청난 사람인 걸까.

유우를 조수석에 태운 도모토는 운전석에 탔다. 그 엔진소리를 들으며 고미는 살금살금 택시로 돌아가 도모토의 차를 쫓기 시작했다.

도모토의 차량은 바로 큰길로 나와서 빠르게 동쪽으로 향했다. 차츰 길이 막히는 시간대라서 미행을 들킬 염려는 없었다. 계속해서 몇 대의 차량 뒤에서 도모토를 미행했다.

어디서 유우를 빼와야 할까, 그것이 문제였다. 두 사람이 차에서 내려버리면 가망이 없었다. 그렇다면 달리는 도중에 무슨 수를 써야 한다.

결국 신호대기에 걸릴 때를 이용할 수밖에 없다고 판단했다. 빨간불에서 멈춘 타이밍에 유우를 이쪽으로 옮겨 태우는 것이다. 고미는 차선을 변경하였다. 현재 도모토의 차량은 20여 미터 앞에 있다.

긴장한 고미는 조수석 사물함에서 껌을 꺼내서 입에 넣었다. 그러던 중에 30미터 앞의 신호가 파란불에서 노란색불로 바뀌는 것을 보고는 드디어 기회가 왔다고 생각했다.

분명 도모토는 신호등 바로 앞에서 멈출 것이다. 고미 앞에는 승합차가 달리고 있었다. 고미는 사이드미러로 뒤따르는 차량이 없음을 확인하고 빠르게 차선을 변경하여 승합차를 추월한 다음, 다시 원래 차선으로 돌아왔다. 신호가 빨간불이 되자 고미는 브레이크를 밟고 속도를 줄였다.

고미의 예상대로 도모토는 정지선 바로 앞에서 멈추었다. 고미 역시 도모토의 차량 바로 옆에서 멈추었다. 고미가 앉은 운전석과 도모토의 차 조수석 간의 간격은 2미터도 채 되지 않았다. 조수석에 앉은 유우의 얼굴이 훤히 보일 정도였다.

고미는 유우가 자신을 알아봐주기를 기도했지만 유우는 앞만 보느라 고미를 알아채지 못했다. 그래서 고미는 씹고 있던 껌을 입에서 꺼내 유우에게 던졌다.

껌은 조수석 창문을 맞고 떨어졌다. 그 소리를 듣고 이상한 낌새를 눈치챈 유우가 고개를 돌렸다. 고미와 유우의 눈이 마주쳤다. 놀란 유우의 눈이 휘둥그레졌다. 고미는 오른손으로 신호등을 가리키며 고개를 끄덕였다.

유우가 작게 고개를 끄덕이는 모습이 보였다. 고미는 핸들을 잡고 다시 앞을 보았다. 신호등이 파란불로 바뀌는 순간, 고미는 다시 유우를 보았다. 도모토가 출발하려는 타이밍에 유우는 조수석에서 잽싸게 차에서 내렸다.

"빨리, 빨리!" 고미가 외쳤다.

경악한 도모토는 입만 쩍 벌리고 있었다. 그러다 고미에게 뭐라 뭐라 소리를 질렀지만 고미의 귀에는 전혀 들리지 않았다.

문이 열리고 유우는 뒷좌석으로 미끄러지듯 올라탔다. 고미는 곧바로 액셀을 밟고 출발했다. 타이어가 끌리는 거친 소리가 귀에 생생히 들렸다.

고미는 단숨에 사거리를 벗어나 앞에 가는 차들을 추월해갔다. 백미러로 보니 도모토의 차량이 쫓아오고 있었다. 하지만 탐정과 택시기사는 그 운전기술에서 큰 차이가 난다. 고미는 이리저리 차선을 변경해가며 도모토와의 거리를 벌렸다.

잠시 달리다보니 결국 도모토의 차는 보이지 않게 되었다. 그래도 신중을 기하여 좁은 골목으로 택시를 몰았고, 골목길을 지그재그로 빠져나간 다음 다시 큰길로 나왔다.

룸미러로 살펴보니, 뒷좌석에 앉은 유우가 창백한 표정을 짓고 있었다.

"멀미 나니?"

고미가 묻자 유우는 고개를 저었다.

"아니에요."

유우는 양손을 허벅지 사이에 넣고 우물쭈물했다. 그 모습을 본 고미도 갑자기 화장실에 가고 싶었다.

"너도 그러니? 사실은 나도 그래."

주위를 보니 주유소가 보였다. 고미는 일단 거기로 향하기로 했다. 아직 기름은 반이나 남았지만, 화장실을 이용할 요량으로 일단 기름을 넣기로 했다.

주유소 점원에게 차를 맡기고 고미는 화장실로 향했다. 다행히 소변기가 2개라서 유우와 나란히 용변을 처리할 수 있었다.

고미는 세면대에서 손을 씻고 화장실을 나왔다. 그러자 밖에 먼저 나와 있던 유우가 고미에게 물었다.

"왜 돌아오신 거죠?"

"글쎄, 나도 잘 모르겠어."

고미의 차는 이미 기름을 다 넣은 상태였다. 고미와 유우는 나란히 택시에 올라탔다.

주유소를 벗어나며 고미는 유우에게 말했다.

"그런데 새롭게 알게 된 사실이 하나 있어."

"뭔데요?"

"네가 저지른 강도사건 말이야. 네가 강도짓을 했는데 갑자기 용의자가 중국인 2인조가 되었잖아. 그게 의문이었는데, 네 아버지가 어둠의 세계에서 유명한 변호사라면 답은 간단하지."

"그게 무슨 뜻이에요?"

"아들의 범행이라는 사실을 알게 된 네 아버지가 경찰에 압력을 가해서 용의자를 날조한 거야. 맞지?"

"땡! 아깝네요. 하지만 그럴싸한 생각이었어요."

"그러냐…."

칭찬받은 건지, 바보 취급을 받은 건지 알 수 없었다. 하지만 역시 유우의 아버지가 변호사라는 점을 고려해서 생각해보자.

다시 곰곰이 생각해 보니, 유우의 아버지가 경찰에 압력을 가했다는 추리는 유우의 말대로 약간 무리가 있었다. 아무리

어둠의 세계에서 그의 입김이 세더라도 경찰을 움직이는 것은 어려운 일이다.

'그럼 왜 경찰은 범인이 중국인 2인조라는 결론을 내린 거지?'

결국 경찰은 유일한 목격자인 그 매장 점원 여성의 증언을 듣고 그렇게 판단했을 것이다. 그렇다면 그녀가 경찰에 거짓 증언을 했다는 뜻이 된다. 왜 거짓말을 했을까? 여러 가지 고민 끝에 고미는 드디어 결론을 내렸다.

"알아냈어. 애초에 그 매장 자체가 네 아버지와 관련이 있던 거야. 예를 들자면 네 아버지가 그 매장 운영자라든가…."

"땡! 정말 아쉽네요. 하지만 거의 정답이었어요."

그제서야 유우가 차근차근 설명하기 시작했다.

"사실 그 빌딩 맨 꼭대기층에 아버지의 사무실이 있어요. 그 빌딩은 아버지 거거든요."

그 말은 즉, 유우도 그 빌딩에 드나들었던 적이 있다는 말일 것이다. 그러니 그 여성 점원은 유우를 이미 알고 있었다. 그래서 원래대로라면 경찰에게 신고하는 것이 먼저였겠지만, 그녀는 나루오카에게 연락을 해서 모든 사실을 먼저 고했을 것이다.

유우의 아버지는 그녀에게 거짓 증언을 하도록 강요했고, 경찰도 현장에 있던 직원의 말을 의심하지 않았을 것이며, CCTV 영상 같은 것이 있었더라도 나루오카가 이미 삭제했을 가능성이 켰다. 유우의 범행은 그렇게 아버지에 의해 어둠 속에 묻히게 되었다.

그때 고미의 핸드폰이 울렸다.

"네, 스마일 택시입니다."

"고미, 너 인마! 대체 무슨 짓이야!"

도모토였다. 도모토는 화가 난 목소리로 외쳤다.

"너, 사례금을 독점할 생각이지? 그렇게는 절대 안 돼! 네가 그 꼬맹이를 납치했다고 나루오카 씨에게 일러버릴 테야!"

"사례금이 필요한 건 아니에요."

"거짓말! 돈에 눈이 멀어 미친 거잖아. 뭐가 스마일 택시야! 웃기지 마! 지금도 늦지 않았어. 당장 그 꼬맹이를 나에게…."

고미는 전화를 끊고 아예 전원을 꺼버렸다.

고미는 주머니에서 사진을 꺼내 유우의 눈앞에 내밀었다.

"이걸 두고 내렸더라. 아니, 일부러 두고 간 거지?"

"눈치채셨네요."

"당연하지. 그건 너에게 소중한 사진이잖아. 그렇게 소중한 사진을 깜박할 네가 아니지. 이 사진을 본 내가 이걸 전해주러 올 걸 이미 계산한 거잖아. 정말 대단하다, 너. …거기 사진 속 여성이 네 어머니 맞지?"

"…."

그러나 유우는 대답하지 않았다.

"이제 슬슬 말해줘. 네가 가출한 진짜 이유를. 네 어머니와 관련이 있는 거지?"

◆

갑자기 핑크색 코트를 입은 여성이 멈추어 섰다.

마리는 하카마다에게 외쳤다.

"저 여자 앞쪽으로 가서 곧바로 세워주세요."

"네, 알겠습니다."

하카마다는 그 여성을 추월하여 길가에 택시를 세웠다.

하지만 차 안에서 뒤를 돌아보니, 핑크색 코트를 입은 여성은 뒤따라온 택시를 잡고 있었다.

"하카마다 씨, 보이시나요? 저 택시예요. 저 여자가 지금 저 택시를 탔어요."

"보입니다. 저 차를 미행하면 되는 거죠?"

"네, 부탁드릴게요."

여성을 태운 택시가 하카마다의 택시를 지나쳐갔다. 하카마다는 다시 출발하여 그 택시를 따라가기 시작했다.

오후 5시를 지난 시간이었다. 주위는 이미 어두워졌고, 가로등이 하나둘 켜졌다. 도로 위는 귀가하는 차량들로 혼잡했다.

마리는 몸을 창문쪽으로 내밀고 여성이 탄 택시를 보았다. 마침 그 택시는 하카마다의 택시 바로 앞을 달리고 있었다.

"저 여성은 대체 누구죠?"

앞을 보며 하카마다가 묻자 마리가 답했다.

"어떤 사건에 관계가 있는 사람이에요."

"그렇군요."

하카마다가 고개를 끄덕였다.

"마리 씨가 담당하는 사건의 관계자라는 말이군요. 그럼 더 최선을 다해야겠네요. 맡겨주세요. 반드시 미행 성공하겠습니다."

"잘 부탁합니다."

저 핑크색 코트를 입은 여성의 이름은 '타시로 나오미'였다. 나오미는 전 남편 나루오카 츠카사의 비서였다. 이혼하고 나서 나루오카와 연락을 전혀 하지 않았지만, 같은 업종에서 일하는 터라 가끔 법원에서 마주치는 경우도 있었다. 그래서 마리는 나오미의 얼굴을 기억하고 있었다. 나오미 역시 마리의 얼굴을 아는지 몇 번인가 마리에게 목례를 한 적이 있었다.

"그건 그렇고 정말 미인이네요. 저런 여성을 팜므파탈이라고 하던가요? 모든 남자가 넘어가기 쉬운 타입일 거예요, 아마도."

"…우회전이나 하세요."

"어이쿠, 죄송합니다."

나오미가 탄 택시를 따라 하카마다도 우회전을 했다. 나오미를 태운 택시는 100미터 정도 더 달리다가, 점차 감속하더니 어느 고급 호텔 앞에서 멈추었다.

"여기서 세워주세요."

마리의 말에 하카마다도 호텔 앞에서 멈추었다. 타시로 나오미가 택시에서 내리는 것이 보였다.

"전 잠시 다녀올게요. 언제 돌아올지 모르니 일단 여기서 요금을 계산할게요."

"그러실 필요 없습니다."

하카마다가 가슴을 쭉 펴며 말했다.

"오늘 이렇게 마리 씨와 만난 것도 인연인데, 끝까지 제가 책임지겠습니다. 여기서 기다리고 있을게요."

"하지만…."

"괜찮습니다. 이건 제가 정한 거니까요. 자, 빨리 가보세요."

하카마다의 재촉에 마리는 핸드백을 들고 택시에서 내려 호텔로 향했다.

호텔 로비에 들어서니, 정면에 체크인을 위한 카운터가 보였다. 그러나 나오미의 모습은 어디에도 없었다. 마리가 주위를 두리번거리자 호텔 직원 하나가 웃으며 다가왔다.

"손님, 무슨 문제라도 있나요?"

"아뇨, 여기서 누굴 만나기로 했는데…."

그때 호텔 1층 커피숍 안쪽에 핑크색 코트가 얼핏 보였다. 나오미가 혼자 테이블에 앉아 있었다. 유명 호텔이라 그런지 1층 커피숍은 손님들로 북적거렸다.

"저쪽에서 기다려도 될까요?"

"물론이죠, 고객님. 제가 안내해드릴게요."

직원의 안내에 따라 마리는 1층 커피숍에 들어갔다. 마리는 나오미가 앉은 테이블과 10미터 정도 떨어진 곳에 앉았다. 주문을 받기 위해 다가온 직원에게 마리는 메뉴도 보지 않고 커피를 달라고 했다. 그러고는 핸드폰을 보는 시늉을 하면서 나오미를 계속 관찰했다.

나오미는 누군가를 기다리는 모습이었다. 화려한 그녀의 미모는 라운지에 있는 모든 남성들의 시선을 집중시켰고, 본인도 그 사실을 아는지 마치 모델처럼 도도한 포즈를 취하고 있었다.

전 남편 나루오카 츠카사가 성폭행 혐의로 체포되었다는 소식을 들은 것은 한 달 전이었다. 그 피해자가 비서인 타시로 나오미라는 걸 알게 되었을 때 마리는 두 번 놀랐다. 나루오카가 선량하진 않아도 성폭행을 할 만한 사람이 아니란 것은 알고 있었기 때문이다. 게다가 타시로 나오미 같은 타입을 좋아하지 않는다.

하지만 전 부인인 마리로서는 어떻게 할 수도 없었고 그저 사태가 어떻게 흘러가는지 지켜만 봐야 했다.

나루오카가 체포되었다는 사실이 신문을 통해 알려진 이후, 마리의 지인과 친구들로부터 연락이 왔다. 어떤 사람은 동정했고, 어떤 사람은 분개했다. 또 어떤 사람은 조금이라도 정보를 얻으려고 했다.

그런 상황은 3일 정도 후 잠잠해졌지만, 마리의 마음은 여전히 편치 않았다. 나루오카도 걱정이 되었지만, 무엇보다도 아들인 유우가 걱정되었다. 하지만 나루오카가 이미 어떤 사업가의 딸과 재혼을 했다는 사실을 알고 있었기 때문에 연락도 하지 못하고 그저 지켜볼 수밖에 없었다.

그러다 오늘 우연히 나오미를 보게 된 것이다. 그래서 그녀를 미행하여 여기까지 왔지만, 이제부터 뭘 어떻게 해야 할지 몰랐다.

"…마리 씨."

"하, 하카마다 씨?"

변장이라도 하듯이 헌팅 캡hunting cap을 쓴 하카마다가 마리의 앞쪽에 앉았다. 그러고는 나오미 쪽을 흘깃흘깃 훔쳐보았다.

"아, 저기 있네요. 누굴 기다리는 것 같네요."

"너무 그렇게 대놓고 쳐다보지 마세요. 들키면 어떡해요."

"알겠습니다. 아…! 그런데 제 지갑을 택시에 두고 왔어요."

하카마다는 지갑을 가져오려고 다시 자리에서 일어나다가, 커피를 들고 온 웨이터와 정면으로 부딪쳤다. 그 바람에 커피잔이 쨍그랑 요란스런 소리를 내며 바닥에 떨어졌다.

'대체 무슨 짓을 하는 거야, 이 남자는….'

마리는 안절부절못했다. 이 소란으로 나오미가 이쪽을 보기라도 하면 어쩌나 걱정했지만, 다행히 나오미는 핸드폰만 응시하고 있었다. 마리는 가슴을 쓸어내렸다.

"손님, 죄송합니다. 다시 커피를 가져오겠습니다. 그쪽 손님은 뭘 주문하시겠습니까?"

"네, 저요?"

메뉴판을 본 하카마다가 마리에게 작은 소리로 속삭였다.

"너무 비싸네요. 커피 한 잔이 점심 때 먹은 라면보다 비싸요. 그리고 전 지금 지갑이 없어서…."

마리도 작게 속삭였다.

"제가 낼 테니까 마시고 싶은 걸 주문하세요."

"아이고, 감사합니다. 그럼 저도 커피를 주문할게요."

"알겠습니다. 잠시 기다려주십시오."

주문을 받은 웨이터는 돌아갔다.

소파에 앉은 하카마다가 신기하다는 눈초리로 주위 이곳저곳을 둘러보았다. 거대한 샹들리에를 보더니 '떨어지면 어떡하죠?'라며 주책을 떨었고, 벽에 걸린 그림을 보고 '이건 고흐 작품이네요!'라며 헛소리를 했다. 마리는 그런 하카마다를 무시한 채 나오미에게서 시선을 떼지 않았다.

그때였다! 훤칠한 30대 남자 한 명이 갑작스레 나오미의 테이블에 앉았다.

"누군가와 만났군요."

"그러네요."

이목구비가 뚜렷하게 생긴 미남이었다. 그런데 마리는 그를 알고 있었다. '마이클 나카오'라는 혼혈로, 그 역시 마리처럼 변호사였다. 실력이 뛰어나다는 평을 받지만, 안 좋은 소문도 많았다. 그런 점은 나루오카의 평판과 비슷했다. 즉, 나루오카와 마찬가지로 마이클 역시 어둠의 세계 사람들과 교류를 하고 있었다.

"둘이 싸우나봐요."

하카마다의 말 그대로였다. 자리에 앉자마자 두 사람은 얼굴을 거의 맞댄 채 잔뜩 성이 난 얼굴로 말싸움을 하고 있었다.

둘은 주문을 받으러 온 웨이터를 거친 태도로 돌려보내고 먼저 마이클이 자리에서 일어났다. 그리고 그는 나오미의 손목을 거칠게 잡고 억지로 끌고 나가려고 했다. 하지만 나오미는 강하게 거부하면서 자리에서 일어나려 하지 않았다.

'어떡하지?'

이대로 두 사람을 보내버리면 미행도 끝나버린다. 지금 타시로 나오미의 담당 변호사가 마이클 나카오라는 사실을 알게 된 것은 하나의 수확이라 할 수 있지만, 그것은 사건번호만 알아도 쉽게 얻을 수 있는 정보여서 큰 수확이라고 할 수도 없었다.

"저 둘은 곧 택시를 탈 겁니다." 하카마다가 자신만만하게 말했다. "물론 여기서 800미터 정도 가면 지하철역이 있어요. 하지만 이렇게 추운 날에 저런 하이힐을 신은 여자를 걸어가게 하지는 않을 거예요. 분명 저 둘은 90% 이상의 확률로 택시를 탈 거예요."

마리 역시 그 의견에 동의했다. 하카마다가 옳은 소리를 하는 건 처음인 것 같았다.

"제가 먼저 나가서 저 두 사람이 제 택시를 타도록 유도하겠습니다."

"그런 일이 가능해요?"

"네, 저라면 가능합니다. 마리 씨는 마음 편히 기다리고 계시면 됩니다. …앗, 잠깐만요."

눈을 동그랗게 뜬 하카마다는 나오미의 테이블을 보았고, 그런 하카마다를 따라 마리도 나오미를 보았다. 마이클 나카오가 실랑이 끝에 그녀를 데리고 나가는 것을 포기했는지 마이클과 나오미는 다시 얌전히 앉아 있었다.

하카마다가 말했다.

"포기한 모양이네요."

"네, 그러네요."

"그래도 제 작전은 통할 거예요."

정말로 잘될까. 호텔 밖에는 수많은 택시가 손님을 기다리고 있을 것이다. 그런데 하필 저 두 사람이 하카마다의 택시를 타도록 유도하는 것이 가능할까.

하지만 하카마다는 뭔가 묘수를 가지고 있는 듯했다. 지금은 하카마다의 제안을 받아들이는 것도 나쁘지 않을 것 같았다.

마리는 핸드백을 들고 자리에서 일어났다.

"지금은 고민보다 행동할 때예요. 우리 해보죠, 하카마다 씨."

"어떻게 하시려고요?"

"저 두 사람이 앉은 곳 바로 옆 테이블이 비어 있잖아요. 제가 저기에 앉을게요. 저 두 사람은 저를 알고 있기 때문에 그런 제가 불편해서라도 서둘러 이 호텔을 빠져나갈 겁니다. 그러니까 하카마다 씨는 밖에서 준비해주세요."

"그거 좋은 생각이네요. 마리 씨는 이 커피숍에서 기다려주세요."

하카마다는 뜨거운 커피를 단번에 들이켜고는 자리에서 일어나더니, 잰걸음으로 1층 커피숍을 벗어나 호텔 밖으로 나갔다.

마리는 나오미가 앉아 있는 테이블 쪽으로 향했다. 그러고는 태연히 그들의 옆 테이블에 앉았다. 그리고 시계를 보면서 의뢰인을 기다리는 연기를 했다.

그때 마이클 나카오가 자신을 발견했다는 것을 느꼈다. 마리는 핸드폰을 들고 메시지를 보내는 척했다. 그러면서도 곁눈으로 옆 테이블의 동태를 살폈다.

이윽고 마이클이 말을 걸어왔다.

"안녕하세요, 마리 씨."

고개를 들자 마이클이 웃으며 마리를 바라보았다. 마지못해 짓는 억지 미소였다.

"어머, 마이클 씨!"

마리는 짐짓 놀라는 표정을 짓고는 천연덕스럽게 연기를 시작했다.

"이런 우연이…. 이런 곳에서 뵙다니요."

"네, 세상이 참 좁네요. 일 때문에 오셨어요?"

"네, 여기서 의뢰인을 만나기로 했어요. 곧 오실 텐데…."

마리는 괜스레 주위를 둘러보는 시늉을 했다. 나오미는 마리에게서 등을 돌린 채 꼼짝도 하지 않는다. 마이클 나카오도 그녀를 소개할 생각이 없는 듯했다. 역시 이 두 사람의 만남은 무언가 조심스럽고 비밀스러운 것이 틀림없었다. 마리는 조금 짓궂다는 생각은 들었지만, 일부러 몸을 쑥 내밀고는 나오미에게도 말을 걸었다.

"혹시…, 어머, 역시 그렇군요. 나오미 씨 맞죠?"

"아, 안녕하세요."

나오미가 어정쩡하게 웃으며 목례를 했다. 그 모습을 보는 마이클은 여전히 웃고 있었지만, 그 미소는 점차 굳어갔다.

잔뜩 굳은 그들과는 상관없이 마리는 주절주절 이야기를 시작했다.

"저도 같은 업계에 몸을 담고 있어서 그 사건에 대해서 들었어요. 아시다시피 저는 가해자와 혼인 관계에 있었죠. 개인적인 감정은 접어두고, 그가 한 행동은 결코 용서받을 수 없다고 생각합니다. 반드시 정의가 이길 것이라고 믿어요."

마리가 나오미를 보며 말했지만, 마이클이 대신 답했다.

"격려의 말씀 정말 감사합니다. 아, 죄송하지만 저희들은 이만 가봐야 할 것 같습니다."

마이클이 자리에서 벌떡 일어났다. 그러자 나오미도 순순히 자리에서 일어났다.

"그럼 실례하겠습니다, 마리 씨."

마이클과 나오미는 나란히 1층 커피숍을 나갔다. 그런 두 사람의 모습이 완전히 사라지고 나서야 마리도 자리에서 일어나 커피숍을 나섰다. 마리는 호텔 로비에 있는 커다란 화분 뒤에 숨어 두 사람이 가는 방향을 몰래 지켜보았다.

두 사람은 호텔 입구를 향해 걸어가고 있었다. 마이클의 바로 뒤에서 나오미가 터덜터덜 걷고 있었는데, 어딘지 모르게 그녀의 발걸음이 무척이나 무겁게 느껴졌다.

호텔 직원의 안내에 따라 두 사람은 택시 승강장으로 향했다. 그들 앞에 노란색 택시 한 대가 대기하고 있었다.

멀리서 보아 정확하지는 않았지만 아마도 하카마다의 택시일 것이다.

'도대체 무슨 방법을 사용한 걸까?'

이제부터 하카마다가 잘해주기를 기도하는 수밖에 없다.

마리는 다시 1층 커피숍으로 돌아와 원래 앉았던 테이블에 앉았다. 마리는 커피를 한 모금 들이켰다. 커피는 이미 차갑게 식어 있었다.

◆

"한 달 전 그날, 사무실에서 유우가 가출했다는 소식을 들었어." 나루오카가 말했다.

케이코는 핸들을 돌리며 그의 말에 귀를 기울였다.

"유우가 등교하지 않았다는 연락을 받은 가정부가 나에게 연락을 했지. 그리고 그 직후에 내가 소유한 빌딩에 있는 명품 매장에서 연락이 왔어. 그 이야기를 듣고 나는 정말 귀를 의심했지. 유우가 그 가게에서 돈을 털어갔다는 거야."

나루오카는 당황했다. 그는 가장 먼저 매장 점원에게 전화를 걸어, 경찰에 신고하지 말라고 당부하고, 만약 경찰 조사를 받게 되면 범인은 중국인 2인조라 진술하라고 지시했다.

"그러고는 자체적으로 부하를 시켜 나도 조사를 시작했지. 유우는 고미 쇼헤이라는 택시기사와 함께 있었어. 유우가 갖고 있는 스마트폰의 GPS로 위치를 추적했는데, 내 멍청한 부하들은 코앞에서 두 사람을 놓치고 말았어."

"진짜 쓸모없는 부하들이네요."

"그 말 그대로야."

나루오카는 씩씩거리며 동조했다.

"비싼 돈을 주고 고용한 녀석들이었지. 그런데 고작 택시기사 하나를 잡지 못해서…."

"그건 고미가 특별해서 그런 거예요. 그는 샛길이라는 샛길은 전부 다 파악하고 있으니까요."

"들어보니 택시 이름이 스마일 택시라고 하더군. 고미라는 녀석은 보통 괴짜가 아닌 모양이야."

"외모와 성격은 평범해요. 약간 무뚝뚝한 구석은 있지만요. 다만 고미의 경우 돈을 버는 일보다 손님들의 스마일을 우선시해요. 그래서 스마일 택시죠. 하지만 아이러니하게도 고미는 전혀 웃지 않아요."

"난 그 고미라는 무뚝뚝한 남자한테 한 방 제대로 먹었지. 지난 한 달 동안 그 두 사람의 행방을 전혀 찾을 수 없었어. 찾다 지친 난 탐정사무실에 연락을 해 사례금까지 준다고 약속했었지. 잠깐, 그건 그렇고 왜 이렇게 차가 막혀?"

나루오카가 투덜거렸다. 나루오카의 불평처럼 케이코의 택시는 조금 전부터 전혀 움직일 생각을 하지 않았다.

"어쩔 수 없어요. 퇴근시간이잖아요."

시간은 오후 5시가 되어가고 있었다. 거리는 차츰 어두워지고 있었고, 가로등도 켜지기 시작했다.

퇴근시간이 겹쳐 길이 막혔지만, 케이코는 이 시간대가 싫지 않았다. 그래서 손님이 없는 날에도 일부러 이 부근을 돌아다니기도 했다. 강 너머에 보이는 고층빌딩이 너무 아름다워서 그것들을 보는 것만으로도 그날의 피로가 싹 가시고는 했다. 전 세계 최고의 마천루였다.

"어떻게 안 되나?"

나루오카는 계속 툴툴거렸다.

"내가 이 세상에서 가장 싫어하는 게 바로 교통체증이야."

"아, 그러세요?"

"교통체증만큼 짜증나는 것도 없어. 시간 낭비야. 그리고 교통체증 다음으로 내가 싫어하는 게 뭔지 알아?"

대답하는 것도 귀찮아진 케이코는 "글쎄요"라고 하면서 고개를 갸우뚱거렸다. 그러자 나루오카가 몸을 앞으로 내밀며 말했다.

"교통체증을 피하지 못하는 택시기사야."

"그거 저 들으라고 하시는 말씀인가요?"

"그래, 여기 너 말고 또 누가 있어?"

"그럼 제가 여쭤볼게요. 손님, 저에게 사소한 일로 클레임을 거셨죠? 그런 클레임을 거는 손님들을 저희 업계에서는 은어로 '프로 불편러'라고 해요. 왜 그런지 아세요? 아, 스마트폰으로 검색하는 건 반칙이에요."

나루오카는 팔짱을 끼고 잠시 생각에 빠졌다.

"…모르겠어."

"불편하다는 표현이 있잖아요? 거기에 '~하는 사람'인 '~러'를 붙인 말이에요."

"재미없군. …우리 고미 이야기를 하고 있었잖아. 아, 짜증나. 너랑 이야기하다보면 자꾸 삼천포로 빠져."

"고미는 매워서 와사비를 못 먹어요. 귀엽죠?"

"그러니까 그딴 정보는 필요 없어. 난 고미가 어디에 있는지를 알고 싶을 뿐이야. 너, 정말로 아무것도 몰라?"

"정말 의심도 많네요. 전 진짜로 아무것도 몰라요. 그리고 이야기를 삼천포로 빠트린 사람은 제가 아니라 손님이죠. 교통체증이 어쩌고 하면서 먼저 말을 돌린 건 손님이잖아요."

케이코의 지적에 나루오카는 흠흠, 헛기침을 하고는 다시 말했다.

"…결국 그렇게 유우는 자취를 감추었어. 고미라는 녀석과 말이야. 이 도시를 샅샅이 뒤졌지만, 한 달이 지난 지금까지도 유우의 행방을 알 수 없었어."

◆

"넌 그 사진 속 여성을 찾고 싶은 거지?"

고미가 물어도 유우는 아무 말도 하지 않았다. 고미는 이어서 말했다.

"이 사진은 아까 우리가 갔던 동물원에서 찍은 사진이지? 안겨 있는 아이는 너고?"

고미는 강가에 인접한 도로에 차를 세웠다.

강 위에 놓인 다리의 조명이 켜져서 그 위를 달리는 차량들의 헤드라이트와 어울려 멋진 풍경을 자아냈다. 이미 해는 졌지만, 석양의 여운이 남아 하늘은 맑은 보랏빛이었다. 백미러를 보니 유우도 마찬가지로 창밖을 보고 있었다.

"이렇게 아름다웠군요, 이 도시는."

유우가 감탄하며 말했다. 마치 이런 광경을 처음 보는 듯한 말투였다.

"평소에는 집과 학교만 오가다보니 이런 경치를 본 적이 없어요. 사실 흥미도 없었고요. 하지만 여기 풍경은 멋지네요."

유우는 아이답지 않게 지나치게 어른스럽고 똑똑했지만, 정작 세상물정은 모르는 것 같았다. 아마도 유우의 아버지가 유우를 온실 속의 화초처럼 키웠을 것이다. 요즘 세상에 햄버거를 처음 먹어보는 어린이가 있다는 사실도 놀라웠다.

"전 사실 엄마에 대한 기억이 거의 없어요. 엄마랑 아버지가 이혼했을 때, 저는 고작 5살이었으니까요."

"…"

"그 동물원 사진이 엄마랑 찍은 유일한 사진이에요. 다른 사진은 아버지가 전부 버렸는데, 그 사진만은 유일하게 책 사이에 끼워져 있었어요. 엄마랑 아버지가 이혼할 때 많이 다투게 되면서, 그 이후 전 엄마를 만날 수 없게 되었어요."

고미의 상황과는 정반대였다. 고미는 어릴 때 아버지가 집을 나갔다. 그래서 어머니와 둘이서 쭉 살아왔다.

"제 아버지는 변호사예요. 그런데 평판은 좋지 않아요. 아니, 정확히 말하자면 최악의 변호사죠."

"그래…?"

"네, 악덕 회사의 고문변호사를 하면서 나쁜 짓을 저질렀대요. 그래서 학교에서도 친구들이 절 무시해요."

"그래서 엄마를 만나고 싶은 거구나. 아버지가 아니라 엄마랑 살고 싶어서…?"

"아니에요."
유우는 고개를 저었다.
"아버지는 최악의 변호사지만, 최악의 아버지는 아니에요. 제 교육을 위해 가정교사를 여럿 고용해주고, 제가 사달라는 것도 다 사주었어요."
유우가 이어서 말했다.
"전 태어났을 때부터 몸이 좋지 않았어요. 그래서 밖에서 뛰어놀지 못했고 식단도 철저히 관리를 받았어요. 좀 갑갑하긴 했지만, 어쨌든 남들보다는 편하고 유복한 환경이었죠."
"하지만 그럼에도 넌 가출을 했잖아. 역시 엄마랑 살고 싶어서 그런 게 아니야?"
"그건 아니라니까요. 그저 한 번 보고 싶을 뿐이에요. 절 낳아준 분이 어떤 분인지 궁금하니까요."
'솔직하지 못하네. 그냥 엄마가 보고 싶다고 하면 될 텐데….'
그래도 엄마를 그리워하는 그 마음이 짠하게 느껴졌다.
"엄마를 보고 싶은 거라면 어렵지 않잖아. 탐정을 고용하면 돼."
도모토 같은 나쁜 탐정이 아니라 조금 더 멀쩡한 탐정사무실에 의뢰하면 될 것이다.
"탐정은 안 돼요. 어림없는 소리예요. 제가 그렇게 하지 못하도록 아버지가 미리 모든 탐정사무실에 연락을 해두었어요. 어머니를 찾는 것을 절대 도와주지 말라고 말이에요. 참 주도면

밀하죠?"

"정말 사이가 좋지 않은 모양이구나. 네 아버지와 엄마는."

"그렇죠. 엄마도 변호사라고 하는데, 아버지와 필적할 만한 변호사래요. 그런 두 사람이 싸웠으니 어떻게 되었겠어요? 둘 중 한 사람이 나가떨어질 때까지 처절하게 싸웠을 거 아녜요? 어쨌든 결과적으로 아버지가 이겼고, 엄마가 졌죠."

"즉, 너 혼자서 엄마를 찾아야 한다는 말이네. 무슨 힌트라도 있어?"

"없어요."

유우는 고개를 푹 숙이고는 말했다.

"엄마는 아마 지금도 변호사를 하고 있을 거예요. 그 정도 사실밖에 몰라요."

그렇군. 사정은 대충 파악했다. 유우는 단서 하나 없이 엄마를 찾기 위한 일념 하나로 가출까지 결심했다.

"네 어머니가 아직도 변호사를 하고 계신다면 쉽게 찾아낼 수 있을 거야. 다만, 이 도시가 아닌 다른 지방으로 가셨다면 좀 힘들 수도 있어. 아직 이 도시에 남아 계시면 좋으련만."

"어머니는 아직 이 도시에 있을 거예요. 왠지 그런 느낌이 들어요."

"그럼 다행이고. 다만, 그렇다고 해도 하루 이틀 만에 찾을 수는 없어. 그 사이에 넌 어떻게 할 거니?"

"그래서 방을 구하려고 했는데, 그 도모토라는 아저씨한테 가방을 빼앗겼어요."

그제야 고미는 유우가 명품 매장에서 훔친 돈 가방을 가지고 있지 않다는 사실을 깨달았다. 그렇다고 이제 와서 다시 도모토의 사무실에 갈 수는 없었다.

"그럼 넌 엄마를 찾을 때까지 쓸 생활비 때문에 돈을 훔친 거야?"

"네."

"설령 강도짓을 해도 네 아버지가 다른 용의자를 만들 거라고까지 미리 예상했던 거고?"

"네, 하지만 예상 밖의 일도 있었네요. 설마 택시기사 아저씨가 배신하고 절 이상한 아저씨에게 넘길 줄은 몰랐거든요."

"그게 내 탓이냐?"

"네, 누가 봐도 아저씨 탓이죠. 아저씨가 그런 쓸데없는 일을 하지 않았더라면 지금쯤 방을 빌리고 엄마를 찾기 위한 계획을 세우고 있었을 거예요."

"결과적으로 미안하게 됐다. 하지만 무슨 방법이 있을 거야. 아…! 나루오카 씨가 널 데려오는 사람한테 사례금을 걸었나 봐. 그걸 이용하면 어때?"

"얼만데요?"

"50만 엔."

"그래서 어떻게 하시게요?" 고미는 유우를 보며 말했다. "절 넘기는 척하면서 돈만 빼앗아서 도망치려고요?"

"그래. 하지만 문제는 어떻게 도망치느냐는 건데…."

"제가 이런 말까지 하기는 좀 그렇지만…, 아버지는 굉장히 영악한 사람이에요. 쉽진 않을 거예요."

"일단 밥이라도 먹으면서 천천히 생각해 보자."

고미가 시동을 걸면서 말했다.

주위는 이미 완전히 어두워져 있었다.

◆

마리는 손목시계를 보았다. 하카마다가 떠난 지 벌써 30분째였다.

마리는 핸드백을 무릎 위에 올려놓고 카드 지갑을 꺼냈다. 거기에는 카드가 없고 달랑 사진 한 장만 들어 있었다.

마리는 그 사진을 보았다. 10년 전에 동물원에서 찍은 사진으로 유우를 안고 있는 젊은 날의 자신이 있었다. 유우는 어떤 아이로 성장했을까. 유우가 성장한 모습을 상상하는 것이 마리의 소소한 즐거움 중 하나였다.

"마리 씨, 마리 씨!"

고개를 들자 콧수염이 트레이드마크인 하카마다가 눈앞에서 있었다. 여기까지 뛰어왔는지 그는 거친 숨을 내쉬고 있었다.

"하카마다 씨, 그 두 사람은…."

"쉿, 여기서는 이야기하기 힘들어요. 일단 택시로 돌아가시죠."

하카마다는 빙글 몸을 돌려 커피숍을 빠져나갔다. 후다닥 계산을 마친 마리는 그런 하카마다의 뒤를 따랐다.

택시 승강장에서 약간 떨어진 곳에 익숙한 노란색 택시가 세워져 있었다. 마리가 택시에 타자마자 하카마다에게 물었다.

"어떻게 하신 거예요? 어떻게 그 두 사람을 하카마다 씨의 택시에 태울 수 있었던 거예요?"

시동을 걸면서 하카마다가 답했다.

"이 업계가 제법 끈끈한 유대관계로 되어 있어서요. 약간의 돈만 건네주면 다들 흔쾌히 도와줍니다. 같은 택시기사니까요."

"그 돈은 제가 드릴게요."

"괜찮습니다. 제가 좋아서 한 일인데요."

마리는 그래도 미안했다. 나중에 요금에 팁을 많이 얹어서 줘야겠다고 결심했다.

그때 진한 향수 냄새가 마리의 코를 찔렀다. 나오미가 조금 전에 이 택시를 탔던 것이 분명했다. 마리는 창문을 열고 환기를 시켰다. 나오미의 향수 냄새를 길게 맡고 싶지 않았다.

"그래서 그 두 사람은 어떻게 되었나요?"

마리가 묻자 하카마다가 느긋한 말투로 답했다.

"정말 재미있는 사람들이더군요. 택시기사를 아무 생각 없는 무슨 배경 중의 하나라고 착각하시는 분들이 참 많아요. 택시 운전을 하다보면 여러 손님들에게서 여러 이야기를 듣게 됩니다. 가끔은 중요한 이야기도 하고, 가끔은 거짓말도 합니다. 한 증권 회사원이 자신의 회사 정보를 라이벌 회사에 넘기는 것도 들었고, 오늘 야근한다는 남자가 함께 택시에 탄 애인과 함께 그대로 호텔로 향하는 것도 보았습니다. 아까 그 두 사람도 마찬가지였어요."

그렇게 말하며 하카마다는 주머니에서 핸드폰을 꺼냈다.

그걸 보고 마리는 환호성을 지르지 않을 수 없었다.

"하카마다 씨, 설마…!"

"네, 그 설마입니다. 그 사람들이 탔을 때 녹음 앱을 켜서 미리 조수석 뒤에 숨겨두었습니다."

마리는 조수석 뒤를 보았다. 조수석 뒤에는 그물망이 있고, 그 안에 신문이 들어 있었다. 여기에 숨겼다는 말인가.

"그들이 제 택시에 타자마자 여러 이야기를 하더군요. 경계심이라고는 전혀 없었습니다. 아마 잘 녹음되어 있을 겁니다. 들어보시죠."

마리는 진지한 얼굴로 고개를 끄덕였다.

하카마다가 핸드폰을 조작해서 녹음을 틀었다.

"대체 어떻게 된 거야?"

가장 먼저 들리는 것은 남자의 목소리였다.

이어서 여자 목소리가 답을 했다.

"몰라요, 저도. 그저 거기에 불려 나갔을 뿐이에요. 불러낸 사람은 당신 비서라고 밝힌 남자였어요."

"나도 그래. 내 비서가 말하기를, 너한테서 전화가 왔다면서 나한테 이 호텔로 와달라고 했다고 했어. 중요한 용건이 있어서 만나고 싶다고."

"전 아니에요. 제가 먼저 연락하지 않겠다고 했잖아요."

"그랬지. 그때 의심을 했어야 했는데…."

"대체 누가 이런 짓을 꾸민 거죠? 설마 그 여자인가요?"

"그 여자? 데즈카 마리 말이야?"

"그래요. 우연히 거기서 만난 것 자체가 이상해요. 분명 그 여자일 거예요. 그 여자가 꾸민 짓이라고요."

"그건 아닐 거야. 데즈카 마리와 나루오카가 어떤 관계인지는 너도 잘 알잖아. 데즈카 마리가 나루오카를 도울 이유는 100% 없어. 그 두 사람의 관계는 그야말로 최악이야."

"그럼 누굴까요? 누가 이런 짓을 했을까요?"

"나도 몰라. 하지만 내가 네 담당 변호사라는 것은 이미 알려진 사실이야. 우리 둘이 만난다고 해서 문제될 건 전혀 없어."

"정말로 이길 수 있는 거죠?"

"문제없어. 100% 장담하지. 나루오카는 반드시 감옥에 갈 거야. 녀석은 이제 끝이라고."

"하지만 상대는 나루오카예요. 전 비서로서 그 남자를 곁에서 오랫동안 지켜봤어요. 결코 만만한 상대가 아니라고요."

"물론 나루오카는 호락호락한 녀석이 아니야. 하지만 녀석이 이제까지 이렇게 잘 버틸 수 있던 것은 조폭들이 뒤를 봐주었기 때문이야. 하지만 그 힘을 잃은 지금 그 녀석은 별거 아니야."

"이제 당신이 나루오카의 후계자가 되는 거군요?"

"그래. 그런데 목소리를 조금 낮추지. 택시기사가 듣고 있을지도 몰라."

"걱정 마요. 저 택시기사는 이어폰을 끼고 있어요. 아마 음악이라도 듣나 봐요. …그것보다 남은 돈은 언제 줄 거예요?"

"재판이 끝나면 줄게. 아마 머지않아 증인으로 출석하라고 소환장이 올 거야. 재판이 끝나면 바로 네 계좌로 돈을 넣어줄게."

"재판이 끝나면 난 여행을 갈 거예요. 설마 합의금으로 천만 엔이라는 그런 큰돈이 들어올 줄은 몰랐네요. 하와이가 좋겠어요. 전에 TV에서 보니 천국 같은 멋진 호텔이 있더라고요."

"하와이라…. 매스컴이 잠잠해질 때까지 거기서 쉬는 것도 나쁘진 않겠군."

"당신도 올 거죠?"

"당연하지. 꼭 갈 거야. 그럼 하와이에서 만나기로 해. 어쨌든 지금은 재판에 이기는 일에만 집중하자고. 재판에 이기면 넌 큰돈을 얻게 되고, 난 몸값이 올라가겠지."

"설마 지진 않겠죠?"

"당연하지. 나루오카가 유죄를 선고받도록 조폭들한테 미리 손을 썼어. 아, 기사 아저씨! 잠깐 여기서 세워줘요. 난 여기서 내릴게."

이윽고 차가 멈추는 소리가 들리더니 대화는 끊어졌다.

"어때요, 마리 씨? 잘 녹음되어 있죠? 좀 오래된 기종인데 녹음이 잘되어 있어서 다행이네요."

마리는 놀라 쩍 벌어졌던 입을 간신히 다물었다. 단 몇 분간의 대화였지만, 많은 비밀을 담고 있었다.

"이건 엄청난 수확이에요. 저 두 사람은 분명 내연관계일 거예요. 남자는 처자식도 있겠죠. 함께 하와이를 간다니 정말 웃기지도 않네요. 마리 씨가 나서서 위자료도 있는 대로 실컷 받아내 주세요."

하카마다는 마리가 맡은 이혼 관련 사건의 증거를 수집 중이라고 착각한 듯했다.

마리는 그것이 착각임을 일깨워주었다.

"방금 전 그 여성은 성폭행 사건의 피해자예요. 그리고 남자는 그녀를 변호하는 변호사죠. 좀 미심쩍은 부분이 있어서 미행을 했는데⋯, 하카마다 씨, 지금 녹음된 대화를 듣고 혹시 이상한 점을 못 느끼셨나요?"

"그러네요. 남자는 계속 100%라는 말을 연발했었죠."

정말로 마이클은 '100%'라는 표현을 자주 사용하였다. 그 정도로 자신이 있다는 뜻이기도 하겠지만, 반대로 그만큼 불안하다는 반증이기도 할 것이다.

마리는 다시 물었다.

"또 없어요?"

"그러니까, 어디 보자…, 그 여성이 피해자라고 했죠? 뭔가 좀 이상하네요. 아니, 완전 이상해요."

"뭐가요?"

"저 변호사가 여성에게 돈을 준다고 했잖아요. 그런데 보통 의뢰인이 변호사한테 돈을 주잖아요. 이건 누가 봐도 이상해요."

마리도 같은 생각이다. 강한 의심이 마리의 가슴속으로 퍼져나간다. 나오미의 계좌에 입금될 돈이 무엇을 의미하는가. 어려운 문제는 아니다. 나오미는 나루오카를 함정에 빠뜨리기 위해 마이클에게 고용된 가짜 희생자였다. 둘은 무고죄(타인이 형사처분을 받게 할 목적으로 허위 사실을 고소하는 죄 - 역자 주)를 저지르고 있는 것이 틀림없었다.

"잠깐 전화 좀 할게요."

마리는 동료 변호사에게 전화를 걸었다. 마리에게 몇 번인가 추근거렸던 '고바야시'라는 남자였다. 하지만 정보통으로 유명한 사람이라 이런 때에는 꽤 도움이 된다.

"안녕하세요, 마리 씨. 잘 지내셨어요?"

"네, 잘 지냈어요."

"설마 마리 씨가 전화를 걸 줄은 몰랐네요. 마침 지금부터 저녁을 먹으러 가려던 참이에요. 제 사무실 아시죠? 그 건너편에 괜찮은 레스토랑이 생겼어요."

"죄송해요. 지금은 일이 좀 있어요. 나루오카에 대해서인데요…."

"나루오카 씨요?"

고바야시의 목소리가 금세 가라앉았다.

"나루오카 씨가 뭐 어떻게 되었나요?"

"그 사건에 대해 알고 싶어요. 고바야시 씨라면 뭔가 알고 있을 것 같아서 연락했어요."

"마침 새로운 정보가 있어요. 오늘 나루오카가 보석으로 풀려났어요. 지금쯤 최후의 만찬을 즐기고 있겠죠."

처음 듣는 소식이다.

나루오카는 많은 보석금을 냈을 것이다. 이길 수 없는 재판이라 판단했기에 마지막으로 바깥 공기를 마시고자 나온 걸까.

"재판은 언젠데요?"

"일주일 후네요."

시간이 얼마 남지 않았다. 마리는 내심 당황하면서도 고바야시에게 물었다.

"그래서 그에게 승산은 있나요?"

"무리예요. 아니, 힘들어요. 다들 무슨 협박이라도 받았는지 아무도 그를 변호하려고 하지 않아요. 결국 나루오카가 고용한 변호사는 은퇴를 코앞에 둔 영감님이었대요."

나루오카는 지금까지 거대 청소회사의 고문변호사를 맡아왔다. 그런데 그 청소회사는 정치가들에게 뇌물을 주고 이권을 챙기거나, 라이벌 회사를 없애기 위해 수단과 방법을 가리지 않고 악행을 저지르는 소위 악덕 기업이었다.

"형사사건을 맡아본 지 20년이 넘은 화석 같은 변호사예요. 평소에 게이트볼이나 즐기던 할아버지가 갑자기 메이저리그에 나간 셈이죠. 승산은 전혀 없을 거예요."

고바야시는 잠시 뜸을 들이더니 다시 말했다.

"그나저나 마리 씨, 괜찮다면 우리 사무실에서 함께 일 안 하실래요? 요즘 저희 사무실 일손이 부족해요. 또 기회가 되면 함께 휴가를 가서 제 크루즈를 같이 타면서 천천히 이야기도…."

마리는 전화를 끊고 하카마다에게 물었다.

"하카마다 씨, 아까 그 두 사람은 어디서 내렸어요?"

"남자가 먼저 내렸어요." 시동을 걸며 하카마다가 답했다.

"남자는 지하철역으로 향했어요. 그리고 여자는 집까지 갔습니다. 그 장소도 잘 기억하고 있어요."

"하카마다 씨, 그곳으로 부탁해요."

"이미 그 모델 같았던 여성의 집으로 가고 있답니다, 마리 씨. 냄새가 납니다. 이건 사건 냄새예요. 생초보인 저도 그 정도는 알 수 있습니다."

시간이 흘러 이미 밤이 되었다. 퇴근시간도 지나 차들의 흐름도 순조로웠다. 거리는 형형색색의 네온사인으로 반짝였다. 마치 낮과는 완전히 다른 도시가 된 것 같았다.

나오미의 집은 아파트 3층이었다. 하카마다가 택시에서 그녀를 내려준 다음, 아파트의 몇 층에서 불이 켜지는지를 확인했다고 했다.

"의외로 철저하시네요, 하카마다 씨."

마리의 칭찬에 하카마다는 빨개진 얼굴로 손사래를 쳤다.

마리 혼자 아파트에 들어갔고, 하카마다는 일단 택시 안에서 기다리기로 했다. 꽤 오래된 아파트인지 복도의 형광등이 깜빡 깜빡거렸다. 그녀의 옷차림을 고려하면, 좀 더 화려한 곳에서 살 줄 알았는데 의외였다.

마리는 나오미 집 문 앞에 서서 초인종을 눌렀다. 잠시 후, 문 안쪽에서 가느다란 여자 목소리가 들렸다.

"누구시죠?"

나오미였다.

마리는 어떻게 할까 고민하다가 정면돌파를 하기로 결심했다. 정공법이 평소 마리의 스타일이었다.

"데즈카 마리예요. 잠시 이야기를 할 수 있을까요?"

헉, 놀란 듯한 그녀의 거친 숨소리가 들렸다. 잠시 뜸을 들인 후 나오미가 말했다.

"돌아가세요. 할 이야기 없어요."

명백한 거절이었다. 아마도 나오미의 손에는 핸드폰이 들려 있을 것이다. 마이클 나카오에게 연락하면 위험했다.

마리는 먼저 선수를 쳤다.

"마이클 씨에게 연락하지 마세요. 여자들끼리 이야기를 하고 싶어요. 전 당신 편이에요. 나루오카에게 당한 피해자들끼리 이야기를 하고 싶어요. 당신이 문을 열어줄 때까지 여기서 계속 기다릴게요."

마리는 문이 열리기를 끈기 있게 기다렸다. 5분 정도 시간이 흐르자, 드디어 문이 열렸다.

문틈으로 나오미가 얼굴을 내밀었다. 문에는 여전히 체인이 걸려 있다.

"제발 돌아가세요. 당신과 이야기할 생각은 없어요."

"나루오카가 지은 죄는 분명 무거워요. 저도 그렇게 생각해요. 피해자인 당신을 응원하려는 마음은 절대 거짓이 아니에요. 하지만 나루오카가 누명을 쓴 거라면 이야기는 달라져요."

순간 나오미의 얼굴에 핏기가 싹 가셨다. 문은 다시 닫히려고 했고, 마리는 순간적으로 핸드백을 문틈으로 밀어 넣었다.

"기다려요, 나오미 씨. 난 진실을 알고 싶어요."

나오미는 말없이 문틈에 끼인 핸드백을 다시 밀어냈다. 마리는 핸드백을 들이밀며 나오미와 힘 싸움을 했다.

"부탁해요, 나오미 씨. 진실을 알려주세요. 나오미 씨는 나루오카에게 겁탈당한 게 아니죠?"

마리는 원래 나루오카의 사건에 대해 자세히 몰랐었다. 하지만 여기에 오는 동안 차 안에서 핸드폰으로 기사를 검색해보았다.

지금부터 한 달 전 어느 날 밤, 나오미가 경찰에 신고를 했다. 나오미는 폭행을 당한 흔적이 있었고, 그녀의 증언을 통해 경찰은 나루오카 츠카사를 강간죄 용의자로 체포했다. 당시 나루오카는 자신의 사무실에서 술에 취한 상태로 발견되었으며, 경찰관이 들이닥쳤을 때 바지를 벗은 채 자고 있었다고 한다. 그러다 깨어난 나루오카는 그런 일이 없었다며 혐의를 부인했지만, 피해자인 나오미의 증언이 일관적이었으며, 현장에 남아 있던 나오미의 속옷에서 나루오카의 지문이 검출되었다.

"나오미 씨, 부탁이에요. 잠시 이야기를…."

"빨리 돌아가세요."

나오미가 강하게 밀쳤고, 마리는 엉덩방아를 찧으며 넘어졌다.

'역시 작전을 좀 짜고 왔어야 했나.'

하지만 오늘을 놓치면 다시는 그녀를 볼 수 없을 것만 같았다.

몸을 일으키던 마리는 우연히 문 아래쪽 틈에 끼워져 있던 봉투를 보았다. 카드회사에서 날아온 독촉장이었다.

마리는 하카마다가 기다리는 택시로 돌아왔다. 그리고 뒷좌석에 타면서 길게 한숨을 쉬었다.

"어땠나요? 잘 풀렸어요?"

"아뇨, 전혀요. 역시 정면 돌파는 힘들군요. 그나저나 참 제가 뭘 하고 있는 건지…."

어차피 이혼한 전 남편의 사건이다. 게다가 그는 길고 긴 싸움 끝에 헤어진 증오스런 남자이다. 사랑하는 아들을 빼앗아 간 나루오카를 위해 이런 일을 하는 게 과연 맞는 걸까.

'…여기까지야.'

마리는 다짐했다. 더 이상은 자신이 나설 상황이 아니다.

"배 안 고프세요?"

하카마다의 말에 마리는 생각에서 깨어났다.

"네?"

"그러니까 금강산도 식후경이라고 하잖아요. 제가 좋은 가게를 알고 있어요."

하카마다는 그렇게 말하며 고개를 끄덕였다.

◆

"다 마셨다."

나루오카는 위스키 병을 거꾸로 들고 흔들었다. 그는 한 방울도 남김없이 위스키를 다 마신 듯했다. 그런데도 정신은 말짱했다. 정말 술이 센 모양이다.

"이봐, 술집이 있으면 잠깐 들러."

"알겠습니다. 그런데 정말 술이 세시네요."

케이코의 말에 나루오카는 빈 위스키 병을 흔들며 말했다.

"불만 있어? 감옥에 들어가면 마실 수 없잖아. 그러니까 이럴 때 많이 마셔둬야지."

50미터 앞에 주류판매점 간판이 보였다. 케이코는 거기에 차를 세웠다. 나루오카는 비틀비틀 차에서 내려 가게 안으로 들어갔다.

벌써 오후 6시였다. 거리는 퇴근을 한 회사원들로 북적거렸다. 가게에서 나온 나루오카가 다시 택시에 탔다. 그리고 손에 든 종이봉투에서 위스키 병을 꺼내 곧장 들이켰다.

"맛있군."

나루오카는 만족스러운 얼굴로 고개를 끄덕였다.

차를 출발시키면서 케이코가 물었다.

"유죄판결을 받으면 감옥에 가는 것은 확정인가요?"

"그럴 거야. 승산이 없어. 내 뒤를 봐주던 조폭이 적으로 돌아섰거든."

"조폭이라뇨?"

"난 대형 청소회사의 고문변호사였어. 그 회사는 악덕 기업이라서 조폭들이랑 이어져 있었지. 지난달에 그 회사에서 중국인 직원 한 명이 다쳤는데, 그 직원이 그 문제로 회사를 고소한 거야."

간단한 재판이었다. 그리고 평소처럼 나루오카가 승소했다.

하지만 회사를 고소했던 남자가 중국 마피아들에게 모든 사실을 일러바쳤고, 문제는 커지게 되었다.

"그 마피아 놈들은 회사에 많은 위자료를 요구했지. 그놈들과 다투고 싶지 않았는지 회사는 놈들에게 많은 돈을 넘겨주었어. 그러더니 그 책임을 전부 나에게 떠넘긴 거야."

"하지만 나루오카 씨는 재판에서 이겼잖아요."

"그렇지. 모든 것은 중국 마피아 놈들이 짠 시나리오였어. 그걸 사전에 미리 알아차리지 못한 게 내 잘못이지. 회사는 성폭행이라는 누명을 씌워서 날 내치려는 거야, 하하."

나루오카는 자조적으로 웃었다. 처지를 한탄하기보다는 체념한 듯한 표정이었다.

"즉, 누명을 쓰셨다는 말이네요."

"그래. 완전히 당했어. 그 과정에서 내 비서였던 타시로 나오미라는 여자가 있는데, 그 녀석이 날 배신한 거야."

나루오카는 그날의 사건에 대해 이야기했다.

"일과를 마치고 내 사무실에서 브랜디 위스키를 마시는 게 내 습관이야. 아마 그 술에 나오미가 수면제를 탄 거겠지. 정신을 차려보니 난 사무실에서 바지가 벗겨진 채 경찰들에게 둘러싸여 있었어. 그리고 바닥에는 여성 속옷이 떨어져 있었지. 화려한 레이스가 달린 빨간 팬티였어."

"그게 나오미 씨의 팬티였군요?"

"그래. 나오미는 내가 그녀를 덮쳤다고 주장했어. 본인이 그렇게 강력하게 주장하니, 경찰도 그녀의 말을 믿을 수밖에."

"하지만 그런 짓을 안 했잖아요. 그럼 무죄로 풀려나는 거 아닌가요?"

"나도 처음엔 그렇게 생각했지. 평소 나오미에게 좀 엄격하게 대해서 앙심을 품은 그녀가 유치한 함정을 꾸민 줄로만 알았어. 하지만 그러다 깨달았지. 그녀 뒤에는 조폭들이 있었던 거야. 그러니까 이제 끝이야. 날 도와줄 사람은 그 누구도 없어."

마리도 강간 누명을 벗는 것은 어렵다고 들은 적이 있다. 피해자의 진술증거가 거의 유일한 사건에서 피해자가 일관된 진술을 하고 있으면 그것을 뒤집기는 무척 어려울 것이다.

"모든 게 다 자업자득이야. 요즘에 자꾸 그런 생각이 들어."

나루오카는 크게 한숨을 쉬었다.

"지옥에서 온 저승사자라 불리며 악덕 기업에 협력해온 업보지. 난 많은 재판에서 이겼지. 승리를 위해선 수단과 방법을 가리지 않았어. 때로는 증인을 돈으로 매수한 적도 있었어. 약점을 잡아 증언을 번복하게도 만들었고. 날 악마라고 칭하며 눈물을 흘렸던 사람들이 셀 수도 없어. 그런 사람들의 원한이 이런 식으로 나에게 돌아온 거야."

"애초에 왜 그런 악덕 기업에 협력한 건가요? 평범한 변호사로서 살 수 있었잖아요."

"사무실을 막 차렸을 무렵, 대형 청소회사 간부급 직원이 날 찾아와서 자기 회사 고위 임원의 변호를 맡아달라고 했어. 협

의는 살인이었지. 누가 봐도 그 임원이 범인이었는데, 돈에 눈이 먼 난 그놈의 변호를 맡게 되었어. 당시 아내는 반대했지만, 그때 돈이 너무 필요했거든. 조금이라도 실적을 쌓아서 사무실을 크게 번창시키고 싶었어."

나루오카는 사건을 철저하게 원점에서부터 다시 조사했다. 범행 현장에 물증은 없었고, 범행을 목격한 사람의 증언의 유일한 증거인 사건이었다. 그래서 나루오카는 그 목격자까지 찾아갔다.

"목격자는 고등학교 선생이었어. 그런데 조사를 좀 해보니, 그 교사는 자신의 학생과 성관계를 맺고 있더군. 참 우습지? 그 다음부터는 간단했어. 그 교사에게 그들이 관계를 맺고 있다는 증거 사진을 들이밀며 증언을 번복하도록 설득한 거야. 그리고 그 교사는 어이없을 정도로 내 제안을 순순히 허락했지."

재판에서 이긴 나루오카는 회사로부터 엄청난 보수를 받았다. 그 후에도 나루오카는 그 임원을 통해 계속해서 의뢰를 받게 되었다. 의뢰받는 사건마다 모두 질이 좋지 않은 사건이었지만 한번 늪에 발을 담근 다음이라 빠져나올 수 없었다.

"처음에는 살인이나 강도 사건이 많았어. 나는 무죄를 얻어내거나 형량을 줄여줬지. 그러다 점차 부동산 개발이나 이권을 둘러싼 여러 가지 큰 소송도 맡게 된 거지."

나루오카는 수단과 방법을 가리지 않고 이기는 데에만 전념했다. 그런 나루오카에게 정이 떨어졌는지 8년 전, 아내는 그에게 이혼을 요구했다. 나루오카는 그 이혼 소송에서조차 철저하게 아내를 짓밟고 친권을 얻어냈다.

"아내 분이 많이 원망했겠어요."

그 말에 나루오카가 입술을 일그러트리며 웃었다.

"그렇겠지. 난 최선을 다해 그 여자가 좋은 엄마가 아니었다는 사실을 재판장 앞에서 입증했으니까. 나에게 덤빈 그 여자의 잘못이었어."

"참 강했군요, 나루오카 씨는."

"당연하지. 난 이혼을 하고 난 뒤에 악덕변호사라고 불리게 되었어. 돈은 차고 넘치도록 많아져서 이 도시 최고 요지에 있는 빌딩을 샀고, 그 최상층에 사무실까지 차렸지."

"…허무하지 않으세요?"

"허무…? 그렇긴 하지. 하지만 그게 성공이라는 거잖아. 넌 부자가 되고 싶지 않아?"

"그야 돈은 많이 벌고 싶죠. 하지만 남들에게 원한을 사면서까지 돈을 벌고 싶지는 않아요. 택시를 운전하는 것만으로도 전 충분히 행복하니까요."

"참 별난 여자야."

나루오카는 위스키를 손에 들고 의자에 기댔다. 처음엔 이 남자에게 혐오감밖에 들지 않았는데, 케이코는 점점 흥미가 생겼다.

"그런가요. 하지만 별난 사람은 나루오카 씨 같은데요? 그런데 나루오카 씨는 처음에 왜 변호사가 되려고 했나요?"

"말하자면 꽤 길어."

"괜찮아요."

"좋아."

나루오카는 위스키를 한 모금 마시고는 이야기를 다시 시작했다.

"난 시골에서 5형제 중 막내로 태어났어. 우리 집은 농사를 지어서 넓은 농지를 가지고 있었지만, 결코 유복하지는 않았지. 그러던 어느 날 도쿄에서 어떤 사람들이 찾아왔어. 대기업 건설회사 직원들이라고 자신들을 소개한 남자들은 회사 자재 창고를 짓고 싶으니 농지를 일부 양도해달라고 제안했지. 아버지는 계속 거절했지만, 남자들의 계속되는 부탁으로 결국 그 제안을 받아들였어. 남자들 중에 양복을 입은 남자가 하나 있었는데, 그 녀석은 우리 집에 올 때마다 형제들한테 선물을 사 왔지. 그 녀석이 바로 변호사였어."

그 남자가 가져온 과자는 정말 맛있었고, 항상 형제들끼리 먼저 먹기 위해 싸웠다고 했다. 나루오카는 그렇게 어려서부터 도쿄라는 도시와 변호사라는 직업을 자연스레 동경하게 되었던 것이다.

"하지만 아버지가 판 땅에 자재 창고는 세워지지 않았어. 5

년 정도 지나자 도로가 생겼고, 아버지가 판 땅 가운데로 도로가 났지. 즉, 아버지는 놈들에게 속았던 거야. 도로가 생겨서 폭등할 땅을 파격적으로 싼 가격에 팔아버린 거지. 하지만 그 모든 사실을 안 다음에도 변호사를 향한 내 동경에는 변화가 없었어."

나루오카는 집안 형편이 안 좋아 대학에 진학할 수는 없었다. 간신히 고등학교를 졸업한 그는 가출하다시피 집을 나와 혼자서 도쿄로 향했다.

"알바를 여러 개 하면서 야간대학을 다녔어. 그리고 독학으로 법률도 공부했지. 25살 때 사법시험에 합격하고, 작은 변호사 사무실에서 일하게 되었지. 처음 아내와 만난 것은 사법시험에 합격하기 직전이었지. 아내와는 라면을 파는 포장마차에서 우연히 만났어."

우연히 들른 포장마차에서 라면을 주문한 나루오카는 그 최악의 맛에 할 말을 잃었다. 당시의 나루오카에게는 500엔짜리 라면도 사치였다. 고민하던 나루오카는 가게 주인에게 항의를 했고, 그때 옆에서 라면을 먹던 젊은 여자가 가게 주인 편을 들면서 다 같이 싸움을 벌이게 되었다.

"묘할 정도로 법률 용어를 잘 아는 여자였어. 그게 아내의 첫인상이었지. 당시 아내는 국립대학 법학부 2학년생이었어. 아내와는 5년간 사귀다가 결혼하게 되었지. 신혼여행지로 뉴욕을 택했어. 뉴욕에서 만난 사람들의 넘치는 에너지에 감동한

나는 가치관까지 바뀌게 되었지. 결혼 초에는 다른 변호사사무실에 들어가서 일했지만, 아내가 임신하고 아들을 출산하게 되면서 난 독립했어. 그게 내가 처음으로 세운 지금의 사무실이었지. 하지만 그 청소회사와 엮이게 되면서 모든 것들이 점차 어긋나기 시작한 거야."

"그래서 모든 것들을 잃게 되신 거군요."

케이코의 말에 나루오카는 얼굴이 빨개지며 반론했다.

"무슨 소릴…! 아직 다 잃지 않았어. 목숨이 붙어 있는 한 다시 시작할 수 있어."

"하지만 변호사를 다시 하는 건 어렵잖아요."

"그렇지. 아마 유죄가 선고되면 변호사 자격은 박탈될 거야. 하지만 재산은 어느 정도 남아 있으니 얼마 동안은 불편하진 않겠지."

"파란만장한 인생이었군요, 나루오카 씨."

"웃기지 마."

나루오카가 침을 튀기며 흥분한다.

"남의 인생을 마음대로 과거형으로 말하지 마. 하지만…. 음, 네 말대로 파란만장한 인생이라는 표현 자체는 맞군. 어쩌면 작은 변호사사무실에서 초보 변호사로 일했던 때가 가장 행복했을지도 몰라. 돈은 없었지만 하루하루가 즐거웠어. 그때는 또 날씬했거든."

"에이, 설마…?"

“진짜야. 나라고 태어나면서부터 이런 체형이었겠어? 30살이 넘고부터 식사시간이 불규칙해졌고, 스트레스로 폭음과 폭식을 하다보니 이렇게 되었어. 날씬했을 때는 나름 인기도 많았어. 아내도 첫눈에 나한테 반했을 정도니까.”

“부럽네요. 첫 아내 분은 아무것도 없던 나루오카 씨를 만나 동고동락을 해온 거잖아요. 전 그런 스토리를 동경해요.”

“하지만 헤어질 땐 최악이었지. 변호사끼리 집안싸움을 법정에서 해댔으니까. 공개적으로 하는 부부싸움이라고 비웃음을 당했어. 아직도 그 여자는 날 원망하고 있을 거야.”

“그럴까요?”

“당연하지. 내 소식을 듣고는 지금쯤 춤이라도 추고 있을걸.”

“만약 유죄가 되면 행방불명된 아드님과는 어떻게 되나요?”

“바로 그거야!”

그 말을 기다렸다는 듯이 나루오카가 무릎을 탁 쳤다.

“재판이 시작되기 전에 어떻게든 유우를 찾아야만 해. 그 때문에 비싼 보석금을 내고 경찰서에서 나온 거야!”

하지만 그런 것치고는 아까부터 너무 술만 마시고 있었다. 아들을 찾는 일과 술을 마시는 일 중 후자가 우선시되고 있는 듯했다. 하지만 케이코는 차마 그것을 지적할 수는 없었다.

“자, 이제부터 유우를 찾도록 하지.”

나루오카가 팔짱을 끼며 말했다.

“아드님을 찾을 단서는 있나요?”

"없어. 아는 사람들에게 도움을 요청하고 싶었지만, 아무도 내 연락을 받지 않았어. 심부름센터에도 연락을 취해봤는데 내 전화를 받지 않아. 내가 체포된 사실을 알고 멋대로 조사를 그만둔 거야. 그러니까 내가 직접 찾을 수밖에 없지."

"고생이 많네요."

"그래, 우리 밥이라도 먹으면서 작전을 짜도록 하지."

"그렇게 마시고 또 뭘 드신다고요?"

"왜? 불만 있어? 경찰서에서 풀려나는 게 너무 좋아서 어제 하루 종일 아무것도 먹지 않았어."

'이 사람의 위장은 대체 어떤 위장일까.' 케이코는 기가 막혔다.

시계를 보니 저녁 7시였다.

케이코는 룸미러로 나루오카의 얼굴을 보며 말했다.

"제가 좋은 가게를 알고 있어요. 그럼 거기로 갈까요?"

◆

"어서 옵쇼."

고미가 가게에 들어서자 주인장이 기세 좋게 환영했다. 이자카야는 오늘도 혼잡했다. 신선한 회가 유명한 가게로, 몇 년 전에는 미슐랭 가이드(프랑스 타이어 회사 미슐랭Michelin이 매년 발간하는 레스토랑 평가서 - 역자 주)에도 실린 곳이다. 고미는 이 가게 단골이었다.

"어? 고미 씨, 그 애는 누구에요?"

주인장이 고미 뒤에 있는 유우를 보며 물었다. 유우는 눈을 반짝이며 가게 안을 둘러보고 있었다.

"…좀 사정이 있어서요."

고미는 빈 테이블로 가서 앉았다. 유우도 말없이 따라와서 자리에 앉았다. 맥주를 주문하고 싶었지만, 계속 운전을 해야 하니 참기로 했다.

고미는 점원을 불렀다.

"여기 주문 좀."

"오늘은 뭐로 하실 거야, 고미?"

점원인 톰이다. 미슐랭 가이드에 실린 이후에 외국인 손님이 특히 많아져서 고용한 백인 남자였다. 일본을 좋아하는 것에 비해 아직 일본어가 서툴고, 이상한 속담만 많이 알고 있는 괴짜였다.

"톰, 그러니까 손님을 그렇게 막 부르면 안 돼. 존댓말을 써야지, 존댓말을."

"알았어, 고미. 뭐 먹을래?"

참 말 안 듣는 녀석이다. 고미는 한숨을 한 번 쉬고 메뉴도 보지 않은 채 주문을 했다.

"회덮밥 2개."

"회덮밥 2개? 기다려, 고미. 기다림 끝에 낙이 온다고."

주문을 받은 톰이 주방으로 돌아갔고, 고미는 고개를 절레

절레 흔들었다.

유우는 이런 가게가 신기한지 가게 이곳저곳을 둘러보고 있었다. 아마도 이런 이자카야 같은 가게에 온 것은 처음일 것이다. 그중에서도 유우가 특히 관심을 보인 것은 횟집 수조였다. 수조 안에는 전갱이 등 다양한 생선들이 헤엄치고 있었다.

"보고 싶으면 가까이 가서 봐도 돼."

고미의 말에 유우는 수조 앞으로 달려갔다. 그런 유우에게 주인장이 뭐라 뭐라 말을 걸었다. 아마도 물고기 종류를 알려 주고 있는 것 같았다.

"기다렸지, 고미?"

그때 톰이 회덮밥을 가져왔고, 유우도 자리에 돌아왔다. 고미는 젓가락을 유우에게 건네면서 톰에게 말했다.

"'기다렸지.'가 아니라 '오래 기다리셨습니다.'라고 해야지. 내가 몇 번을 말해."

"알았으니까 먹어, 고미."

"…."

커다란 그릇에 신선한 회가 담겨 있다. 참치와 연어, 오징어나 가오리, 전복에 연어알까지 있었다. 고미는 회 위에 간장을 뿌리고 참치부터 먼저 입에 넣었다. 참치살 중에서 가장 기름진 참치 뱃살이다. 이른바 밥도둑.

유우는 신중한 태도로 오징어를 입에 넣고 있었다. 그 모습을 보다 못한 고미가 끼어들었다.

"이렇게 그릇을 들고…."

고미는 왼손으로 그릇을 들고 회와 밥을 비빈 다음 입에 넣는다.

"섞는 거야. 그렇게 먹는 게 맛있어."

유우는 가느다란 손가락으로 그릇을 들어 고미처럼 회와 밥을 섞어 먹었다.

"어때? 맛있지?"

유우가 고개를 끄덕였다.

"네, 맛있어요. 점심에 먹은 햄버거도 맛있었지만 이것도 맛있네요."

가게 안은 사람들로 가득 차 소란스러웠다. 거의 매일 밤 이 가게를 찾지만 이렇게 테이블에서 먹는 것은 오랜만이었다. 늘 긴 바 자리에 앉아 주인장과 이야기하면서 술을 곁들여 먹었기 때문이다. 하루 일과 중 가장 행복한 순간이었다.

문득 바를 돌아보았는데 아는 남자 얼굴이 보였다.

"잠깐 있어봐."

유우에게 말하고 고미는 남자에게 다가갔다.

"하카마다 씨, 잘 지냈어요?"

그러자 바에 앉아 있던 하카마다가 고미를 돌아보았다. 그의 트레이드마크인 콧수염도 여전했다.

"아, 고미 씨군요?"

일어나서 인사하려는 하카마다의 어깨를 잡고 다시 앉혔다.

하카마다는 이제 막 고등어 된장정식을 먹은 참이었다.

"요즘 어때요, 하카마다 씨?"

"그게 요즘 운이 없네요."

하카마다는 어깨를 떨어뜨렸다. 하카마다와는 이 가게에서 처음 만나 친해졌다. 하카마다는 이제 2년 차인 신입 택시기사였는데, 증권회사에서 잘리고 이혼까지 하게 되면서 이 업계에 발을 들이게 되었다고 했다.

택시 업계에는 정말 다양한 사람들이 있었다. 정도의 차이는 있지만 다들 마음에 상처를 가지고 있다. 고미 역시 마찬가지였다.

하카마다의 과거를 들은 고미는 택시기사로서의 팁을 하카마다에게 전수했다. 3일간 하카마다와 동행하며 택사기사로서의 노하우를 일일이 전수해준 것이다.

"무슨 일 있나요?"

고미가 묻자 하카마다가 물을 한 모금 마시며 대답했다.

"사실 오늘 큰 사고를 당했어요."

"그거 큰일이네요. 다치신 데는…?"

"전 괜찮습니다. 하지만 차가 아주 많이 망가져서 4주 동안은 운전을 할 수 없을 거랍니다. 연말이라 수리 공장도 스케줄이 빽빽하대요. 보험금만으로는 생활이 힘든데…."

"그거 참 힘드시겠네요."

"네, 힘들어요."

지나가던 톰이 하카마다에게 말했다.

"하카마다, 인생만사 새옹지마다."

그렇게 말하고 가버렸다.

그건 그렇고 4주간 택시 영업을 할 수 없다는 것은 택시기사로서 치명적인 일이다. 게다가 날씨가 춥고 모임이 많은 연말연시는 특히 손님이 많은 때라 더더욱 치명적이었다.

그때 고미는 무언가를 떠올렸다. 오후에 걸려온 케이코의 전화였다. 고미는 도모토와의 통화 후 꺼두었던 전원을 켠 다음 어떤 남자에게 전화를 걸었다. 이윽고 남자가 전화를 받았다.

"고미 씨, 안 그래도 전화하려던 참이었어요."

"어머님이 쓰러지셨다면서? 상태는 좀 어떠셔?"

"생명에는 지장이 없으시지만 일단 돌아가기로 했어요."

상대는 20대 택시기사 오카지마였다. 그와 몇 번 이야기를 나눈 적이 있는데, 댄서가 되기 위해 임시로 택시기사를 하는 홋카이도 출신 젊은이였다.

"언제 돌아가는데?"

"내일 아침이요."

"생각보다 빠르네. 그런데 오카지마, 차는 어떻게 할 거야?"

"팔려고 생각 중이에요. 지금 인터넷에 올려보려고요."

"그거 잠시 홀딩시켜 줄래? 오카지마 씨의 택시가 필요한 사람이 있을 거 같아서. 물론 택시 리스료까지 모두 승계해서."

"네? 정말요?"

"응. 그러니까 또 연락할게."

고미는 전화를 끊고 하카마다에게 물었다.

"신차나 다름없는 프리우스 택시가 1대 있어요. 물론 형편이 많이 힘드시면 굳이 살 필요는 없어요. 하지만 이 업으로 계속 살아갈 생각이라면 아주 좋은 차량이에요. 프리우스는 연비도 좋고 손님들도 좋아하거든요."

잠시 생각하던 하카마다는 고개를 들었다. 그 눈에는 어떤 결의 같은 것이 느껴졌다.

"그 프리우스를 제가 살게요. 사실 이전부터 고미 씨의 프리우스 차를 동경해왔어요. 고미 씨처럼 스마일 택시는 힘들겠지만, 저 역시 업계 최고의 기사가 되어 보렵니다."

"좋아요, 하카마다 씨. 언젠가 프리우스를 타고 아드님을 만나러 가면 어떨까요? 분명 아드님도 좋아할 거예요."

하카마다의 아들은 이혼한 아내와 함께 살고 있는데 뜻대로 만나지도 못하고 있었다. 가끔 편지가 오는 정도이며, 그래서 하카마다는 취할 때마다 항상 아들 이야기를 늘어놓곤 했다.

"그러네요. 아들한테도 자랑할 수 있겠어요."

하카마다는 자리에서 벌떡 일어났다. 비싼 차량을 구입하기로 정해서인지 벌써부터 흥분한 것 같았다.

"지금 프리우스를 보러 가고 싶어요."

"벌써요? 그럼…."

고미는 핸드폰으로 오카지마의 전화번호를 알려주었다.

"지금 연락처를 보내드렸으니 본인과 직접 이야기해보세요. 저도 사정을 잘 이야기해 볼게요."

"알겠습니다, 감사합니다."

자리에서 일어나 당당하게 걸어가는 하카마다의 눈은 이전과 달리 반짝이고 있었다. 그 옆을 지나치던 톰이 하카마다에게 말했다.

"호사다마(好事多魔)니까 조심해! 하카마다."

하카마다는 그 말을 들으며 가게를 빠져나갔다.

고미는 오카지마에게 전화를 걸어 하카마다의 사정을 전달한 뒤, 다시 유우에게 돌아왔다. 유우는 후식으로 나온 아이스크림을 먹고 있었다. 주인장이 센스 있게 챙겨준 것이다.

"자, 이제부터 같이 생각해보자. 나루오카 씨에게서 어떻게 도망칠지…."

유우는 고미를 보며 말했다.

"무슨 좋은 생각 있어요?"

"없어. 지금부터 생각할 거야. …죽었다고 하면 어때? 그러면 나루오카 씨도 더 이상 널 찾으려고 하지 않을 거야. 넌 자유를 찾는 거지."

"그건 그러네요."

"그래서 말인데…, 폭파시키는 건 어떨까?"

"보기보다 꽤 스케일이 크시네요."

"이런 일은 크게 터트리는 편이 좋아. 예를 들면, 길에서 네가 타고 있던 택시가 폭파한 것처럼 꾸미는 거지. 그런데 네 시신은 발견되지 않는 거야. 어때? 멋지지 않아?"

"전 어떻게 택시에서 탈출하는데요?"

"모르지. 바로 그 방법을 생각하는 중이야."

"그런데 폭탄을 구할 방법은 있나요?"

"폭탄을 쉽게 조달할 수 있는 택시기사가 어디 있겠어?"

유우는 고미도 참 얼빠진 구석이 있는 사람 같다고 생각했다.

그때 고미의 핸드폰이 울렸다. 처음 보는 번호였다. 고미는 잠시 주저하다가 결국 전화를 받았다.

"네, 스마일 택시입니다."

"너 고미지?"

처음 듣는 남자의 목소리. 어딘지 위엄이 느껴지는 중저음의 목소리였다.

"네, 제가 고미입니다. 그런데 누구시죠?"

"내 아들을 데리고 있다고 하더군."

나루오카인가…. 고미는 유우에게 눈짓을 했다. 상황을 파악한 유우도 눈을 크게 뜨고 고미를 쳐다보고 있다.

고미는 조마조마하면서도 어떻게든 말을 꺼냈다.

"아, 네. 아드님은 무사합니다. 아, 혹시 오해하실까 봐 미리 말씀드리는 건데 유괴는 아닙니다."

"웃기지 마. 내 아들을 멋대로 데리고 다니면서 뻔뻔하게도 그런 말을 하는구나."

"아뇨, 그동안 여러 가지 사정이…."

"닥쳐! 아무튼 빨리 내 아들을 데려와. 안 그럼 넌 끝장이야!"

고미는 핸드폰의 마이크 부분을 손가락으로 막고 유우에게 속삭였다.

"어쩌지? 네 아버지가 화가 많이 난 모양이야."

"일단 돈을 받을 장소와 시간을 정하세요. 최대한 시간을 버세요. 아직 작전을 짜지 않았으니까요."

"아, 알았어."

고미는 다시 핸드폰에 귀를 대었다.

"여보세요?"

"잘 들어, 지금 당장 내 아들을 데려와. 내 사무실은 알지? 오늘 오후에 네 녀석이 강도짓을 한 가게 최상층이야."

"그러니까 지금 그럴 수 없는 사정이…."

"잔소리 말고 내 아들을 데려와."

가끔 이런 사람들이 있다. 뭐든 자기 마음대로 되는 줄 착각하는 사람.

고미는 자신도 모르게 언성을 높였다.

"잘 들어요, 나루오카 씨. 댁의 아드님을 데리고 있는 사람은 바로 나예요. 즉, 지금 갑은 당신이 아니라 나라고요. 그러니까 나한테 이래라 저래라 하지 마요."

"네, 네 이놈이…."

"닥치고 듣기나 해요! 유우는 내 승객이에요. 내 택시를 탄 소중한 손님이라고요. 그래서 난 유우의 말을 우선할 거예요. 지금부터 2시간 뒤에 중앙공원 북쪽에 있는 대형 주차장으로 사례금을 가지고 오세요."

고미는 우다다닥 내뱉고 전화를 끊었다. 그리고 바로 전원도 꺼버렸다. 주위 손님들이 고미를 흘깃거렸고, 유우 역시 놀란 얼굴로 고미를 보았다.

"…내가 좀 심했나?"

"조금 심하긴 했죠. 하지만 그래도 아버지가 아저씨를 죽이거나 하진 않을 거예요. 안심하세요."

유우가 자리에서 일어났다.

"혹시라도 방금 전 통화로 위치가 들켰을 수도 있어요. 곧바로 이동하도록 해요."

"그, 그래."

유우의 뒤를 따라서 고미도 자리에서 일어났다.

왠지 첩보영화의 주인공이 된 것만 같은 기분이었다.

◆

"어서 옵쇼."

케이코가 가게에 들어서자, 주인장이 기세 좋게 케이코를 환영했다. 케이코의 단골 이자카야는 오늘도 혼잡했다.

"어라, 케이코 씨. 오랜만이네요. 응? 그분은 누구시죠?"

주인장이 나루오카를 보며 물었다. 나루오카는 가슴을 쭉 펴고 거만한 눈빛으로 가게 안을 둘러보고 있었다.

"이 사람, 그냥 승객이에요."

케이코는 바 자리로 향했다. 그 옆에 나루오카가 앉았는데, 의자가 작은지 엉덩이가 많이 삐져나와 있었다.

"한 달 전쯤 아드님도 이 가게에 왔었다고 해요." 케이코가 말했다.그 말에 나루오카가 케이코를 돌아보았다.

"유우가…?"

"네. 고미 씨가 데려왔다고 해요. 저도 나중에 알았지만요."

나루오카는 몸을 비틀어 가게 안을 둘러보았다. 그 시선은 자못 날카로웠다.

"지저분한 가게로군."

"그렇지만 맛은 보장해요. 그 미슐랭 씨도 칭찬한 곳이라고요."

"미슐랭? 아, 미슐랭 가이드 말이냐?"

"네? 미슐랭이 음식평론가 이름 아니었나요?"

"아냐. 프랑스의 미슐랭이란 타이어 회사에서 출간하는 맛집 가이드북이야. 아니, 어떻게 된 게 그런 상식적인 것도 몰라?"

"죄송해요. 하지만 이 가게가 맛집이라는 건 사실이에요."

나루오카가 메뉴를 보고 말했다.

"먼저 생맥주 한 잔 주문하지."

"좋아요, 저희 생맥주 한 잔 부탁해요."

"알았어요."

케이코의 말에 주인장이 생맥주 한 잔을 나루오카 앞에 두었다. 나루오카는 그 맥주를 단번에 마셔버리고는 안주로 나온 튀김두부를 질겅질겅 씹으며 말했다.

"한 잔 더!"

"한 잔 더 부탁해요."

"알았어요."

"너무 많이 마시지 마세요, 나루오카 씨. 지금 아들을 찾아야 하는 상황이라고 말씀하셨잖아요."

"술은 가솔린 같은 거야."

나루오카는 그렇게 말하고는 맥주를 쭉 들이켰다. 마치 코끼리가 물을 마시는 듯했다.

"케이코, 잘 지냈어?"

뒤를 돌아보자 백인 남성이 서 있었다. 통역 겸 알바생인 톰이었다. 일본어를 열심히 배우고 있다는데, 그 노력에 비해 일본어 실력은 영 젬병이다.

"뭐 먹을래, 케이코?"

주문은 늘 정해져 있었다. 회덮밥이었다.

케이코는 나루오카에게 물었다. 나루오카는 고민하며 메뉴를 보았다.

"나루오카 씨, 고민이 되면 여기 추천메뉴가…"

"빨리 정해, 뚱보!"

톰의 갑작스런 말에 케이코는 자신의 귀를 의심했다.

"톰, 손님에게 그게 무슨 말버릇이야."

"빨리 정하라고, 뚱보."

자신에게 하는 말이라고 생각하지 않는 건지 아니면 메뉴에 집중하느라 들리지 않는 건지 나루오카는 아무런 반응도 보이지 않았다.

케이코는 조심스럽게 물었다.

"나루오카 씨, 화 안 나세요?"

그러자 나루오카가 고개를 들고 태연하게 말했다.

"응, 내가 뚱뚱한 건 사실이니까. 사실을 말하는 사람에게 화를 내진 않아. 오히려 내게 날씬하다고 '살이 좀 빠지셨네요.'라고 했다면 불 같이 화를 냈을 거야."

정말 별난 남자다. 케이코는 속으로 한숨을 쉬면서 말했다.

"여기 추천메뉴는 회덮밥이에요. 어떠세요?"

"뭐, 좋아. 그럼 그걸로 하지."

"알겠어요. 톰, 회덮밥 둘 부탁해."

그러자 나루오카가 물었다.

"너도 먹을 거냐?"

"네, 안 돼요?"

"그럼 3개. 난 2인분 먹을 거니까. 어이, 톰이라고 했나? 회덮밥 3개 갖고 와."

"기다려라, 뚱보."

톰은 그렇게 말하고는 가버렸다. 저 말투는 어떻게 안 되는 건가.

케이코는 고미가 고생고생을 하면서 톰에게 일본어를 가르쳤던 것을 떠올리고는 살짝 웃었다.

"어서 옵쇼."

주인장의 말에 고개를 돌렸다. 한 여성이 가게 안으로 들어오고 있었다.

시크한 정장을 입고 있는 아름다운 여성이었다. 여성은 약간 당황한 표정으로 가게 안을 둘러보았다. 주인장이 여성에게 말을 걸었다.

"손님, 몇 분이시죠?"

"2명이에요. …곧 올 거예요."

"그렇군요. 지금 테이블이 꽉 차서 그런데, 바 자리에 준비해드려도 될까요?"

주인장은 그렇게 말했지만 바 자리 역시 거의 꽉 차 있었다. 비어 있는 곳이라고는 케이코의 옆자리뿐이었다.

그 여성은 케이코 쪽으로 걸어왔고, 나루오카는 여성을 보자마자 "으악!" 하며 이상한 소리를 내었다. 그 여성도 마찬가지로 멈춰 서서 나루오카를 물끄러미 쳐다보았다.

"여기 비어 있어요."

케이코는 일어나서 여성을 위해 의자를 빼주었다. 약간 긴장한 듯한 여성은 작게 목례를 했다.

"감사합니다."

여성이 의자에 앉는 걸 보고 케이코는 다시 자리에 앉았다.

케이코의 왼쪽에 앉은 나루오카는 조금 전까지의 기세는 어디로 갔는지 갑자기 땀을 뻘뻘 흘리고 있었다. 얼굴색도 창백했다. 한편 케이코의 오른쪽에 앉은 여성도 고개를 돌려 나루오카를 애써 외면하고 있었다.

"나루오카 씨, 맥주 한 잔 더 시킬까요? 거의 비었잖아요."

"아, 아니야. 충분해."

"그런가요?"

이번에는 케이코가 오른쪽에 있는 여성에게 말을 걸었다.

"이 가게는 처음이신가요? 여기 꽤 유명한 맛집이에요."

"아, 그래요? 전 처음이에요."

"그렇군요. 전 단골이라 바로 알아차렸어요. 처음 오시는 분이라는 걸요. 이 가게는 회덮밥이 특히 일품이에요."

"그, 그렇군요."

여성은 난처한 얼굴로 고개를 끄덕일 뿐이다. 케이코는 왼쪽 팔꿈치로 나루오카의 옆구리를 찌르며 작은 목소리로 속닥거렸다.

"혹시 아시는 분이에요?"

"그, 그래. 안다면 아는 사이고, 모른다면 모르는 사이야."

"뭐예요, 그게…. 아, 혹시 헤어진 아내 분인가요?"

딩동댕. 진땀을 뻘뻘 흘리는 나루오카를 보니 정답인 것 같았다. 옆에 앉은 여성도 안절부절못하고 있었다.

"케이코, 자리 비었어."

뒤를 돌아보니 톰이 막 그릇을 치운 테이블을 가리키며 말했다. 케이코는 자리에서 일어나서, 나루오카의 맥주잔과 자신의 물잔을 들고 여성에게 제안했다.

"저희들은 저쪽으로 가려는데 괜찮으시면 합석하실래요?"

"네, 하지만 전 일행이…."

여성이 말을 채 끝내기도 전에 나루오카가 꽥 소리를 질렀다.

"바보 같은 소리 하지 마! 왜 내가 헤어진 전 부인과 합석을 해야 하는 거야?"

"뭐, 어때요?"

케이코는 테이블로 가서 나루오카의 맥주잔과 자신의 잔을 내려놓으며 여성에게 재차 권유했다.

"자, 빨리 오세요. 어차피 여긴 네 명 자리니까 한 명 더 앉을 수 있어요. 이렇게 인기 있는 식당에서 바 자리에 한 명이라도 손님을 더 받게 해주는 게 덜 민폐예요."

여성은 어쩔 수 없다는 표정으로 테이블로 향했다. 하지만 나루오카는 어린애처럼 계속 떼를 썼다.

"난 안 가. 절대 안 가."

"나루오카 씨, 적당히 하세요. 자, 원하는 쪽을 선택하세요. 테이블에서 저희와 같이 식사를 할래요, 아니면 이대로 나가서 택시에서 절 기다릴래요?"

"정말이지 네 녀석은…."

나루오카는 마지못해 일어나 테이블로 향했다. 아무래도 식욕이 고집을 이긴 모양이다.

케이코는 이 상황이 너무나도 재미있었다. 하지만 무덤덤한 표정으로 나루오카의 옆에 앉았다.

먼저 침묵을 깬 사람은 나루오카의 전 부인이었다.

"오랜만이네요, 당신."

나루오카는 무릎 위에 손을 올리고 작게 목례를 했다.

"그래. 자, 잘 지내고 있었어?"

"얼굴이 지나치게 좋아 보이네. 또 살찐 거 아니에요?"

"그럴지도 모르지. 다 내가 부덕한 탓이야. 어쨌거나 당신도 꽤 건강해 보이네."

"잠깐!"

케이코는 저도 모르게 그들의 대화에 끼어들었다.

"나루오카 씨, 왜 그렇게 저자세세요? 좀 전까지의 그 기세는 어디로 갔어요?"

나루오카는 헛기침을 했다.

"험, 험, 무슨 소리야? 그냥 평범하게 이야기하고 있었잖아."

케이코는 웃음을 참으면서 물 한 모금을 마셨다.

◆

"재판 이후에 두 분은 한 번도 안 만나신 거예요? 그런 두 분이 이 가게에서 우연히 재회를 하다니 정말 대단하지 않나요? 이건 운명이고, 기적이에요."

바로 앞에 앉은 케이코라는 여성이 눈을 반짝이며 떠들어댄다. 마리는 애매하게 웃으면서 그녀의 말에 적당히 맞장구를 쳤다.

나루오카는 조금 전부터 아무 말 없이 약간 긴장한 모습으로 앉아 있다. 이전보다 더 살이 찐 모양이었다. 이혼했을 때까지만 해도 90킬로였는데, 지금은 100킬로가 훨씬 넘어 보였다. 위압감까지 느껴질 정도이다.

"그런데 곧 오신다는 일행 분은 누구세요?"

여성의 갑작스런 질문에 마리는 말문이 막혔다.

"아, 네. 그게…."

가게에 들어가기 직전에 하카마다는 잠깐 할 일이 있다면서 마리에게 먼저 들어가 먹고 있으라고 하고는 택시를 타고 어디론가 가버렸다.

"애인인가요?"

"아니, 아니에요. 택시기사예요." 마리가 말했다.

그러자 앞에 앉은 여성이 몸을 내밀고 물었다.

"설마 그 택시기사 분 이름이 하카마다인가요?"

"네? 그걸 어떻게…?"

"이 가게를 단골로 다니는 택시기사는 저랑 하카마다 씨뿐이거든요. 원래는 한 명 더 있는데 잠시 종적을 감추었어요. 하카마다 씨는 항상 저쪽에서 고등어 된장정식을 먹었어요. 세상의 모든 불행을 혼자서 짊어진 표정으로요." 여성이 바 자리를 가리키며 마리에게 말했다.

마리는 여성에게 물었다. "그럼 혹시 당신도 택시기사인가요?"

"네." 여성이 웃으며 말했다.

"카가와 케이코라고 합니다. 택시기사예요. 아, 설마 나루오카 씨의 새로운 애인이라고 생각하셨나요?"

"아뇨, 딱히 그런 건…."

그러나 사실은 그렇게 생각했다. 막 보석금으로 풀려난 나루오카와 함께 있는 여성이니 깊은 관계일 거라고 생각한 것이다.

"오늘 처음 만났어요. 정말이지 저한테 민폐가 이만저만이 아니에요."

케이코가 투덜거리자 옆에 있는 나루오카가 불만스러운 표정으로 말했다.

"어이, 나 여기서 다 듣고 있어. 작작 좀 해!"

"어머, 거기 계속 계셨어요, 나루오카 씨?"

케이코는 깔깔 웃었다. 눈이 크고 귀여운 여성이었다. 나이는 아직 30대 초반일 것이다. 친구로 삼고 싶을 정도로 느낌이 좋은 사람이었다.

"모처럼 이렇게 다시 만났는데 두 분이서 이야기라도 나누시는 게 어때요?" 케이코가 두 사람에게 물을 따라주며 말했다.

나루오카는 빈 맥주잔을 만지작거리고 있었다.

마리가 나루오카에게 먼저 말을 건넸다.

"많이 힘든 모양이네요?"

"그렇지."

나루오카는 자조하듯 웃으며 마리를 보았다가 다시 눈을 돌렸다.

"어쩔 수 없지. 벌을 받은 거야."

8년 만에 하는 제대로 된 대화였다. 이혼 소송중일 때는 항상 변호사가 함께 있었으니까. 마리는 나루오카와 둘이서 마지막으로 나눈 대화다운 대화가 언제였는지 기억도 나지 않았다.

"유죄는 확정이에요?"

마리가 묻자 나루오카는 고개를 끄덕였다.

"그래, 승산은 없어. 이게 최후의 만찬이라는 거지."

"제 말 좀 들어주세요, 사모님."

그때 케이코가 끼어들었다.

"사실 나루오카 씨는 무죄래요. 나오미라는 나쁜 여자의 함정에 빠진 거래요."

조금 전 녹음된 대화를 듣고서 이미 다 알고 있는 사실이지만 마리는 짐짓 놀란 척 눈을 크게 뜨고 나루오카에게 물었다.

"그게 정말이에요?"

"그래, 맞아."

"그리고 나루오카 씨는 지금 아내 분과도 헤어졌대요. 아내 분은 이미 친정으로 돌아갔대요."

그때 테이블로 다가온 백인 남성이 회덮밥 3개를 테이블 위에 올려놓으며 말했다.

"기다렸지, 케이코?"

"톰! '기다렸지'가 아니라 '오래 기다리셨습니다'라고 해야지. 몇 번을 말해!"

"입 다물고 먹어, 케이코."

"톰, 너 말이야. 반드시 여기 주인아저씨에게 일러서 해고시킬 거야."

톰은 대답 없이 그냥 가버렸다.

나루오카는 테이블에 놓인 회덮밥 3개 중 2개를 자기 앞에 끌어다놓고 젓가락을 들었다. 그 모습을 본 케이코가 입을 열었다.

"나루오카 씨, 나루오카 씨는 레이디 퍼스트도 모르세요?"

"내가 제일 먼저 주문했잖아."

"곧 나올 테니까 하나는 아내 분에게 양보하세요."

"…아내가 아니야."

케이코는 나루오카의 앞에 놓인 회덮밥을 가져다가 마리 앞에 두었다.

마리는 작게 목례했다.

"감사합니다."

정말 먹음직스러워 보이는 회덮밥이었다. 신선해 보이는 회가 잔뜩 올라와 있었다. 마리는 물을 한 모금 마시고 새우를 먼저 입에 넣었다. 예상보다 더 탄력이 있고 맛있었다.

"맛있군. 정말 맛있어. 회도 신선하고, 밥도 맛있어. 좋은 쌀을 쓰고 있나 보군."

입으로는 칭찬의 말을 연발하면서도 나루오카의 표정은 심각했다. 화난 얼굴로 덮밥을 우걱우걱 먹고 있다. 하지만 마리는 이미 익숙해서 그런지 별로 신경 쓰지 않았다. 케이코도 마찬가지로 아무렇지도 않게 회를 입에 넣었다.

그때 마리가 나루오카의 덮밥에 야채를 올리고 육수를 부어 줬다. 나루오카는 "고마워."라고 작게 말하고는 마치 국을 마시듯이 덮밥을 들고 먹기 시작했다.

"손발이 정말 척척 맞네요. 역시 천생연분이에요."

케이코가 감탄하듯 말하자, 마리는 좀 부끄러워서 재빨리 화제를 돌렸다.

"옛날에 츠키치 시장에서 이것과 비슷한 걸 먹은 기억이 있어요."

"그런가요?"

"네, 이 사람도 같이 있었죠."

그러자 회덮밥 두 그릇째를 먹던 나루오카가 고개를 갸우뚱거렸다.

"그랬나?"

"잊었어요?"

"미안, 비슷한 걸 먹은 기억은 있는데…."

정말 나루오카는 여전했다. 자기한테 중요한 일이 아니면 다 잊어버리는 것 같았다.

"당신이 변호사가 돼서 처음으로 보너스를 받은 날 밤이었어요. 맛있는 거라도 먹으러 가자고 츠키치 시장에 함께 갔었잖아요."

"미안, 그렇게 말해도 몰라. 아무튼 이 덮밥은 참 맛있군. 그건 틀림없어."

"남자들은 항상 그래요. 모든 것을 쉽게 잊어버리죠. …아, 이런. 무슨 말을 하려는 건지…." 케이코가 말했다.

케이코는 부끄러운 듯 다시 젓가락을 들고 허겁지겁 덮밥을 먹기 시작했다.

'아, 이 사람도 사랑하는 사람이 있구나.' 마리는 생각했다.

회덮밥을 다 먹었다. 하지만 아직까지도 하카마다는 오지 않았다. 마리는 자꾸만 신경이 쓰여서 가게 입구를 살폈다.

"혹시 하카마다 씨를 기다리시나요?" 케이코가 물었다.

"네, 곧 온다고 했었는데…."

"그러게요, 어떻게 된 걸까요? 하카마다 씨는 올해 삼재라서 엄청나게 운이 없어요. 아마 넘어져서 발을 삐었거나, 화장실에 들어갔는데 자물쇠가 망가져서 그 안에서 나오지 못하거나 그러고 있을 거예요."

그럴지도 모른다. 그 사람의 불운은 마리도 체감했다. 만약 정말 그런 것이라면 상황을 살피러 가야 하지 않을까. 마리가 자리에서 일어나자 케이코가 마리를 잡았다.

"제가 다녀올게요."

케이코는 그렇게 말하더니 가게를 휙 나섰다.

그 바람에 나루오카와 마리 둘만 남게 되자, 갑자기 분위기가 무거워졌다. 하지만 좋은 기회였다. 마리는 나루오카에게 꼭 묻고 싶은 것이 있었다.

"저기, 유우는 잘 있어요?"

나루오카가 배를 만지며 말했다.

"그래, 잘 있어."

"당신이 체포된 동안 누가 유우를 돌봐주었어요?"

"아내. 그리고 집에 파출부도 있으니까…."

"풀려난 건 오늘이잖아요. 그럼 이런 곳에 있지 말고 빨리 유우에게 가보는 게 어때요?"

"이것만 먹고 바로 가려고 했어."

하지만 마리는 뭔가 이상하다고 느꼈다. 여자의 촉이었다. 어쩌면 나루오카와 함께 한 시간이 길기 때문에 느낀 것일 수도 있었다.

"유우에게 무슨 일이 있어요?"

"아무 일도 없어."

"무슨 일 있죠?"

"아무 일도 없다니까."

"솔직히 말해요."

"경찰처럼 날 대하지 마. 난 계속 취조를 받다 나왔어. 지난 몇 주간 계속 말이야. 정말 지긋지긋했다고."

역시 무슨 일이 있다. 나루오카가 뭔가를 숨기고 있는 것이 확실했다.

마리는 팔짱을 낀 채 나루오카를 노려보았다.

"숨기고 있는 걸 전부 말해요. 당신이 전부 말할 때까지 난 여기서 움직이지 않을 거예요."

"또 그런 협박을…."

"그럼 솔직하게 자백해요."

나루오카는 시선을 떨구더니 다시 천천히 고개를 들었다. 덩치는 나루오카가 훨씬 더 컸지만, 어쨌든 지금은 마리가 주도권을 잡고 있다.

"화내지 마. 절대로 화를 내지 않겠다고 약속해."

"네, 약속할게요."

"사실은 유우가…, 행방불명 상태야."

머릿속이 새하얘졌다.

'유우가…, 행방불명 상태라고? 이 남자는 대체 무슨 소리를 하는 건가. 그런 일이 일어날 리 없잖아.'

마리는 간신히 정신을 차리고 자리에서 일어나, 나루오카의 넥타이를 잡아당기며 외쳤다.

"무슨 소리예요? 유우가 행방불명 상태라니…? 자세히 설명해봐요."

나루오카도 숨이 막혔는지 컥컥거리며 말했다.

"화내지 않겠다고 약속했잖아!"

"난 유우의 엄마예요. 아들이 행방불명이 되었다는데 '아, 그래요.'라고 순순히 납득할 수 없잖아요. 대체 어떻게 된 일이에요? 경찰서에 신고는 했어요? 도대체 누가 그런 거예요?"

"아, 알았어. 설명할 테니 일단 이것 좀 놔줘."

마리는 넥타이에서 손을 놓았다. 마리는 그제야 자신이 뭘 하고 있는지를 깨달았다. 주위 손님들이 입을 쩍 벌리고 놀란 눈으로 마리를 쳐다보고 있었다. 머쓱해진 마리는 헛기침을 하고는 의자에 도로 앉았다.

거친 숨을 몰아쉬던 나루오카는 지나가던 톰을 불러 세우고 말했다.

"생맥주를 한 잔 더 부탁해."

"맥주는 나중이에요!" 마리가 말했다.

마리가 으르렁거리며 말하자 톰도 따라서 말했다.

"맥주는 나중이야, 뚱보."

나루오카는 어쩔 수 없다는 듯 풀어헤쳐진 넥타이를 바로 잡으며 물을 한 모금 마시고 말했다.

"한 달 전에 유우가 가출을 했었어. 그때 찾으려 했지만 지금도 찾지 못한 거야."

"한 달이나…."

마리는 말문이 막혔다. 유우는 이제 겨우 13살이다. 아직 어린 아이가 가출해서 한 달이나 돌아오지 않았다니…, 유우에게 무슨 일이 생기고도 남았을 시간이었다.

"어째서 나에게 말해주지 않았던 거예요? 미리 말해주었으면 좋았잖아요."

"친권은 나에게 있거든. 그리고 당신한테 말한다 한들 상황이 좋아진다는 보장도 없었고, 무엇보다도 유우가 가출한 다음 날에 내가 체포되었어. 그 바람에 연락을 하는 것 자체가 불가능했지."

"그래도 연락을 했어야죠. 당신 이외에 누가 유우를 찾는다는 거예요? 나 말고는 없잖아요!"

"걱정 마. 유우는 아마 잘 있을 거야."

"유우가 잘 있을 거라는 근거라도 있어요?"

"그냥…."

"이거 바보 아니야!"

마리는 그렇게 외치며 천장을 올려다보았다.

“황당해서 말도 안 나오네요. 그냥이라고요? 그러고도 당신이 아빠야?”

그러자 나루오카는 도리어 당당하게 말했다.

“유우는 내 아들이야. 그리고 난 내 아들을 믿어. 겨우 한 달이야. 그 정도로 뭘 그렇게 놀라?”

“뭐가 그렇게 천하태평이에요? 한 달이라고요, 한 달. 그리고 그 아이는 다른 아이들과 달라요. 그 점은 당신도 잘 알고 있을 텐데요?”

“잠깐만요, 두 분 다 목소리가 너무 커요.”

때마침 가게 안으로 들어온 케이코가 나루오카와 마리의 얼굴을 번갈아보며 말했다.

“지금 가게 안에서 두 분 목소리밖에 안 들려요. 좀 더 작은 목소리로 말씀해주세요. 대체 왜 싸우시는 거예요?”

마리는 대답 없이 핸드백을 들고 가게를 나가버렸다.

“나루오카 씨, 이게 어떻게 된 거예요? 모처럼 마리 씨와 화해할 기회였는데….”

가게에서 나가는 마리를 보면서 케이코가 나루오카를 타박했다.

“쫓아가지 않아도 돼요? 이대로 헤어져도 되냐고요?”

“괜찮아. 내버려둬. 저 여자가 화를 내는 건 당연해. 사실 내가 세상에서 가장 두려워하는 사람이 바로 저 데즈카 마리야.

전 부인에게 붙잡혀 산다고는 도저히 부끄러워서 말할 수 없었어."

"그런데도 용케 재판에선 이기셨네요?"

"그렇지. 방금 내가 말한 대로 난 저 여자에게 잡혀 살았어. 하지만 법정에선 난 달라. 법정은 내가 유일하게 저 여자와 동등해지는 장소야."

잘 이해가 되지 않았다. 하지만 두 사람이 결혼까지 했으니 어쨌든 나루오카는 데즈카 마리를 사랑했을 것이다. 어쩌면 나루오카는 저런 성격의 여성한테 매력을 느끼는 것인지도 모른다.

"그것보다 너, 이 가게에서 내가 저 여자와 재회한 게 우연이라고 생각하나?"

"그렇지 않나요? 우리가 이 가게에 온 것도 우연이고, 마리 씨가 이 가게에 온 것도 우연이죠. 이를 테면 운명이라고 할 수 있겠죠?"

"난 운명이란 걸 믿지 않아."

"왜요?"

"작위적이야. 우연이 아니라 작위성이 느껴져."

"단어가 어려워서 무슨 말인지 잘 모르겠어요."

"쉽게 말해서 말이야…."

나루오카가 귀찮다는 듯이 귀를 후비적거리며 말했다.

"나와 저 여자가 이 가게에서 만나도록 누군가가 계획을 짠

거 같아. 그렇다면 그 동기는 뭘까? 그녀와 날 만나게 해서 뭘 어떻게 하려는 거지…?"

나루오카는 손으로 턱을 괴고는 깊은 고민에 빠졌다.

케이코는 일단 다 먹었으면 가게에서 나가 유우를 찾으러 가자고 했다.

◆

이자카야를 나온 고미는 바로 택시로 돌아왔다. 유우가 뒷좌석에 타는 것을 확인하고 곧바로 시동을 걸었다.

시계를 보니 저녁 8시 경이었다.

"정말 괜찮을까? 역시 말이 좀 심했던 것 같아. 나루오카 씨는 분명 화가 많이 났을 거야."

고미의 말에 유우가 답했다.

"분명 화났을 거예요. 아들인 제가 보증하죠."

"그렇지?"

"하지만 아버지는 변호사예요. 법에 저촉되는 일은 하지 않을 테니 걱정 마세요."

고미는 오늘 하루를 되돌아보았다. 정말 파란만장한 하루였다. 유우가 택시를 탄 시점부터 모든 일이 시작되었다. 유우와 같이 명품 매장에서 본의 아니게 강도짓을 하게 되었고, 아이스크림 가게에서는 줄 선 사람들에게 돈을 나눠주는 유우를 지켜보았고, 검은 차량을 탄 남자들에게 쫓기기도 했다. 그랬다가 동물원에서는 느긋하게 코끼리를 보았고, 유괴범으로 몰리기도 했다.

룸미러를 통해 보니 유우는 창밖을 바라보고 있었다. 이제 뒷좌석에서 유우가 보이는 것이 마치 당연한 것처럼 느껴졌다. 유우가 보이지 않으면 어째선지 마음이 놓이지 않았다.

"아저씨는 왜 택시기사가 되신 거예요?"

갑작스런 유우의 질문에 고미는 정신을 차리고 되물었다.

"그게 왜 알고 싶은데?"

"그냥요."

"정말로 알고 싶어?"

"네, 앞으로의 제 인생에 도움이 될지도 모르는 이야기니까요."

"설마 이런 이야기가 도움이 되겠니. …내가 21살 때였나."

'어째서 난 이런 이야기를 오늘 처음 본 소년에게 하는 걸까.'

고미는 그런 생각을 하면서 이야기를 시작했다.

"모든 것에 싫증이 난 시기가 있었어. 살아갈 의욕을 잃은 거지. 그래서 바다를 보러 가고 싶었어. 아니, 정확하게는 그냥 바다에 뛰어들고 싶었지. 하지만 바다는 멀었고, 거기까지 갈 돈도 없었어."

당시 고미는 아다치구(區)에 있는 정밀부품공장을 다니다가, 동료와 싸우는 바람에 해고된 상태였다. 마지막 월급도 파친코로 날리고 땡전 한 푼 없던 고미는 아라카와 강 뚝방길을 따라

하류를 향해 걸어나갔다. 이대로 걸어가면 바다에 도달할 것이다, 그렇게 생각하며 걷고 있었는데 생각보다 거리가 꽤 멀었다.

"정말 바보였지. 돈도 없는데 무작정 택시를 탄 거야. 날 태워준 택시기사는 40대로 보이는 평범한 아저씨였어. 목적지를 묻길래 이대로 바다에 가고 싶다고 했지. 택시기사는 말없이 고개를 끄덕이고는 출발했어. 그때 난 처음부터 돈을 낼 생각이 없었어. 여차하면 택시기사를 때리고 도망칠 생각이었지."

30분 정도 후에 택시는 신키바에 있는 부두 앞에서 멈추었다.

"그런데 택시기사 아저씨가 먼저 내리는 거야. 나도 서둘러 택시에서 내렸지. 택시기사는 기분 좋게 심호흡하더니 '사실 나도 바다를 보고 싶었어!'라고 웃으며 말했어. 얼마 동안 난 택시기사와 함께 바다를 보았지. 원래는 바다에 뛰어들고 싶었지만 옆에 택시기사가 있으니까 그럴 수 없더군."

1시간 정도 말없이 바다를 보고 있었는데, 택시기사가 먼저 돌아가자고 했다. 그래서 고미도 택시를 탔고, 다시 30분 정도 지나자, 처음 고미가 택시를 탔던 곳으로 돌아왔다.

"요금은 3천 엔이었어. 내 사정을 짐작했는지 택시기사는 나중에 지불해도 된다면서 명함을 주었어. 택시를 탄 건 태어나서 처음 있는 일이었지. 그런데 바다를 본 일보다 택시기사에게 더 큰 감명을 받았어. 그래서 다시 삶의 의욕을 갖게 된 거지.”
“그래서 택시기사가 되신 거군요?”
“그래, 원래 운전은 잘했으니까. 운이 좋으면 될지도 모르겠다 싶은 마음에 이력서를 들고 택시회사를 찾아갔지. 그리고 바로 채용되었어.”
택시 업계는 이직률이 높아서 항상 사람을 구하고 있었다.
“아저씨를 바다까지 데려다준 그 택시기사한테 돈을 갚았나요?”
“제대로 택시기사로 일하게 되면 돈을 벌어서 갚으려고 했어. 택시기사가 되고 2년 정도 지난 어느 날, 난 봉투에 3천 엔을 넣고 명함에 적혀 있던 택시회사로 찾아갔지. 하지만 날 바다에 데려다 주고 나서 반년쯤 후에 이미 돌아가셨다더군.”
고미는 택시회사 사람들한테 주소를 물어 그의 집을 찾아갔다. 그러자 아내 분이 웃으며 고미를 맞아주었다. 향을 피우고 영정사진을 올려다보니, 택시기사 아저씨는 환하게 웃고 있었다. 고미는 모든 사정을 다 이야기하고, 3천 엔이 든 봉투를 택시기사의 아내에게 건넸다.
“그이는 승객의 미소를 보는 것이 삶의 낙이라고 했었어요.”
택시기사의 아내는 고미에게 웃으며 말했었다.
“그게 스마일 택시의 시작이었군요.”
이제 모든 사실을 알았다는 것처럼 유우가 고개를 끄덕였다.
“그렇지, 그 아저씨의 뜻을 잇겠다든가 그런 거창한 건 아니지만 기왕 택시기사로 살 거라면 무언가 남들과 다른 것을 해보고 싶었어. 난 바로 회사를 그만두고 새 삶을 살기로 결심했지. 그래서 이곳으로 왔고. 그게 스마일 택시의 시작이었어."

"혹시 아저씨는 날라리였나요?"

갑작스러운 유우의 질문에 고미는 당황했다.

"왜, 왜 그렇게 생각해?"

"방금 전 이야기에 나오는 아저씨 모습이 지금의 아저씨 모습과는 완전히 달라서요. 공장에서 동료와 싸우다 잘리거나, 택시기사를 때리고 도망치려고 한 것들이요. 지금 아저씨 모습과는 딴판이에요."

'정확히 파악했군.'

고미는 고개를 끄덕였다.

"그래, 누구나 다 흑역사가 있는 법이지."

"지금부터 우리 옛날이야기를 해요!"

갑작스런 제안에 고미는 놀랐다. 뒤에서 차량이 접근하기에 일단 차선을 변경하여 추월하도록 허락해주고 유우에게 되물었다.

"옛이야기?"

"네, 다른 사람에게 말할 수 없는 이야기나 마음에 담아둔 비밀을 옛이야기로 털어놓는 거예요. 어차피 아버지를 만날 때까지 2시간이나 남았어요. 먼저 아저씨부터 시작해요."

"너 말이야, 지금 이렇게 느긋하게 있을 상황이 아니잖아."

"알았어요, 알았어. 잔소리는 그만해요. 그냥 심심풀이로 하는 거잖아요."

어쩔 수 없다. 손님의 요구에는 되도록 응한다. 그게 스마일 택시의 철칙이었다. 고미는 한숨을 쉬면서 이야기를 시작했다.

옛날 옛적에 한 고등학생이 있었습니다.

홀어머니 밑에서 자란 고등학생은 어릴 때부터 난폭한 성격이라 누구도 손대지 못하는 아이였습니다. 학교에도 제대로 가지 않았고, 질 나쁜 친구들과 어울리며 오락실에서 시간을 보내거나, 오토바이 폭주족들과 산길을 달리기도 했습니다.

그런 그에게도 도저히 당해낼 수 없는 인물이 한 명 있었습니다. 바로 그의 어머니였습니다. 어머니는 기가 세고, 아들이 나쁜 짓을 할 때마다 곧바로 따귀를 날릴 정도로 거침없었습니다. 하지만 사실은 하나뿐인 아들을 누구보다도 아끼고 사랑하였습니다.

근처 공장에서 일하던 어머니는 야근까지 도맡아 하며 아들을 열심히 키워냈습니다. 저녁에 잠깐 집에 들러 아들을 위한 주먹밥을 만들어주는 게 어머니의 유일한 기쁨이었습니다.

고등학생은 어머니가 만들어준 주먹밥을 정말 좋아했습니다. 다시마와 매실을 넣어 만든 것이었습니다. 친구들과 노는 중에도 반드시 집에 와서 어머니의 주먹밥을 먹었습니다. 자신이 싸움을 잘하는 이유도 어머니가 만들어준 주먹밥 덕분이라고 생각했습니다.

그들이 사는 집은 겨울에 너무 추웠습니다. 난방기구는 전기난

로뿐이었고, 정말 얼어 죽을 것처럼 집 안은 썰렁하기만 했습니다.

한편, 그런 고등학생도 여자친구가 생겼습니다. 같은 반 친구로, 눈이 반짝이는 귀여운 얼굴의 여자아이였습니다. 하지만 그는 날라리였기 때문에 둘이 사귀는 사실을 친구들에게 들키면 왕따가 될 것이 분명했습니다. 그래서 둘은 항상 몰래 데이트를 했습니다.

그해 크리스마스였습니다. 평소처럼 친구들과 오락실에서 놀던 고등학생의 마음은 초조해졌습니다. 여자친구와 약속을 했기 때문입니다. 결국 고등학생은 친구들에게 배가 아프다는 거짓말을 하고 오락실을 나왔습니다.

이미 약속시간은 지나 있었습니다. 조급해진 고등학생은 역 앞에 세워둔 자전거 자물쇠를 부수고 자전거에 올라탔습니다. 그에게 자물쇠 한두 개 정도를 부수는 일쯤은 별것 아니었습니다.

드디어 그녀의 집에 도착했습니다. 여자친구는 평소보다 더 귀여운 옷을 입고 있었습니다. 약간 화난 얼굴을 보였지만, 여자친구는 아무 말 없이 훔친 자전거 뒤에 탔습니다.

고등학생은 야경이 보이는 언덕을 향해 페달을 밟았습니다. 손이 시렸지만 고등학생은 구불구불한 산길을 따라 필사적으로 페달을 밟았습니다. 그리고 드디어 언덕 위에 올라갔습니다.

그때 야근을 마친 어머니는 근처 슈퍼마켓에 들렀습니다. 자신을 기다리고 있을 아들과 먹을 케이크를 사기 위해서였습니다.

그러나 아들은 집에 없었습니다. 그렇게 좋아하던 주먹밥도 남아 있었습니다. 어머니는 잠시 걱정이 되었지만, '곧 돌아오겠지…'라는 생각으로 전기난로를 켰습니다.

언덕에 도착한 고등학생은 여자친구와 함께 아름다운 야경을 바라보았습니다. 밤의 경치는 정말 아름다웠습니다. 고등학생은 키스를 시도했지만, 결국 하지 못했습니다. 친구들과 어울려 싸움만 하느라 그런 분위기도 잡을 줄 몰랐던 탓입니다. 바람이 한층 강해져 그들은 다시 훔친 자전거를 타고 돌아가기로 했습니다.

그런데 출발한 지 얼마 되지 않아 자전거가 쓰러졌습니다. 고등학생은 곧바로 일어나 여자친구를 살폈는데, 다행히 큰 상처는 없었습니다.

자전거는 체인이 빠져서 고치기가 어려웠습니다. 고등학생은 자전거를 훔친 벌을 받은 거라고 생각하고, 어쩔 수 없이 자전거를 버린 채 여자친구와 함께 걸어 내려왔습니다. 두 사람은 어느새 손을 잡고 있었습니다. 고등학생은 너무나 행복했습니다.

한편, 어머니는 썰렁한 집 안에서 아들이 오기만을 기다리고 있었습니다. 뜨개질을 하며 기다렸는데 피곤해서인지 계속해서 고개를 꾸벅거리며 졸았습니다. 테이블 위에는 주먹밥과 크리스마스 케이크가 있었습니다. 아들이 돌아오면 같이 먹기 위해 손도 대지 않았던 것입니다.

피곤을 이기지 못한 어머니는 결국 바닥에 누웠습니다. 그때 어머니 발 근처에 있던 콘센트에서 불꽃이 튀었지만, 깊게 잠이 든 어머니는 알아차리지 못했습니다. 작은 불꽃은 점점 커졌고, 이윽고 집은 불타기 시작했습니다.

불은 점점 커졌습니다. 불꽃은 벽에 옮겨 붙고, 바닥을 태웠습니다. '집이 묘하게 따뜻하네.'

어머니는 꿈속에서 그런 느낌을 받았는지 아무것도 모른 채 미소를 지었습니다. 어쩌면 아들이 돌아와 함께 케이크를 먹는 꿈이라도 꾸었는지 모릅니다.

결국 불길은 점점 거세져 집 전부를 덮어버렸고, 이미 어머니의 모습은 보이지 않았습니다.

여자친구를 바래다주고 집으로 돌아온 고등학생은 집 주위에 있는 소방차들을 보고 놀랐습니다. 고등학생에게 다가온 경찰은 집 안에서 시신이 발견되었다고 했습니다. 아직 시신의 신분은 확인되지 않았지만, 분명 어머니가 틀림없었습니다. 고등학생은 그 자리에서 주저앉아 울었습니다. 평소처럼 바로 집에 왔더라면 어머니를 살릴 수 있었을 텐데, 그렇게 자책하면서 밤을 새우며 아침까지 울었습니다.

다음 날 아침, 어머니의 죽음은 확실해졌습니다. 고등학생은 완전히 혼자가 되었습니다. 고등학생을 받아줄 친척이라고는 아무도 없었습니다. 학교 선생님이나 공무원들에게 불려가 여러 상담도 받았습니다. 그래서 고등학생은 결국 고등학교를 그만두고 일을 해서 돈을 벌기로 결심했습니다.

하지만 고향에서 일자리를 구할 수는 없었습니다. 계속 어머니가 생각나 괴로웠기 때문입니다. 그래서 고등학생은 도쿄에 가기로 결심했습니다.

도쿄로 출발하는 날 아침은 매우 추웠습니다. 첫차를 기다리는 사이에 고등학생은 공중전화로 여자친구에게 전화를 걸었습니다. 전화를 받은 여자친구는 계속 울었습니다. 그녀는 자신 때문에 남자친구의 어머니가 돌아가셨다고 자책하고 있었습니다. 그는 그녀의 잘못이 아닌 자신의 잘못이라고 몇 번이고 말했습니다.

이윽고 기차가 도착했습니다. 마지막으로 여자친구에게 작별의 말을 고하고 고등학생은 수화기를 내려놓았습니다. 그리고 기차를 탔습니다.

창밖을 바라보는 고등학생의 눈에 고인 눈물이 빛나고 있었습니다.

"가슴이 미어지는 이야기네요."

유우가 눈물을 글썽이며 말했다.

"정말로 눈물이 나요. 교과서에 실어도 될 만큼 감동적인 이야기 같아요. 물론 자전거를 훔치는 부분만 빼고요."

"…다음은 네 차례야."

"네."

이번에는 유우가 이야기를 시작했다.

옛날 옛적에 한 어린이가 있었습니다. 아이는 '유우'라는 이름의 귀여운 소녀이었습니다.

유우는 태어나면서 심장이 좋지 않았는데, 정확한 병명은 '확장

형 심근증'이라고 하여 심실의 벽이 늘어나 심장 내부의 공간이 커지고, 그로 인해 출혈성 심부전증 발생 가능성이 높은 질병이었습니다. 의사의 말로는 5살까지 살 확률은 70%이며, 성인까지 살 가능성은 거의 없다고 단언할 정도의 위험한 병이었습니다.

태어나서 대부분의 시간을 유우는 병원에서 보냈습니다. 유우의 부모님은 그런 아들을 걱정한 나머지 아들이 심장이식수술을 받기를 간절히 원했습니다.

하지만 심장이식은 간단한 수술이 아니었고, 기증자가 나타날 때까지 마냥 기다려야만 했습니다. 어린이 기증자는 대개 뇌사판정을 받은 어린이였습니다.

그래서 언제 기증자가 나타나더라도 수술을 받을 수 있도록 부모님은 아들을 큰 병원에 입원시켰습니다. 하지만 심장이식에는 큰 돈이 듭니다. 변호사였던 부모님은 남들보다는 돈이 많았지만, 그래도 비싼 병원비를 지불하기 위해서는 더욱더 악착같이 일을 해야 했습니다. 그래서 아버지는 아무도 하지 않으려고 하는 나쁜 사람들의 변호까지 맡게 된 것입니다.

어머니의 반대에도 상황은 이제 돌이킬 수 없게 되었고, 점점 더 나쁜 사람들로부터 의뢰를 받았습니다. 그 결과, 돈은 많아졌습니다만 그 대신 아버지는 사람들에게 '악덕 변호사'라고 불리게 되었습니다. 어머니가 걱정하던 대로 된 것입니다.

유우가 4살이 되었을 때, 겨우 심장 기증자가 나타났습니다. 교통사고로 머리를 다쳐 뇌사 판정을 받은, 유우와 같은 나이의 남자

아이였습니다.

뇌사 판정을 받은 아이가 입원했던 병원은 다행히도 유우가 입원한 병원과 불과 5킬로미터 정도 떨어진 병원이었습니다.

먼저 뇌사 판정을 받은 아이에게서 심장을 적출해내고, 그 심장을 유우가 있는 병원으로 옮겨 수술을 받기로 하였습니다. 수술 날만큼은 아버지도 어머니도 일을 쉬고 병원에서 초조하게 수술을 기다렸습니다.

적출 수술은 무사히 성공했고, 심장을 아이스박스에 넣었습니다. 먼 곳으로 이동할 때는 심장을 헬기나 전용기로 운반하기도 하지만, 유우 같은 경우는 걱정이 없었습니다. 오히려 시간적 여유까지 있었습니다. 왜냐면 고작 5킬로미터 정도 거리 차밖에 나지 않았으니까요.

하지만 운명의 장난인지, 엄청난 상황이 벌어졌습니다. 그 병원 근처에서 화재가 발생하여 모든 구급차들이 그쪽으로 출동을 해버린 것입니다.

의사들은 심장을 들고 밖으로 나왔지만, 구급차는 한 대도 보이지 않았습니다. 그들은 어찌 할 바를 모르고 발만 동동 굴렀습니다. 정말 바보들이었습니다. 이런 긴급상황을 대비해 놓지 않다니, 정말 초보적인 실수를 저지른 것입니다.

그렇다고 다른 곳에서 구급차를 수배할 상황도 아니었습니다. 어쨌든 빨리 심장을 옮겨야 했으니까요.

화재 때문인지 거리는 소란스러웠고, 소방차 사이렌 소리가 요란스레 들렸습니다.

의사들은 병원 앞에서 손님을 내려준 택시를 향해 손을 흔들었습니다. 그리고 택시기사에게 사정을 설명하였고, 택시기사는 알겠다면서 택시를 재빨리 출발시켰습니다.

사실 의사들은 불안해서 견딜 수 없었습니다. 화재 때문인지 길이 많이 막혔기 때문입니다. 지하철을 탈 걸 그랬나, 유우가 입원한 병원에 있는 구급차를 부르는 게 좋았나, 등등의 갖가지 후회를 하면서 입술을 깨물었습니다.

하지만 의사들의 불안은 곧 사라졌습니다. 젊은 20대 택시기사는 이 복잡한 도시의 뒷골목을 모두 다 꿰뚫고 있는 사람처럼 내비게이션도 보지 않고 당당히 질주했습니다. 게다가 운전 실력도 굉장해서 커브를 돌 때도 흔들림이라고는 전혀 없었습니다.

12분 정도 지나 유우가 있는 병원에 도착했습니다. 의사들은 요금을 지불하고 택시에서 내렸습니다. 임무를 무사히 끝낸 것에 안도한 의사들은 미소를 지었습니다.

그리고 의사 중 한 명이 택시기사에게 말했습니다.

"당신 덕분입니다. 아마 아이 부모님도 감사해하실 겁니다. 나중에 다시 연락을 드리겠습니다. 꼭 사례를 하고 싶어요."

그러자 젊은 택시기사는 부끄러워하며 말했습니다.

"그럴 필요 없습니다. 전 손님을 목적지까지 모셨을 뿐입니다. 그리고 여러분들의 미소를 본 것만으로도 충분합니다."

그는 그 말만을 남기고 택시를 운전하여 가버렸습니다.

'정말이야?'

고미는 그런 생각을 하며 뒤를 돌아보았다. 뒷좌석에 앉은 유우는 평소와 같은 무표정한 얼굴이었다.

이미 택시는 도로변에 서 있었다. 유우의 이야기 중간부터 고미는 충격을 받고 택시를 세운 것이었다.

"그때 내가 운반한 심장이 거기에…?"

고미는 유우의 가슴을 가리키며 물었고, 유우는 고개를 끄덕였다.

"네! 수술은 성공했고, 전 무사히 살아났어요. 정기적으로 병원에서 검사를 받고 있지만, 현재까지 아무런 이상은 없어요."

고미가 그 심장을 운반한 것은 벌써 9년 전의 일이다. 유우의 이야기처럼 그날 고미는 곧바로 그 자리를 떠났다. 하지만 고미의 활약이 꽤 화제가 되었는지 지역 뉴스는 물론, 심지어 CNN에서도 고미의 이야기가 나왔다.

'택시기사가 일으킨 기적! 과연 그는 누구인가?'

그런 특집까지 만들어졌다. 고미도 매스컴에 이름이 알려지는 것만은 필사적으로 막았다. 하지만 병원 CCTV 영상이 동영상 사이트에 퍼지는 바람에 영상을 본 사람들 중 고미를 아는 사람이라면 곧장 고미의 존재를 눈치챌 수 있을 정도였다.

그러나 일주일 정도 지나자 고미는 평소의 일상으로 무사히 돌아올 수 있었다.

고미는 유우의 심장 부근을 보았다. 묘한 기분이 들었다. 그 때 자신이 운반했던 심장이 지금 이 소년의 몸 안에서 뛰고 있다. 그런 생각에 가슴이 뜨거워진 고미는 핸들을 강하게 꽉 잡았다.

"이래서…."

고미는 힘겹게 입을 열었다.

"이래서 택시기사를 그만둘 수 없는 거야."

택시기사를 해서 정말 다행이야, 그렇게 생각하는 순간이 1년에 한두 번 정도 꼭 있었다. 하지만 이번 경우는 그 스케일이 달랐다. 일생일대의 선물을 받은 것만 같은 기분이다.

'…그런데 잠깐.'

고미는 다시 생각했다.

9년 전에 자신이 운반한 심장이 유우에게 이식되었다. 그것까지는 좋았다. 그런데 지금 유우가 이 택시를 타고 있는 상황은 과연 뭘 의미하는 걸까?

우연인가? 아니, 아닐 것이다. 그렇다면….

"유우야, 넌 처음부터 일부러 난 줄 알고 이 택시에 탄 거지?"

고미가 묻자 유우는 고개를 끄덕였다.

"당연하죠. 이런 우연의 일치가 생길 리 없잖아요."

"하지만 어떻게…?"

"아저씨를 찾는 일은 생각보다 쉬웠어요. 아저씨는 아저씨 생각보다 더 유명인이에요. 전 귀갓길에 택시를 타는 경우가 많았어요. 그때 택시기사 몇 분에게 여쭈어보니 바로 아저씨의 택시를 알려주었죠."

"아니, 그럼 왜 하필 가출하기로 한 날 내 택시에 탄 거야?"

"당연하잖아요!"

유우가 약간 언성을 높이며 외쳤다.

"가출은 제 생애 첫 모험이었어요. 그 모험을 함께 할 파트너라면 아저씨 외에 누가 있겠어요. 제 심장을 가져다주신 아저씨밖에 생각나지 않았어요."

유우의 눈빛은 제법 여유로우면서도 진지했다. 그 눈을 바라보며 고미는 말했다.

"그건 고맙네."

"감사하실 필요는 없어요."

고미는 유우에게서 어떤 운명 같은 것을 느꼈다. 과거 고미가 운반한 심장이 지금 이 소년의 가슴에서 뛰고 있다. 참으로 기적 같은 일이다.

"좋아."

고미는 그렇게 말하고는 운전석에서 내렸다. 그리고 뒷좌석 쪽으로 돌아가서 문을 열었다. 유우는 의아한 표정으로 고미를 올려다보았다.

"자!"

고미는 오른손을 내밀었다. 잠시 주저하던 유우는 조심스럽게 오른손을 내밀었다. 고미는 그런 유우의 손을 잡았다. 작은 손이었다. 이 손에 흐르는 피는 그날 고미가 운반한 심장에서 보내온 것이다.

고미는 유우의 손을 잡고 마음속으로 다짐했다.

'좋아! 마지막까지 함께 가자. 손님의 요구를 들어주지 않으면서 뭐가 스마일 택시냐.'

"아, 아파요."

"아, 미안."

고미는 유우의 손을 놓고 다시 운전석으로 돌아갔다.

밤 9시였다. 나루오카와 만나기로 한 시간까지 이제 1시간밖에 남지 않았다.

"이제 어떡하지? 어떻게 네 아버지에게서 돈을 빼앗을까? 그것도 그냥 빼앗는 것이 아니라 도망까지 쳐야 해. 네 아버지는 분명 부하들을 이끌고 올 거야. 폭탄을 준비할 시간도 없어."

"…방법은 있어요." 유우가 말했다.

"폭발은 없지만, 잘만 하면 재미있을 거예요. 단, 한 가지 필요한 게 있어요."

"뭔데?"

"노란색 프리우스 택시 한 대요."

"같은 연식이 아니어도 돼?"

"네, 하지만 노란색이 아니면 안 돼요."

고미는 팔짱을 끼고 생각에 빠졌다. 머릿속에 떠오르는 것은 콧수염 택시기사 하카마다였다. 그는 지금 귀향하는 오카지마에게서 노란색 프리우스 택시를 넘겨받았을 것이다.

고미는 핸드폰을 꺼내 바로 전화를 걸었다.

"여보세요, 하카마다 씨인가요? …고미예요. 스마일 택시의 고미입니다."

"아, 고미 씨! 조금 전에는 감사했습니다. 지금 막 오카지마 씨에게서 프리우스를 넘겨받았습니다. 지금 시운전하고 있습니다. 프리우스는 참 좋은 차네요. 앞으로 제 운이 좋아질 것 같아요."

하카마다는 마냥 기분이 좋은 것 같았다. 운전석에서 환히 웃고 있을 그의 얼굴을 떠올리며 고미는 단도직입적으로 말했다.

"하카마다 씨, 긴급 상황이 발생했어요. 그래서 하카마다 씨가 도와주셨으면 합니다. 지금 여기로 오실 수 있나요?"

◆

마리는 가게를 나왔다.

가게 앞에는 노란색 택시 2대가 주차되어 있었다. 그중 한 택시 안에 하카마다가 보였다. 마리는 그 택시의 뒷좌석을 열고 그대로 올라탔다.

"아, 마리 씨. 죄송합니다. 좀 볼일이 있어서…."

하카마다가 변명하듯 말했지만, 마리는 그런 것쯤은 아무래도 좋았다.

지금 마리는 화가 머리끝까지 났다. 극심한 분노에 몸이 덜덜 떨릴 정도였다.

유우가 한 달 전부터 행방불명이라니…, 상상도 하지 못했다. 아직 유우는 13살이다. 선천적 심장병은 이식수술로 완치되었지만, 다른 아이들에 비해 체력적으로는 한참 부족했다. 유우는 한 달 간 혼자서 생활할 수 있을 정도로 건강한 아이가 아니었다.

분명 무슨 사건에 휘말린 것이다. 돈이 목적인 유괴, 아니면 뺑소니 같은 사건. 직업적 특성 때문인지 어린애들과 관련된 흉측한 사건들이 계속해서 마리의 머릿속에 떠올랐다. 그런 사건들이 아들인 유우에게도 일어났을 거라 생각하니 구역질이 절로 올라올 정도로 두려워졌다.

이혼하고 8년이라는 세월이 지나는 동안, 유우를 생각하지 않은 날은 단 하루도 없었다. 유우를 남기고 집을 나온 때는 유우가 심장이식수술을 받고 1년 후였다. 수술 후 유우의 몸 상태는 많이 좋아졌지만, 그래도 엄마로서는 걱정되는 부분이 많았다.

나루오카가 친권을 주장할 리 없다고 생각한 마리는 이혼소송을 시작했는데, 예상외로 그가 친권을 주장하고 나섰다. 나루오카도 나루오카 나름대로 유우를 걱정하고 있었던 것이다.

그리고 길고 긴 법정 공방 끝에 마리는 친권을 잃었다. 그때 마리가 받았던 충격은 이루 말할 수 없을 정도였다.

'그건 그렇고…'

마리는 입술을 깨물었다. 제일 화가 나는 것은 나루오카의 태도였다. 그는 유우의 실종에도 전혀 걱정이 없는 눈치였다. 아무리 경찰서에 잡혀 있었다 하더라도 너무 무관심했다. 만약 자신이었다면 유우를 찾기 위해 사방팔방으로 뛰어다녔을 것이다.

"마리 씨, 어디로 갈까요?"

하카마다의 질문에 마리는 그제야 퍼뜩 정신을 차렸다.

"아, 네. 일단 제 사무실로 가주세요. 오전에 제가 처음으로 이 택시를 탔던 곳이에요."

"알겠습니다."

택시가 출발했다. 마리는 좌석에 기대며 조금 전에 만났던 나루오카의 얼굴을 떠올렸다.

그와 제대로 된 대화를 나눈 것이 몇 년 만일까.

그런데 곰곰이 생각해보니 조금 이상했다. 나루오카는 실종된 유우를 그다지 걱정하지 않는 것 같았다. 그 사람 성격상 만약 유우가 무슨 사건에 휘말렸다면 정의감을 불태우며 전심전력을 다해 유우를 찾으려고 했을 것이다. 그런 나루오카가 저렇게 침착할 수 있는 이유는 뭘까. 유우가 무사하다는 나름대로의 자신감이나 근거가 있기 때문은 아닐까.

아니면 자신이 성폭행 용의자로 체포되는 바람에 미처 유우의 일까지 신경 쓰지 못하는 것일까. 아니, 그건 절대 아닐 것이다. 나루오카 역시 유우를 사랑하는 아버지이다. 그렇다면 현재 유우가 누군가의 보호를 받고 있다고 추리하는 게 옳을까.

그건 그렇고, 나루오카는 이전과 조금도 변하지 않았다. 살이 찌긴 했지만, 그 외는 전혀 변하지 않았다. 굳은 표정으로 식사를 하는 것도 변함 없었고, 자신감에 찬 태도도 여전했다. 며칠 뒤 유죄판결을 받을 사람이라고는 도저히 보이지 않았다.

포장마차에서 말싸움한 것을 계기로 나루오카와 만난 지 벌써 20년의 세월이 흘렀다. 그동안 둘은 모두 변호사가 되었고, 결혼과 이혼을 거쳐 현재 상황에 이르렀다.

나루오카와의 관계는 '애인'이나 '남편'보다 전우애(戰友愛)로 뭉친 '혈맹' 관계라는 표현이 어울렸다. 그와 처음 만났을 때부터 그랬다. 변호사라는 공통된 꿈을 갖고 둘 다 열심히 노력했다. 돈이 없어서 힘들었던 때도 있었지만, 지금 생각해보면 그때 역시 행복하기만 했다.

막 태어난 유우에게서 심장병이 발견되었을 때도 그랬다. 아들의 병을 고치기 위해 둘이서 함께 싸웠다. 교대로 병원을 방문하며 수면 시간을 쪼개가며 유우를 지켰다. 그리고 주위의 반대를 무릅쓰고 이사를 해서 개인 사무실을 차렸다.

나루오카는 병원비를 벌기 위해 각종 더러운 의뢰를 맡았다.

만약 나루오카가 그런 결단을 하지 않았다면 그 막대한 병원비를 감당하지 못했을 것이다. 그렇다, 그는 항상 옳았다.

마리는 차창 밖을 보았다.

마침 유우와 비슷한 또래의 소년 2명이 길을 걷고 있었다. 물론 유우가 아니었다. 유우를 걱정하기 시작하니 끝이 없었다. 마리는 한숨을 쉬며 관자놀이를 눌렀다.

"왜 그러시죠? 피곤하신가요?"

하카마다가 물었다.

"네, 좀…. 그런데 하카마다 씨, 아까는 왜 오시지 않았어요?"

"그게, 사실은요…. 기름이 다 떨어져서 근처 주유소에 갔었습니다. 그랬더니 어떻게 된 줄 아십니까?"

"주유소에 기름이 없었나요?"

"아닙니다. 기름이 없을 리 없죠."

"그럼 혹시…?"

마리는 케이코라는 여성 택시기사가 한 말을 떠올렸다.

"화장실에 들어갔는데 자물쇠가 망가져서 나오지 못하신 건가요?"

"정답입니다. 어떻게 아셨어요?"

"…하카마다 씨의 불운은 이상하리만큼 계속된다는 걸 저도 봤으니까요."

"감사합니다."

칭찬한 게 아닌데도 하카마다는 고개를 숙여 인사했다.

그런데 불운이라면 자신이 하카마다보다 더한 것도 같았다. 아들은 행방불명에, 전 남편은 성폭행사건으로 유죄판결을 받기 직전이다.

그때 마리의 핸드폰이 울렸다. 처음 보는 번호였다. 일단 마리는 전화를 받았다.

"네, 데즈카 마리입니다."

"…조금 전에는 실례했습니다."

타시로 나오미였다.

15분 후, 마리는 나오미의 아파트 앞에 왔다.

나오미가 이야기하고 싶은 것이 있다면서 마리를 자신의 집으로 불렀다. 아까와는 달리 나오미는 진지한 표정으로 마리를 맞이했다.

"그래서 무슨 이야기죠?"

마리는 소파에 앉자마자 나오미에게 물었다.

그녀의 화려한 옷차림과는 너무나 다른 협소하고 초라한 집이었다. 낡은 가스난로가 소리를 내며 온풍을 뿜어내고 있었지만 허술한 창문 틈으로 찬바람이 들어와 집 안은 싸늘했다.

마리 앞에 앉은 나오미는 기어 들어가는 목소리로 말했다.

"죄송해요, 마리 씨."

나오미는 고개를 숙였다. 테이블에 머리가 부딪칠 정도로 깊

숙이 숙여서 마리는 저도 모르게 몸을 내밀어 그녀의 어깨를 잡았다.

"갑자기 이게 무슨…. 대체 무슨 일이에요?"

"마리 씨 말씀대로예요. 나루오카 씨는 절 덮치지 않았어요. 전부 거짓말이었어요."

'역시 그랬군.'

마리는 자세한 사정을 물었다.

"자세한 이야기를 해주실래요?"

"…네. 반년 전에 근무를 마치고 들른 카페에서 우연히 마이클을 만났어요. 모르는 사이도 아니었으니 그날 같이 식사를 하게 되었죠. 그러다 그와 사귀게 되었어요."

마리는 마이클의 얼굴을 떠올렸다. 그는 잘생기기도 했지만, 실력도 좋은 변호사였다. 안 좋은 소문도 있지만, 나오미에게는 분명 분에 넘치는 남자였다.

"사귀고 나서 몇 개월 정도 지났을 때였어요. 그 사람이 갑자기 부탁이 있다는 거예요. 그 부탁을 들은 저는 깜짝 놀랐어요. 그의 부탁은 성폭행 사건을 날조해서 나루오카 씨를 범인으로 몰자는 것이었어요."

당시 마이클에게 깊게 빠져 있던 나오미는 그 부탁을 차마 거절할 수 없었다. 그래서 그녀는 그의 계획대로 순순히 따를 수밖에 없었다.

"구체적으로 무슨 짓을 어떻게 한 거죠?"

마리의 질문에 나오미는 고개를 힘없이 떨구었다.

"나루오카 씨는 항상 밤 11시에 집에 가세요. 그리고 집에 가기 전에 항상 사무실에서 브랜디를 한 잔씩 마시는 습관이 있죠. 전 그 브랜디에 수면제를 탔어요. 그 다음부터는 간단했죠. 나루오카 씨가 완전히 잠들었음을 확인한 저는 제가 입고 있던 옷을 찢고 속옷을 벗어 그의 지문을 묻히고 바닥에 두었어요. 물론 그의 바지를 벗기는 것도 잊지 않았죠. 그리고 수면제가 든 브랜디를 새로운 브랜디로 바꾸고 잔도 닦았어요. 그러고는 경찰에 신고를 했죠."

"그 후 경찰들이 사무실 안에서 자고 있는 나루오카를 발견했다…? 누가 봐도 나루오카를 의심할 수밖에 없겠네요."

"네, 그날 밤 저는 공포에 질린 연기를 해서 아무런 진술도 하지 않았어요. 병원으로 옮겨졌지만 일부러 난동을 부려서 검사 같은 것을 하지 못하게 했고요."

병원에서 신체의 중요 부위에 나루오카의 DNA가 남아있는지 검사를 받게 되면 그녀가 성폭행을 당하지 않았다는 사실이 드러나기 때문이었다.

'그렇다면 검찰은 확실한 물증도 없이 어떻게 나루오카를 입건했지?'

나오미가 마리의 속마음을 읽기라도 한 사람처럼 설명을 이어갔다.

"저는 전날 마이클이 지정한 병원에서 피를 뽑았고, 그 피를 경찰이 오기 전에 제 허벅지에 미리 뿌려두었어요. 그 피를 본 경찰과 의사는 그것이 충분한 물증이 된다고 본 것 같았어요."

형법상 강간치상죄의 성립에 있어 상해가 발생한 이상 강간이 기수에 이르렀든 미수에 그쳤든 상관이 없다. 마이클이 법률전문가로서 이런 법의 허점을 교묘하게 이용한 것 같았다. 그래서 피를 뿌려둠으로써 상해가 발생한 사실만 입증한 것이다.

"전부 마이클이 짠 작전이란 말이군요."

"네, 맞아요."

"하지만 왜 그렇게까지…? 아무리 사랑하는 사람의 부탁이라고 해도 당신이 한 짓은 엄연히 범죄예요. 무고죄라고요. 변호사 사무실에서 비서로 일하니까 그 정도는 알았을 텐데…."

그러자 나오미는 어깨를 떨구고 대답했다.

"돈에 눈이 멀어서 그랬어요. 전 사실 돈이 간절히 필요했어요."

처음에는 카드빚이었다. 나오미는 카드로 대출을 받아 명품 옷이나 핸드백을 마구 샀다. 하지만 돈을 제때 갚지 못해 카드사로부터 독촉을 받기 시작했고, 결국 대부업체에서 또 돈을 빌려서 카드사 대출을 갚았다. 그렇게 빚이 빚을 부르게 되었고, 지금은 500만 엔 이상의 빚이 있다고 했다. 그래서 생활이 힘들어 이전에 살던 집에서 현재 집으로 이사했다.

"제가 정말 어리석었어요. 나루오카 씨에게는 정말 신세를 많이 졌는데…. 저에게 엄하게 대하시긴 했지만 결코 원한은 없었어요."

마이클이 나오미를 꼬드긴 것도 그녀가 빚으로 고생하는 것을 알고 있었기 때문일 것이다. 마이클은 결코 용서받을 수 없는 범죄를 저질렀다.

"하나 알고 싶은 것이 있는데요." 계속 생각해왔던 의문이 있었다. "그런데 왜 갑자기 이 모든 사실을 고백하시는 거죠?"

오늘 나오미와 대치한 것이 아마 2시간도 채 지나지 않았을 것이다. 그 짧은 시간 동안 왜 그녀는 심경의 변화를 일으킨 걸까.

"1시간 전쯤 초인종이 울려서 현관 앞으로 나갔더니 우편물이 왔다는 거예요. 그래서 문을 열어보니 남자 배달원이 서 있었어요. 그 남성은 갑자기 제 집 안으로 들어오더니 저에게 말했어요."

"조용히 해! 널 해칠 생각은 없어."

그렇지만 나오미는 비명을 지르려고 했다. 그러자 남자는 나오미의 입을 막고 이렇게 말했다.

"이제 곧 전화가 걸려올 거야. 그 전화를 받아."

그때 마치 남자의 말이 끝나기만을 기다렸다는 듯이 나오미의 핸드폰이 울렸다. 남자는 핸드폰을 받아 반항하는 그녀의 귀에 억지로 갖다대었다.

"나오미…니?"

엄마였다.

"어, 엄마…."

나오미가 엄마와 이야기하는 것은 거의 10년 만이었다.

"네 직장 사람에게서 오늘 전화가 왔었어. 네가 요즘 많이 우울해한다면서 전화를 해달라고 부탁하더라. 이 시간이면 집에 있을 거라면서…."

18살이 되는 해에 나오미는 후쿠오카에 있는 본가를 뛰쳐나왔다. 어릴 때부터 여배우를 목표로 했던 나오미는 그것을 반대하는 아버지와 트러블이 심했기 때문이다. 집을 나온 이후 나오미는 단 한 번도 부모님과 연락을 하지 않았다.

"나오미, 잘 지내니?"

"응, 그냥저냥. 엄마는…?"

그러자 어머니는 가족들의 이야기를 들려주었다. 최근 아버지가 과장으로 승진했다는 이야기, 나오미의 여동생이 이번 봄에 결혼하게 되었는데 이미 배 속에 아기가 있어서 남들한테 눈치가 보인다는 이야기, 기르던 애완견이 2년 전에 죽었다는 이야기 등등 마치 봇물 터지듯 어머니는 쉴 새 없이 떠들었다.

나오미는 지난 10년의 세월을 회상했다. 여배우가 된다는 꿈은 포기해버렸고, 그냥 닥치는 대로 살아왔다. 변호사사무실 비서 일을 하면서부터는 대쉬하는 남성도 끊이지 않았지만 정말로 이렇게 살아도 되나 싶을 정도로 늘 불안했다.

어머니와 이야기를 하던 나오미는 자신도 모르게 펑펑 눈물을 쏟고 있었다. 마지막으로 어머니는 나오미에게 이렇게 말했다.

"언제라도 돌아와, 나오미. 요즘 네 아빠도 줄곧 네 이야기만 한단다. 우리 나오미는 잘 지내고 있을까 하면서 말이야. 그럼, 잘 있어라."

전화는 툭 끊어졌다. 그리고 나오미는 눈앞에 있는 남자를 보았다.

어머니와 전화연결을 해준 탓일까. 나오미는 이 남자에게 저항하려는 생각이 사라져버렸다.

"당신은 누구예요? 나한테 왜 이러는 거예요?"

"안심하세요, 수상한 사람은 아닙니다. 단지 부탁이 있어서 왔습니다. 당신이 연관된 나루오카 씨 사건 말인데요, 법정에서 진실을 말해주세요."

"진실이라니…, 전 피해자예요."

"네, 그러시겠죠."

남자는 고개를 끄덕였다. 그러나 전부 다 알고 있다는 말투였다.

"만약 나루오카 씨가 유죄 선고를 받는다면 당신은 만족하시겠어요? 물론 빚은 다 갚을 수 있겠죠. 하지만 당신은 진심으로 기쁠까요? 마음 깊은 곳에서부터 진심으로 웃을 수 있나요? 그런 가짜 스마일을 원하시나요?"

"절 그냥 내버려둬요!"

"진실을 말해주신다면 도와드리죠. 네, 마리 씨라면 당신을 도와줄 겁니다. 당신의 빚에 관해서도 상담해주실 거고요. 그럼 전 이만 실례하죠."

"당신은 대체 누구예요?"

집을 나가려는 남자에게 나오미가 다급히 물었다.

"저요? 전 그냥 지나가던 택시기사입니다."

나오미의 이야기가 끝났다. 생각지도 못한 이야기에 마리는 어안이 벙벙해졌다.

'지나가던 택시기사라니 그게 대체 누구지?'

"혹시 그 택시기사라는 사람이 콧수염 난 후줄근한 남자였나요?"

"아니요, 수염은 없었어요."

그렇다면 하카마다는 아니다.

'그럼 대체 누구지?'

어쨌든 나루오카를 위해 움직여주는 사람이 있다는 것과 그 사람이 택시기사라는 점까지는 이해했다.

그건 그렇다 치고, 오늘은 택시기사들이랑 무슨 인연이라도 있는 날일까. 조금 전 이자카야에서는 케이코라는 여자 택시기사도 만났다. 참 우연치고는 희한한 날이다.

하지만 지금은 그런 것들을 신경 쓸 상황이 아니었다. 마리는 마음을 다잡고 나오미를 보았다.

"나오미 씨, 지금 저에게 이런 이야기를 하신다는 건 증언을 번복할 결심을 했다고 봐도 될까요?"

그러자 나오미는 양손으로 얼굴을 가리고는 자리에 주저앉았다. 곧이어 흐느끼는 소리가 들렸다. 자신의 지난 행동을 반성하는 모습이었다.

마리는 그녀의 어깨에 손을 올리고 위로하려던 찰나에 섬뜩한 기운을 느꼈다. 흐느끼는 나오미의 목소리가 이상했다.

나오미는 우는 것이 아니라 웃고 있었다.

나오미의 웃음소리는 점점 커졌다. 그러다 이윽고 그녀는 고개를 들었다.

"완전히 속았군요, 마리 씨. 제가 그렇게 간단히 마음을 바꿀 줄 알았어요? 택시기사 따위의 충고에 제가 그리 쉽게 변심이라도 할 줄 알았어요? 빚을 갚을 기회라고요. 성공할 수 있는 찬스고요!"

"나오미 씨…."

아무 말도 나오지 않았다. 손에 땀이 났다. 정말 대단한 여자다. 이렇게 무서운 여자일 줄은 몰랐다.

"제가 짐작한 대로군요." 당당한 표정을 한 나오미가 말했다. "마이클은 내 말을 믿지 않았지만 호텔에서 당신을 보았을 때 뭔가 수상하다고 생각했어요. 역시 당신 나루오카와 한패였군요. 정말 그딴 남자가 어디가 좋은 건지 모르겠네요."

"…."

"마리 씨, 저희와 함께하지 않을래요? 당신이 우리 편이 되어준다면 나루오카의 패배는 더욱더 확실해져요. 저도 돈을 받을 수 있고요."

그러더니 나오미가 주머니에서 핸드폰을 꺼냈다. 마이클에게 전화를 할 생각인 것 같았다.

마리는 지금 자신의 존재를 들키면 여지껏 쏟아부은 노력이 전부 물거품이 될 것 같아, 황급히 손을 뻗어 나오미의 핸드폰을 낚아챘다.

"무슨 짓이에요!"

"나오미 씨, 좀 냉정해지세요."

"전 항상 냉정해요. 빨리 핸드폰이나 줘요!"

"제가 아무 근거도 없이 나오미 씨를 의심한 줄 아세요?"

마리는 그렇게 말하며 핸드백에서 자신의 핸드폰을 꺼냈다.

"택시 안에서 나오미 씨와 마이클이 나눈 대화를 전부 녹음했어요."

"거, 거짓말!"

나오미의 목소리가 심하게 떨렸다. 동요하고 있었다.

"정말이에요. 택시 안에서 상황이 잠잠해지면 하와이에 간다고 했죠? 바보 같은 소리하지 말아요. 당신은 하와이에 갈 수 없어요."

마리는 녹음 파일을 재생했다. 미리 하카마다에게서 파일을 전송받아 둔 것이 도움이 되었다. 택시 안에서 마이클과 나오미가 나눈 대화가 그대로 재생되었다.

나오미의 낯빛은 점점 창백해졌다.

"이걸 배심원들이 들으면 뭐라고 생각할까요? 또 이것뿐만이 아니에요."

마리는 재생을 멈추고, 자신의 가슴을 가리키며 말했다.

"사실은 여기에도 녹음기를 넣어놨어요. 당신이 방금 이야기한 내용은 전부 녹음되었죠."

"부, 불법이야. 멋대로 녹음을 하다니…."

"불법이고 자시고가 어디 있어! 강간당했다고 거짓말하고 죄없는 남자를 함정에 빠뜨리려는 게 진짜 불법이지! 그런 끔찍한 짓을 저질러 놓고도 뚫린 입이라고 그런 말이 나오네."

그러자 나오미는 입술을 깨물며 고개를 숙였다.

마리는 온화한 말투로 그녀를 다시 설득했다.

"자, 당신에게 남은 선택지는 두 개예요. 하나는 마이클과 함께 재판에서 싸우는 거예요. 하지만 그 경우에는 우리들 역시 당신의 무고죄를 추궁할 것이니 각오해요. 그리고 다른 하나는 나루오카 쪽으로 돌아서서 진실을 밝히는 거예요. 그렇다면 보답으로 당신의 무고죄에 관해서 최대한 낮은 형을 받도록 해드리죠. 자, 원하는 쪽을 선택하세요."

마리는 핸드백을 들고 자리에서 일어났다.

"만약 우리 쪽을 돕기로 결정했으면 오늘 밤 안으로 연락주세요. 우리들은 돈을 줄 순 없지만, 당신이 빚을 탕감할 수 있도록 법률상담은 해줄 수 있어요."

마리는 발걸음을 돌려 현관으로 향했다. 그리고 막 문손잡이를 잡았을 때 뒤에서 나오미가 마리를 불렀다.

'이겼군.'

마리는 그렇게 생각했지만 일단 냉정한 표정으로 돌아보았다.

"왜요?"

"저, 전 결정했어요. 이제 마이클의…"

"안 들려요. 더 크게 말해주세요."

나오미가 그 자리에서 서서 외쳤다.

"더 이상 마이클 나카오의 꼭두각시가 되지 않겠어요. 고소를 철회하고, 나루오카 씨에게 정식으로 사과할게요."

"정말이죠?"

"네."

나오미는 고개를 크게 끄덕였다. 마리는 속으로 안도의 한숨을 내쉬며 말했다.

"알았어요. 분명 나루오카도 기뻐할 거예요. 단, 재판 당일까지는 비밀로 해줘요. 절대로 마이클한테 들켜서는 안 돼요. 알았죠?"

"네, 알았어요."

무슨 일이 있어도 나오미가 마이크를 배신한 것은 비밀로 해야 한다. 그 사실을 들키면 나오미가 위험에 빠질 우려가 있다. 나루오카가 상대하는 조폭놈들은 그런 녀석들이다.

"어쨌든 조심하세요. 저도 연락은 자제할게요. 나오미 씨는 평소대로 생활하세요."

"알겠어요."

마리는 나오미의 집을 빠져나왔다.

주차장에 노란색 택시가 보였다. 뒷좌석에 올라타면서 하카마다에게 말했다.

"빨리 여기서 떠나주세요."

누군가 마리가 이곳에 왔던 것을 목격하면 좋을 것은 없었다.

"알겠습니다."

이미 밤 9시가 지난 시간이었다. 평일임에도 거리의 네온사인은 번쩍이고 있었다. 처음 이 택시를 탄 것이 오전이었는데, 이렇게 오랜 시간 같은 택시를 탄 것은 처음 있는 일이었다.

"어디로 갈까요?"

"제 사무실로 가주세요."

"그런데 어떻게 되었나요? 그 여성과는 이야기가 잘되었나요?"

"사실은 말이죠…."

마리는 그동안의 사정을 간략히 설명했다.

"마리 씨, 어느 틈에 몸 안에 녹음기를 넣어두신 거예요?"

마리의 설명을 들은 하카마다가 물었다. 그러자 마리가 웃으며 말했다.

"사실 뻥이었어요. 녹음기를 구할 틈도 없었는걸요."

"아하, 마리 씨의 순발력은 정말 대단하십니다. 그러면 이제 어떻게 되나요?"

"당분간 바빠질 것 같아요. 나루오카의 변호사에게 이 사실을 알려야 하니까요."

마리는 사무실에 돌아가자마자 나루오카의 변호사에게 연락을 할 계획이었다. 나오미가 증언을 번복할 것을 알려야 하고, 경우에 따라서는 녹음된 파일도 들려주어야 한다. 그 연로한 변호사는 형사사건을 담당하는 것이 오랜만이라고 한다. 제발 자신의 이야기를 제대로 이해해줘야 할 텐데….

그때 갑자기 하카마다가 브레이크를 밟았고, 하마터면 마리는 칸막이에 머리를 부딪칠 뻔했다.

"갑자기 무슨 일이에요?"

전방에 무언가가 나타났는가 했지만, 그렇지도 않았다.

차를 세운 하카마다는 조수석 머리 받침대에 팔을 올리더니, 마리를 돌아보았다.

"마리 씨. 쓸데없는 오지랖일 수도 있지만 이제부터는 마리 씨 차례라고 생각합니다."

"제 차례라니…, 그게 무슨 말씀이시죠?"

"어떻게 설명드려야 할까요?"

하카마다가 콧등을 긁으며 말했다.

"맞다! 야구로 예를 들게요. 지금은 9회말, 2아웃 만루 상황입니다. 여기서 한 방을 제대로 치면 나루오카 씨 팀은 기적의 역전승을 하게 됩니다. 그런데 이런 중요한 때에 지금까지 만난 적도 없는 연로한 변호사를 타석에 세우시겠습니까?"

"하, 하지만…."

"마리 씨도 아시잖아요. 타석에 설 수 있는 사람은 마리 씨뿐이라는 걸."

'내가 타석에…? 내가 나루오카의 변호사로 법정에 선단 말인가…?'

마리는 이내 고개를 저으며 말했다.

"무리예요, 하카마다 씨. 변호사를 변경하는 것은 많은 절차가 필요한 일이라…."

"절차는 진행하면 돼요."

담당 변호사는 사임계를 내고, 마리가 선임계를 내면 된다. 재판 도중에 변호사가 바뀌는 것은 흔한 일도 아니지만 불가능한 것도 아니다. 하지만….

겁이 나는 것도 사실이었다. 그러나 마리는 저도 모르게 주먹을 꽉 쥐었다.

'마음속에서 갑자기 밀려오는 이 감정은 뭐지? 그래. 난 처음부터 이럴 생각이었을지도 몰라.'

내면에서 솟구치는 정의감으로 온몸이 요동쳤다. 이런 감정은 정말 오랜만이었다.

"알겠어요, 하카마다 씨. 제가 어떻게든 해볼게요."

"좋아요, 마리 씨. 그렇게 하셔야죠. 그럼 이제부터 제가 멋진 곳에 데려다드리겠습니다."

그렇게 말하고 하카마다는 다시 출발했다.

하지만 마리는 하카마다의 말을 이해하지 못하고 되물었다.

"어디로 가시는 거예요?"

"그건 가보시면 아실 겁니다."

하카마다는 무덤덤한 얼굴로 말했다. 택시는 어두운 밤거리를 뚫고 순조롭게 달리기 시작했다.

◆

고미는 시계를 보았다. 이제 7분만 더 지나면 밤 10시가 된다. 이제 곧 나루오카가 등장할 것이다.

주차장 가장 안쪽에 택시를 세웠다. 차 300대 정도는 여유롭게 수용할 수 있을 정도의 거대한 주차장으로, 방향감각이 없는 운전자에게는 미로 같은 곳이기도 했다.

바깥은 영하의 날씨였지만, 차 안에 계속 난방을 틀어놓는 바람에 창문에 성에가 끼었다. 창밖을 보던 고미는 유우를 돌아보며 말했다.

"이참에 네 이야기를 전부 해줄래?"

"전부요?"

"응, 전부. 잘 이해되지 않는 게 있어. 왜 그렇게까지 엄마를 찾으려고 하는지 말이야. 그 이유를 모르겠어."

물론 고미도 어릴 때 헤어진 어머니를 찾고 싶다는 바람은 이해할 수 있다. 하지만 엄마를 만나겠다는 일념으로 어린아이가 가출까지 할까?

"너 뭔가 다른 이유가 있는 거 맞지? 그것도 아주 다급한 사정이겠지. 무슨 짓을 해서라도 어머니를 찾아야 하는 사정."

"…."

잠시 침묵이 흐른 후 결국 유우가 입을 열었다.

"엄마를 만나고 싶은 마음은 진짜예요. 엄마는 제가 심장이식수술을 받고 1년 후에 이혼을 했어요. 그래서 건강해진 지금 제 모습을 보여드리고 싶었어요. …하지만 진짜 이유는 아버지 때문이에요. 조만간…, 아니, 어쩌면 하루이틀 내로 저희 아버지는 모든 걸 잃게 될 거예요."

"그게 무슨 소리야? 살해라도 당하신다는 거야?"

"그럴 가능성도 있지만 죽이지는 않을 거예요. 다만, 아버지를 함정에 빠트리려는 음모가 진행 중인 것은 틀림없어요. 아마도 아버지는 어떤 실수를 하신 것 같아요. 아니면 아버지의 자리를 노리는 누군가의 음모겠죠."

주위 사람들이 나루오카를 얼마나 두려워하는지, 도모토의 말만 들어도 알 수 있었다. 그런 나루오카의 기세를 이렇게 간단히 꺾을 수 있다니, 어둠의 세계 사람들은 정말 무섭다.

"넌 그걸 어떻게 알았니?"

"지난주에 학교를 마친 저는 집에 가지 않고 아버지의 사무실로 갔었어요. 한 달에 한두 번 정도 그런 날이 있었죠. 아버지의 사무실에 백과사전이 있어서 그날은 그걸 보려고 간 거예요."

그러나 공교롭게도 나루오카는 부재중이었고, 유우는 나루오카의 사무실에 들어가 소파에 누워 백과사전을 보고 있었다.

1시간 정도 지났을 때, 문을 열고 들어온 누군가가 작은 목소리로 말을 하기 시작했다. 전화통화를 하는 모양이었다. 다행히 소파 등받이에 가려져 유우는 그 사람에게 보이지 않았다.

"목소리를 들어보니 아버지의 비서인 나오미 누나였어요. 그때 나오미 누나와 전화 속 인물이 아버지에게 누명을 씌우려 한다는 것을 알게 됐죠. 다행히 나오미 누나는 저를 보지 못하고 그대로 사무실을 나갔어요."

"잠깐만."

고미가 끼어들었다.

"그럼 그때 바로 아버지한테 그 사실을 알려드리면 되었잖아. 아버지의 비서가 아버지를 배신할 계획을 세운다고."

"그건 저도 생각했죠. 하지만 가만히 생각해보세요. 이번 계획이 실패로 끝난다고 해도 반드시 또 다른 계획으로 아버지를 다시 위협할 거예요. 한 번 실패했으니 다음에는 훨씬 더 과격한 방법을 쓸 거라고요. 그래서 전 일부러 아버지에게 아무 말 하지 않고 상황을 지켜보기로 했죠."

'어린아이가 그 정도까지 생각하다니…'

유우의 영특함에 고미는 감탄했다.

"함정에 빠진 아버지는 분명 모든 걸 잃을 거예요. 아버지는 인덕을 잃어서 주위에 아버지를 도와줄 사람은 하나도 없으니까요."

'그렇군!'

드디어 고미도 이해를 했다. 그래서 유우는 오늘 가출을 결심한 것이다.

"구렁텅이에 빠지게 될 네 아버지를 구해줄 유일한 사람, 그 사람이 바로 8년 전에 이혼한 네 엄마라는 거지?"

"네, 맞아요."

유우는 무표정한 얼굴로 끄덕였다.

"하지만 어디에 계신지도 모르고, 아버지를 도와준다는 보장도 없어요. 하지만 저에겐 그 방법밖에 떠오르지 않았어요."

그래서 이 소년은 자신의 심장을 가져다 준 택시기사에게 그 소원을 맡긴 것이다.

"알았어, 나도 도울게. 이 넓은 도시 어딘가에 있을 네 어머니를 찾은 다음, 나루오카 씨도 도울게. 재미있을 것 같아."

"괜찮으시겠어요? 시간이 얼마나 걸릴지 몰라요. 게다가 아버지는 제가 무슨 계획을 꾸민지 모를 테니 아버지가 보낸 추격자들에게 계속 쫓기게 될 거예요."

"괜찮아, 내가 선택한 일이야. 아마 이런 일을 할 택시기사는 이 세상에 나밖에 없을 거야."

고미는 오른손을 말아 칸막이의 구멍 속에 넣었다. 그러자 유우 역시 마찬가지로 오른손 주먹을 내밀어 고미의 주먹에 쿵 하고 부딪쳤다.

'혹시 웃고 있나?'

그런 기대를 품고 유우를 보았지만, 유우는 여전히 무표정이었다. 하지만 입가가 약간 벌어진 것 같은 느낌도 받았다.

'괜찮아. 언젠가 이 아이도 웃어줄 거야.'

"그것보다 지금 곧 아버지한테서 돈을 빼앗아 여기를 뜨게 되면, 아버지가 추격자들을 보낼 거예요. 그러니까 지인이나 친구한테 연락하시면 안 돼요. 마지막으로 연락하고 싶은 사람이 있으면 지금 해두세요."

그 말에 고미는 케이코를 떠올렸다. 그와 동시에 오늘 밤에 케이코와 만나기로 한 약속을 잊고 있었다는 사실을 기억해냈다. 고미는 서둘러 케이코의 핸드폰으로 전화를 걸었다.

"지금 몇 시인 줄 알아? 네 시계 고장이라도 났어?"

케이코는 전화를 받자마자 불만 가득한 목소리로 투덜거렸다.

"미안, 좀 일이 있어서."

"그런 변명으로 내가 쉽게 용서할 것 같아?"

"그러니까 미안하다니까." 고미는 이어서 말했다. "사실은 당분간 종적을 감추기로 했어. 얼마 동안 연락할 수 없을 거야. 건강히 잘 지낼 거니까 걱정하지 마."

"뭐? 그게 무슨 소리야? 농담하는 거야?"

"농담이 아니야. 진심이야."

"왔어요! 저 차예요!"

그때 유우가 가리킨 곳에 한 쌍의 헤드라이트가 보였다. 주차할 자리는 얼마든지 있는데도 그 차는 천천히 주행하며 주위를 살피고 있었다.

고미는 서둘러 케이코에게 말했다.

"아무튼 그렇게 되었으니 또 연락할게. 잘 지내."

"잠깐 기다리…."

고미는 전화를 끊고 핸드폰을 주머니에 넣었다.

드디어 시작이다. 긴장감에 침이 말랐다. 고미는 껌을 꺼내 입에 넣었다.

◆

"자, 이제 어디로 갈까요? 식후 디저트라도 먹으러 갈까요? 맛있다고 소문난 아이스크림 가게가 최근 이 근처에 오픈했어요."

케이코는 안전벨트를 하면서 나루오카에게 물었고, 나루오카는 불만스런 표정으로 퉁명스레 말했다.

"그럼 그 가게를 들렀다가 중앙공원으로 가줘."

"중앙공원이요? 알겠습니다."

케이코는 택시를 출발시켰다.

시계를 보니 이제 15분만 지나면 밤 9시였다. 평소 케이코는 저녁 5시경에 일을 마치기 때문에 이 시간까지 택시를 운전하는 것은 드문 일이었다. 하지만 밤거리를 운전하는 것도 나쁘지는 않았다.

"…미인이시잖아요." 케이코가 룸미러로 나루오카를 보며 말했다.

하지만 나루오카는 눈을 감은 채 대답했다. "무슨 소리야?"

"아내 분 말이에요, 아내 분."

"아내가 아니야. 전 아내야. 정확하게는 전전 아내지."

케이코가 나루오카의 말을 무시한 채 이어 말했다.

"미인인 데다 일도 잘하실 것 같아요. 정말 존경스러워요. 그런 여성분을 볼 때마다 동경하게 돼요. 아내 분도 변호사시죠?"

"그래."

"점점 더 존경스럽네요. 당당한 태도도 멋져요."

"그냥 당당한 정도가 아니야. 나와 그녀는 참 비슷했어. 눈앞에 장애물이 있으면 반드시 뛰어넘으려고 했지. 그래서 성공할 수 있었던 거야. 이런 말까지 하고 싶진 않지만 그 여자가 없었더라면 나도 이렇게까지 성공하지 못했을 거야."

"하지만 결국 이혼하셨잖아요."

"내가 더러운 세계에 발을 담근 탓이야. 하지만 본질적인 문제는 그게 아니야. 우리들은 공통의 목표를 잃어버린 거야. 그래서 슬슬 서로 결점을 보기 시작한 거지. 결국 우리 두 사람은 얼굴을 마주할 때마다 언쟁하는 사이가 되어버렸어."

"말씀 도중에 죄송한데요…."

"뭐?"

"아까 말한 아이스크림 가게를 방금 지나쳤어요."

"이 바보야! 세워, 지금 당장 세워!"

케이코는 브레이크를 밟았다. 그런데 가게 안을 살펴보니 줄을 선 사람은 아무도 없었다. 간판 불 역시 꺼져 있었다.

"죄송해요. 벌써 문을 닫았네요."

"사람을 잔뜩 기대하게 만들어놓고 그러는 거 아냐. 아무튼 출발해."

케이코는 다시 핸들을 잡았다. 그리고 나루오카의 얼굴을 흘깃흘깃 훔쳐보며 말했다.

"아까 한 이야기 말인데요…."

"그 이야기는 끝났어. 그 여자와는 인연이 아니었던 거야. 그걸로 끝이라고."

"전 아니라고 봐요. 보세요, 지금 우리 눈앞에 장애물이 있잖아요."

"…무슨 소리야?"

"다 알고 계시면서…, 모르는 척하시기예요? 나루오카 씨는 곧 유죄 판결을 받으신다면서요. 하지도 않은 성폭행 누명을 쓰고 감옥에 가신다고 했잖아요. 이렇게 커다란 장애물은 없을 거예요. 지금이야말로 힘을 합칠 때라고요."

케이코는 가슴이 뜨거워졌다. 그래서 저도 모르게 액셀을 밟는 발에 힘이 들어갔고, 정신을 차려보니 제한속도를 20킬로나 어기고 있었다.

'이러면 안 돼.'

다시 마음을 다잡고 속도를 줄이면서 룸미러로 나루오카의 얼굴을 살폈다. 그는 입가에 미소를 짓고 있었다.

"말도 안 돼. 지금이야말로 힘을 합칠 때라고? 이게 무슨 초등학교 운동회인 줄 알아?"

참 답답한 남자다. 케이코는 한숨을 쉬었다.

택시는 이미 중앙공원 근처를 달리고 있었다. 오후에는 사람들이 북적거리는 곳인데, 지금 이 시간이 되면 울창한 나무밖에 없었다. 중앙공원Central Park은 이 도시의 상징이자, 프랑스 파리의 불로뉴 숲Bois de Boulogne이나 영국 런던의 하이드파크Hyde Park처럼 세계적으로도 손꼽히는 도시 공원이었다.

"저 신호등에서 우회전이야. 공원 반대편에 있는 주차장에 주차해 줘."

나루오카의 지시에 따라 케이코는 우회전을 했다. 그리고 주차장에 들어가 발권기에서 티켓을 뽑았다.

"그대로 직진해. 가장 안쪽에 차를 주차해."

주차장은 약 3분의 1 정도 채워져 있었다. 한밤중 주차장은 어딘지 모르게 무서웠다. 케이코는 서행을 하면서 가장 안쪽으로 들어가 그 자리에 일단 차를 세웠다.

"여기 맞나요?"

"그래, 대충 주차해."

주차를 하자마자 뒤에서 나루오카가 내리는 소리가 들렸고, 케이코는 곧바로 나루오카를 따라 택시에서 내렸다.

"추워요, 나루오카 씨. 이런 곳에 뭐 때문에 오자고 하셨어요?"

그러자 나루오카가 손을 들어 주차장 한쪽을 가리켰다.

"저기야. 저기에 고미의 택시가 주차되어 있었어."

"네? …고미요?"

"그래, 한 달 전 그날 밤 난 유우를 되찾기 위해 사례금을 들고 이 주차장에 왔었지. 고미는 유우와 함께 있었어."

나루오카는 고개를 절레절레 흔들며 입맛을 쩝 다셨다.

"그리고 내 눈앞에서 두 사람은 홀연히 사라져버렸지."

◆

한밤중 주차장은 어둠에 둘러싸여 있었다.

나루오카를 태운 차량은 주차장 안을 살피고 있었다. 운전자는 나루오카의 젊은 부하였다.

나루오카는 주위를 살펴보았지만 노란색 택시는 보이지 않았다. 나루오카의 차는 이미 주차장 맨 안쪽까지 들어와 있었다.

'아직 오지 않은 건가, 젠장!'

나루오카는 한숨을 내쉬었다. 나를 여기까지 불러놓고 오지도 않다니, 간덩이가 부었군.

"앗, 저거 아닌가요?"

부하의 말에 나루오카는 고개를 들었다.

주차장 담벼락 근처에 차량 한 대가 주차되어 있었다. 차량은 전면주차되어 있었기 때문에 차량 후면의 정지등이 붉게 빛나고 있었다.

나루오카의 부하가 방향를 돌려 그 차량을 향해 헤드라이트로 비추었다. 노란색 택시였다. 틀림없이 고미의 차가 맞았다.

"세워!"

나루오카의 지시를 따라 부하가 차를 세웠다. 노란 택시와의 거리는 약 15미터 정도였다.

"저 차 번호를 메모한 다음 라이트를 꺼. 그리고 밖에 대기하고 있는 녀석들에게 그 번호를 알려라. 알았지?"

"네, 보스."

부하는 택시 번호를 메모했다. 나루오카는 시트 위에 올려둔 돈 가방을 들고 뒷좌석에서 내렸다.

밖은 추웠다. 나루오카의 몸이 저절로 떨렸다. 나루오카는 택시를 향해 꼿꼿이 걸어나갔다. 그때 운전석 문이 열리더니 한 남자가 택시에서 내리는 모습이 보였다.

"늦었네요, 나루오카 씨." 남자가 말했다.

남자는 자신의 이름이 '고미'라고 밝혔다. 30대 중반쯤으로, 별다른 특징도 없는 평범한 얼굴이었다.

"돈은 가지고 오셨죠?"

고미의 말에 나루오카는 오른손에 든 가방을 보여주었다.

"여기에 있다. 500만 엔이 들어 있다."

"네? 500만 엔? 50만 엔이 아니고요?"

고미라는 남자는 무척 당황한 듯했다. 나루오카는 흰 입김을 내뿜으며 호통을 치기 시작했다.

"그래, 처음부터 사례금은 500만 엔이었으니까! 왜? 불만이라도 있어?"

"아, 아니요, 없어요. 500만 엔이면 충분합니다."

물론 가방 속에는 500만 엔이 있지만, 나루오카는 그 돈을 넘겨줄 생각이 추호도 없었다. 유우만 무사히 되찾으면 바로 회수할 생각이었다. 그리고 고미가 도주할 것을 대비해 주차장 밖에까지 부하들을 배치했다.

"먼저 아들의 안부를 확인하고 싶다. 유우는 무사한가?"

나루오카의 말에 고미는 고개를 끄덕이고는 택시의 보닛을 손바닥으로 두들겼다. 그러자 뒷좌석 문이 열리더니 유우가 나타났다.

"잘 있었어, 유우?"

유우는 아무 말도 없이 고개만 끄덕였다. 평소에도 말수가 적은 아이였다. 말하는 것보다는 책을 읽는 것을 더 좋아하는 아이였다. 유우의 그런 점이 나쁘지만은 않다고 생각했다. 자신을 닮아 우수한 것인지 이미 유우는 고등학생 수준의 실력과 두뇌를 갖추고 있었다. 그런 터라 아직 어리기만 한 같은 반 친구들과 쉽게 어울리기는 힘들었을 것이다.

"유우, 이쪽으로 오렴. 어서 집에 가자."

"기다려요, 나루오카 씨." 고미가 끼어들었다.

"먼저 돈을 이쪽으로 주세요."

어쩔 수 없었다. 나루오카는 세 걸음 앞으로 나와서 가방을 놓고, 다시 뒤로 돌아 원래 있던 자리로 왔다.

고미는 나루오카의 얼굴에서 시선을 떼지 않으며 조심스레 앞으로 걸어갔다. 그리고 가방 안을 확인하고는 말했다.

"네, 확실하게 받았습니다."

흥, 나루오카는 코웃음을 쳤다. 어차피 곧 자신에게 돌아올 돈이다. 부하들도 감시하고 있으니 절대 놓칠 리가 없었다.

'네 놈에게 땡전 한 푼이라도 줄쏘냐.'

"자, 이제 집에 돌아가자, 유우. 집에 가서 맛있는 거라도 먹자꾸나."

유우는 자신의 말을 거스른 적이 없었다. 그런 강한 믿음이 있었기에 나루오카는 먼저 뒤돌아 자신의 차 쪽으로 걸어나갔다.

그런데 몇 걸음 걷다보니 왠지 모를 이상한 느낌이 들었다. 유우의 발소리가 들리지 않았던 것이다. 뒤돌아보니, 유우는 아직도 택시 옆에 서 있었다.

"뭘 하고 있어, 유우. 빨리 가자니까!"

그렇게 외쳐도 유우는 여전히 꼼짝도 하지 않았다.

'이게 어떻게 된 거지? 피곤해서 움직이지 못하는 건가. 아니면 몸이 좋지 않은 건가.'

생각해보니 유우가 이제껏 이렇게 오랜 시간 밖에서 보낸 적이 없었다.

"무, 무슨 일이야? 유우, 어디 몸이 안 좋아?"

유우는 절레절레 고개를 저었다. 몸이 좋지 않은 것은 아닌 것 같았다.

나루오카는 화가 났다. 미묘하게 자신의 계획이 어긋나는 기분이 들었다. 좋지 않은 징조였다.

"죄송한데요…." 고미가 정중한 말투로 말했다. "혹시 아드님이 돌아가고 싶지 않은 게 아닐까요?"

"무슨 그런 말도 안 되는 소릴…!"

"하지만 지금 아드님은 꼼짝도 하지 않잖아요. 이거 어떡하죠?"

"어떡하고 자시고가 어디 있어! 난 아들을 데리고 집에 갈 거야."

"그럼 이러면 어떨까요? 제가 책임지고 아드님을 잠시 동안 맡는 거예요. 보아하니 아드님도 집에 가고 싶지 않은 것 같고, 다행히도 전 택시기사라서 돈만 받으면 아드님을 태우고 어디든 돌아다닐 수 있습니다."

나루오카는 고미를 노려보았다.

'이 녀석, 이게 대체 무슨 소리야?'

나루오카는 고미가 한 말의 의미를 파악하지 못해 불안감이 엄습했다.

"무슨 말도 안 되는 소리야! 택시기사 주제에."

"미리 말해두겠습니다만 이건 유괴가 아닙니다. 아드님이 자발적으로 결정한 겁니다. 그 점을 확실히 이해해주셨으면 합니다."

그 말이 끝나자마자 유우는 택시에 올라탔다. 고미도 재빨리 운전석에 탔다.

"기, 기다려! 야!"

순간적으로 나루오카가 외치면서 달려나갔지만, 택시는 이미 출발한 뒤였다. 고미의 택시는 후진하다가 방향을 바꿔 주차장 입구로 향하기 시작했다.

"기다리란 말이야!"

그렇게 외쳐도 노란 택시는 멈추지 않고 모퉁이를 돌더니, 결국 보이지 않게 되었다. 나루오카는 서둘러 타고 왔던 차에 다시 올라타 부하에게 명했다.

"저 차를 쫓아! 빨리!"

부하는 곧바로 출발했지만 눈앞에서 택시는 이미 보이지 않았다. 나루오카는 주차장 입구 쪽에서 대기 중이던 부하들에게 전화를 걸어 명령을 내렸다.

"나야. 곧 있으면 노란색 택시 한 대가 주차장을 나갈 거야! 그러면 그걸 쫓아! 절대로 놓치면 안 돼! 번호도 대조해보고!"

나루오카를 태운 차량은 주차장을 빠져나왔지만, 노란색 택시는 온데간데없이 사라져버렸다.

'이런, 젠장!'

화가 머리꼭대기까지 난 나루오카는 운전석 뒤를 몇 번이나 발로 찼다. 그때마다 운전하던 젊은 부하가 창백한 얼굴로 몸을 들썩거렸다.

얼마 후, 밖에서 대기 중이던 나루오카의 부하들은 고미의 택시를 찾아냈다. 나루오카는 그들과 핸드폰으로 연락을 주고받으며 밤길을 질주했다. 나루오카를 태운 차량도 주차장을 나온 지 약 10분 만에 드디어 노란색 택시를 발견했다.

고미의 택시 뒤를 나루오카의 부하를 태운 차량 2대가 추격하고 있었다. 나루오카가 탄 차량은 앞서가던 2대의 차량을 추월하여 택시 바로 뒤에 따라 붙었다.

고미의 택시는 추격 사실을 눈치채지 못했는지 규정 속도를 준수하며 달리고 있었다. 하지만 도로가 1차선 도로라 추월하는 것도 쉽지 않았다. 나루오카는 계속 짜증이 났다.

'그건 그렇고…,' 나루오카는 손톱을 깨물었다. '유우는 대체 무슨 생각인 거지?' 유우의 마음을 이해할 수 없었다.

나루오카는 조금 전에 본 유우의 얼굴을 떠올렸다. 지금 생각하니 유우는 어쩐지 어른스럽다고 할지, 이제까지 본 적이 없는 진지한 표정을 하고 있었다.

부하들을 시켜 알아보니, 유우는 유괴당한 것이 아니라 자발적으로 집을 나섰다고 했다. 그리고 무슨 일인지 지금은 웬 엉뚱한 택시기사와 함께 행동하고 있었다.

고미의 택시는 어디로 갈 생각인지는 모르겠지만, 이쪽은 차량 3대로 추격하고 있으니 절대로 놓칠 리 없었다.

고미의 택시는 빨간불에서 정지했다.

'이 틈을 노려 유우를 되찾는 것은 어떨까.'

하지만 괜히 섣불리 움직였다가 더 안 좋은 결과를 초래할 수 있었다. 고미는 분명 차량 문을 잠갔을 것이고, 그러면 나루오카가 내려서 우물쭈물하는 사이 빨간불인 상태에서 도망쳐 버리면 따라잡기 힘들다.

'역시 저 택시가 완전히 멈추기를 기다리는 수밖에 없어.'

고미의 외모를 보니 그다지 담력이 셀 것 같지 않았다. 부하들은 총을 가지고 있으니 총을 가진 부하들이 적당히 협박하면 순조롭게 해결될 것이다.

신호가 파란불로 바뀌자, 고미의 택시가 다시 출발했다. 그 뒤를 따라 잠시 달리는데 핸드폰이 울렸다. 나루오카는 전화를 받았다.

"나다. 누구냐?"

"나루오카 씨, 이제 포기하시면 어떻겠습니까?"

고미였다. 나루오카는 크게 화를 냈다.

"네 이놈, 대체 무슨 속셈이야!"

"그렇게 큰 목소리를 내지 않으셔도 잘 들립니다."

고미는 여유로운 말투로 얄밉게 말했다. 수화기 너머로 엔진 소리가 들렸다.

"유우를 어디로 데려갈 셈이야?"

"글쎄요, 저도 모르죠. 제 뒤를 따라오셔도 시간 낭비일 겁니다. 뭐, 그냥 야간 드라이브를 즐긴다고 생각하시면 모르겠지만요."

고미의 택시 운전석에서 팔이 나오는 게 보였다. 고미의 팔이었다. 마치 나루오카를 놀리듯이 이쪽을 향해 손을 흔들고 있었다.

'이 녀석이 감히!'

나루오카는 화가 머리끝까지 치밀었다. 고미를 패주고 싶다는 마음까지 들었다.

뒤에서 사이렌 소리가 들렸다. 뒤를 보니 소방차들이 엄청난 기세로 다가오고 있었다. 어쩔 수 없이 뒤에서 달리고 있던 부하의 차들이 소방차에게 길을 양보했다. 나루오카를 태운 차를 운전하던 젊은 부하도 소방차를 보고 속도를 줄여 길을 비켜주려고 했다.

하지만 앞을 보니, 고미의 택시는 전혀 감속하지 않았다. 오히려 소방차를 피해 도망치는 것처럼 속도를 더욱더 높였다.

'안 돼, 여기서 놓칠 순 없어!'

"이 바보야, 멈추지 마! 쫓아, 쫓으라고!" 나루오카가 외쳤다.

나루오카의 지시에 따라 부하는 속도를 높였다.

소방차의 사이렌 소리가 점점 더 다가왔다. 결국 나루오카는 택시를 쫓고, 소방차는 나루오카를 쫓는 형국이었다.

결국 다음 사거리에서 소방차는 좌회전을 하더니, 다른 쪽으로 가버렸다. 앞에서는 여전히 고미의 택시가 달리고 있었다. 소방차에게 길을 양보했던 부하들의 차도 다시 나루오카 뒤에 붙었다. 나루오카는 가슴을 쓸어내리며 좌석에 몸을 기대었다.

손목시계를 보니 오후 11시에 가까웠다.

고미의 택시를 추격한 지 벌써 30분이 지났다. 나루오카는 무의식중에 손톱을 잘근잘근 깨물었다. 원래부터 나루오카는 참을성 있는 성격이 아니었다.

'느긋하게 택시를 추격하는 것은 나답지 않지.'

나루오카는 고미의 택시를 보고 눈을 크게 부릅떴다.

그때 고미의 택시에 변화가 나타났다. 고미의 택시는 깜빡이를 켜고 감속하더니 어느 호텔로 들어갔다.

나루오카도 그 뒤를 따랐다. 호텔 앞에 도착한 택시는 택시 승강장에 주차를 했다. 약간 떨어진 곳에 나루오카도 차를 주차하고, 몸을 쭉 내밀어 전방을 주시했다.

'대체 고미라는 녀석은 무슨 생각이지? 손님을 태우려는 건가?'

그런 생각도 해봤지만 그 택시에는 유우가 뒤에 타 있었다. 손님을 태워도 의미가 없을 것이다.

더 이상 기다릴 수는 없었다. 나루오카는 택시 바로 뒤에 주차할 것을 운전석에 있는 부하에게 명령했다. 동시에 다른 부하들의 차들로 택시 옆을 막아서 완전히 봉쇄하도록 했다.

차에서 내린 나루오카는 택시 운전석으로 가서 주먹으로 고미의 운전석 창문을 두들겼다.

"열어. 장난은 여기까지다!"

그렇게 말하며 택시 안을 들여다본 나루오카는 순간 자신의 눈을 의심했다. 운전석에는 생판 모르는 남자가 앉아 있었기 때문이다. 택시기사는 어리둥절한 눈으로 나루오카를 보았다.

이윽고 운전석 창문이 열리더니 남자가 훈계했다.

"저기요, 여기는 순번이라는 게 있어요. 택시를 타실 거면 맨 앞 차를 타세요."

콧수염이 난, 떨떠름한 표정의 남자였다. 나루오카는 크게 당황했다. '이게 어떻게 된 일이지? 뭐야? 이 남자는 누구야? 그 두 사람은 어디로 사라진 거야?'

택시의 뒷좌석에도 아무도 없었다.

나루오카는 택시 뒤로 돌아가서 번호판을 확인했다. 틀림없이 고미가 타고 있던 택시의 차량번호였다.

'뭐가 어떻게 된 거야?'

나루오카는 다시 운전석으로 와서 그 택시기사의 넥타이를 잡아당기며 으르렁거렸다.

"솔직히 말해! 고미는 어디 있어? 내 아들은 어디 있냐고?"

"숨 막혀요. 이게 무슨 짓입니까?"

택시기사는 끙끙거렸고, 나루오카는 부하들에게 명령했다.

"찾아! 두 사람이 있는지 확인해!"

검은색 차량에서 내린 나루오카의 부하들이 멋대로 택시 문을 열고 안을 뒤졌다. 트렁크까지 열어 그 안을 뒤졌지만 아무것도 없었다.

"그 두 사람은 어디로 갔어?"

나루오카가 택시기사에게 다시 따져 물었지만 그는 고개를 저을 뿐이었다.

"도대체 무슨 말을 하는 거예요? 전 그냥 택시를 운전하고 있었을 뿐이에요."

"모르는 척하지 마! 너도 고미와 한패잖아. 그 두 사람을 어디 숨긴 거야?"

고미의 택시에서 한순간도 눈을 떼지 않았고, 차량번호 역시 일치했다. 그러니 다시 생각해봐도 이 택시기사가 그 두 사람을 빼돌렸다고 생각할 수밖에 없다. 도대체 어디서 바꿔치기를 한 걸까.

“야, 무슨 말 좀 해봐.” 나루오카는 택시 보닛을 두들기며 말했다. “사실대로 말하지 않으면 큰코다칠 줄 알아. 그래도 좋아?”

“무슨 말을 하라고요…, 전 아무것도 몰라요.”

주위를 둘러봐도 호텔 벨보이들이 의아한 표정으로 나루오카 일행을 쳐다보고 있을 뿐이었다.

“이 택시기사 놈을 끌어내, 빨리!” 나루오카가 말했다.

부하들이 그 택시기사를 운전석에서 끌어내려고 했다. 하지만 택시기사는 격렬히 저항했다. 양손으로 핸들을 꽉 잡고, 절대로 택시 안에서 나오지 않겠다는 듯이 온몸에 힘을 주었다.

“당신들, 여기서 뭐 하는 거야?”

듬직한 체격의 호텔 경비원들이 나루오카를 향해 걸어왔다. 허리춤에는 곤봉도 차고 있어, 여차하면 무력행사도 할 것 같은 위협적인 표정이다.

“당신들, 여기서 무슨 행패들이야?” 경비원이 되물었다.

물론 머릿수로는 나루오카 쪽이 많았다. 권총까지 갖고 있어 경비원들쯤은 아무것도 아니다. 하지만 섣불리 나섰다가는 일만 커질 뿐이었다. 나루오카는 부하들에게 눈짓을 보냈다. 그러자 부하들은 서둘러 차에 탔고, 나루오카도 다시 차에 올라탔다.

◆

“아하, 그렇게 해서 놓치신 거군요?”

케이코의 물음에 나루오카가 고개를 끄덕였다.

한 달 전의 그 분한 감정이 그대로 되살아났는지 나루오카는 마치 벌레라도 씹은 표정을 하고 있었다.

이미 두 사람은 택시 안으로 돌아와 있었다. 영하의 기온이 너무 추워서 실내로 들어온 것이었다. 난방을 켜고 잠시 시간이 지나니 그제서야 따뜻해졌다.

“그래, 어떻게든 그 멍청한 택시기사한테서 진실을 듣고 싶었는데, 호텔 경비원 녀석들이 나서는 바람에 물러설 수밖에 없었어.”

고미와 유우가 주차장을 출발하고 나서 30분 정도 후 호텔에 도착했는데, 그 30분 사이에 두 사람은 사라져버린 것이다.

“그거 참 이상한 일이네요. 미스터리예요.”

“분명 그 사이 어딘가에서 고미와 유우가 내리고, 대신 그 택시기사가 탄 거야. 그렇게 생각할 수밖에 없어.”

나루오카가 말하는 택시기사는 아마도 하카마다일 것이다. 분명 고미와 하카마다가 같이 짠 계획일 것이다. 물론 하카마다는 영문도 모른 채 고미에게 이용당했을 가능성도 있다. 케이코는 그래도 다시 한번 나루오카에게 물었다.

“정말로 고미의 택시에서 눈을 떼지 않았나요?”

"그래, 바로 뒤에서 계속 추격하고 있었어. 차량번호도 확인했고…."

"하지만 실제로 운전하던 고미를 본 것은 아니잖아요?"

"그건 그렇지. 하지만 통화할 때 분명 택시 엔진소리도 들렸어. 운전을 하고 있었다는 뜻이지. 게다가 날 바보 취급하며 창문 밖으로 손까지 내밀어 흔들었지."

"하지만 팔밖에 못 보신 거잖아요. 그게 고미였다는 증거는 아니잖아요. …예를 들면 이런 시나리오는 어때요?"

케이코는 머릿속에 떠오른 것을 곧장 이야기했다.

"빨간불에서 몇 번 정지했잖아요. 그 틈을 타 바꾼 거예요. 맨홀 밑에서 다른 택시기사가 기다리고 있다가 바꿔치기한 거였죠."

"말도 안 되는 얘기지만, 나도 그 생각을 안 해본 건 아니야. 그래서 부하들에게 호텔에 세워진 그 택시를 조사하게 했을 때 차의 바닥도 주의 깊게 보라고 했어. 하지만 차 아래쪽에 구멍 같은 건 전혀 없었어. 평범한 차였지."

'흐음…, 아닌가.'

케이코는 팔짱을 낀 채 계속 골똘히 생각했다.

뭔가 다른 좋은 방법이 있었을까. 나루오카의 이야기를 곰곰이 되짚던 케이코는 버럭 소리를 쳤다.

"앗! 혹시 소방차가 아니었을까요?"

"뚱딴지같이 그게 무슨 소리야?"

“사실 계속 신경 쓰였어요, 그 소방차! 혹시 소방차가 달려왔을 때 한 순간이라도 잠깐 눈을 돌리지 않았나요?”

“잠깐 눈을 돌리긴 했지. 안 그럴 사람이 어딨겠어? 하지만 그 몇 초 사이에 바꿔치기를 했을 리는 없어. 그리고 그 타이밍에 소방차가 오는 것까지 계획한다는 것은 무리야.”

“그것도 그러네요.”

무언가를 놓치고 있었다. 나루오카가 눈치채지 못한 무언가가 분명 있었다. 오랫동안 고미를 알아온 케이코만이 풀 수 있는 문제였다. 이 트릭은 조금만 더 고민하면 풀 수 있을 것 같았다.

“호텔 앞에 택시가 정차했을 때 뭘 놓치신 건 없어요?”

“그렇다니까. 택시 안을 아무리 뒤져봐도 아무것도 없었어. 트렁크도 텅 비어 있었지.”

“그거예요!”

케이코는 저도 모르게 그렇게 외쳤고, 나루오카는 인상을 찌푸리며 툴툴거렸다.

“아, 깜짝이야! 갑자기 소리치지 마.”

“알아냈어요. 분명해요! 그 택시는 사실 2대였던 거예요.”

“뭐? 2대라고?”

“네, 고미의 택시 트렁크에는 여러 비품이 들어 있어요. 스마일 택시니까 손님들을 위해 신문부터 다리미, 음이온 발생장치 등등을 준비해두고 다녔어요. 그건 제가 고미 택시를 여러 차례 봤기 때문에 잘 알죠. 그래서 트렁크가 텅 비어 있었다는 것은 고미의 택시가 아니란 얘기예요."

"하지만 차량번호까지 확인했어. 틀림없이 고미가 타고 있던 번호였다고."

"앞과 뒤, 양쪽을 확인하신 건 아니죠?"

"그러고 보니…, 그럴지도 모르겠군."

나루오카는 고개를 갸우뚱거렸다. 자신의 기억에 따르면 그가 도착했을 때 고미의 택시는 주차장 담벼락을 향해 전면주차되어 있었다. 즉, 나루오카가 확인한 것은 차량 뒷면의 차량 번호판이었다.

그리고 주차장을 나오고 나서도 나루오카는 계속 고미의 택시 뒤꽁무니만 추적했으니, 그때도 후면 번호판밖에 볼 수 없었다.

호텔에 도착해서도 택시 뒤에 주차했고, 자연스레 나루오카는 뒷면 번호판만 보았을 것이다.

케이코가 이어서 말했다.

"간단해요. 두 사람이 어디서 사라졌는지 설명해드리죠. 애초에 주차장 안에는 똑같은 택시가 한 대 더 있었다, 그게 트릭이에요."

◆

"하카마다 씨, 죄송해요. 밤늦게 불러내서…."

주차장에 하카마다의 택시가 도착하는 것을 본 고미가 택시에서 내리면서 말했다. 유우도 같이 내렸다.

"고미 씨 덕분에 염원하던 프리우스를 손에 넣었습니다. 이걸로 드디어 저에게도 운이 트일 것 같아요. …그런데, 응? 이 아이는 누구예요?"

"제 손님이에요."

"그렇군요. 고미 씨 손님이군요. 만나서 반가워요. 저는 하카마다라고 합니다. 이름은 히로시이고, 넓을 박(博)에…."

"하카마다 씨, 자기소개는 다음에 하도록 하시죠. 지금 저희가 급한 일이 있어서…. 정말로 협력해주실 거죠?"

고미가 묻자 하카마다는 고개를 끄덕이며 흔쾌히 말했다.

"당연하죠. 평소에도 고미 씨한테 신세를 많이 졌는걸요. 언제든지 말씀만 하세요."

주차장 안은 조용했다. 약속시간인 밤 10시까지는 30분도 채 남지 않았다.

고미는 자신의 택시 트렁크에서 공구함을 꺼냈다. 그 안에서 렌치를 꺼내 먼저 자신의 택시 앞쪽에 있는 번호판을 떼어냈다. 찬바람을 맞으며 작업을 하느라 손이 얼어버릴 지경이었다. 그 다음 고미는 하카마다의 택시 뒤쪽으로 가서 번호판을 떼어냈다.

하카마다는 고미가 무슨 일을 하는 건지 의아해 했고, 유우는 팔짱을 낀 채 진지한 눈빛으로 고미의 작업을 지켜보고 있었다.

고미는 그렇게 떼어낸 하카마다의 번호판을 자신의 택시 앞면에 붙이고, 자신의 번호판은 하카마다의 택시 후면에 붙였다.

"이 정도면 될까?"

작업을 마친 고미가 유우에게 물었다. 유우는 고개를 끄덕였다.

"네, 충분해요."

고미는 하카마다에게 물었다. "하카마다 씨, 제가 부탁한 것들을 가져오셨나요?"

"네, 이겁니다. 그런데 이런 것들을 다 어디에 쓰시려고요?"

하카마다는 운전석에서 봉투를 꺼내 건네주었다.

"다 쓸 데가 있어요."

고미가 받아든 봉투 안에서 노란색 스프레이를 꺼냈다. 그리고 스프레이를 몇 번 흔들고는 자신의 택시에 분사하기 시작했다.

"고미 씨, 이게 대체 무슨…"

"괜찮아요, 하카마다 씨."

고미는 그렇게 자신의 차에 쓰여있는 'SMILE TAXI' 로고를 지웠다. 비싼 비용을 들여 찍은 프린트라서 좀 아깝긴 했지만, 추후 나루오카한테서 돈을 받아 다시 프린트할 계획이었다.

"이러면 되겠지?"

그러자 유우는 무표정한 얼굴로 고개를 끄덕였다.

"네, 좋아요."

이걸로 완성이다. 이제 이 주차장 안에는 평범한 노란색 프리우스 택시 2대만 있을 뿐이다.

"감사합니다, 하카마다 씨."

고미는 공구함과 스프레이를 자신의 트렁크에 넣으면서 말했다. 하카마다는 여전히 당황한 기색으로 서 있을 뿐이다. 무리도 아니었다. 갑자기 번호판을 교환하질 않나, 스프레이로 자신의 정체성이나 다름없는 로고를 없애질 않나, 하카마다는 상황을 전혀 이해할 수 없었다.

시계를 보니 작업을 시작한 지 10분 정도가 흘렀다.

나루오카가 약속시간보다 일찍 올 가능성도 있으니 서둘러야 할 것이다.

"하카마다 씨, 이제 제가 신호를 보내면 미리 말씀드린 것처럼만 운전해 주시면 돼요."

"네. …저기, 고미 씨? 고미 씨가 무슨 일을 하시려는지 모르겠습니다만, 정말 괜찮은 거 맞죠?"

바짝 긴장한 표정으로 하카마다가 물었고, 고미는 고개를 끄덕였다.

"네, 괜찮아요. 만약 위험하다고 생각되면 경찰을 부르세요. 슬슬 시간이 되었네요. 하카마다 씨는 제가 말한 위치에서 기다리세요."

"아, 알겠습니다."

하카마다는 운전석에 올라타 자신의 택시를 타고 주차장 입구로 향했다. 그 모습을 지켜보던 고미는 유우에게 물었다.

"우리도 슬슬 준비할까?"

"네, 좋아요!"

고미는 운전석에 타 시트에 몸을 기댔다.

◆

"결국 번호판을 교환한 똑같은 택시 2대가 있었다는 거죠. 이해하셨나요?"

케이코가 보다 자세히 설명을 해주자 나루오카가 고개를 끄덕였다.

"그래, 한마디로 말하자면 뒷면 번호판이 똑같은 택시가 2대였다는 거군. 그래, 그랬던 거 같군. 그렇다면…."

"아직 끼어들지 마세요."

케이코는 나루오카의 말을 자르며 말했다.

"수수께끼를 푼 사람은 저니까 제가 끝까지 설명할게요."

"미, 미안."

나루오카는 금세 풀이 죽어 사과했다. 의외로 소심한 모양이었다. 겉으로만 허세를 부리고 있을 뿐, 사실은 겁쟁이일지도 모른다.

"먼저 고미가 출발했죠. 그리고 그 뒤를 나루오카 씨가 추격했고요. 하지만 그때 이미 고미의 택시는 주차장 모퉁이에서 사라진 상태였어요. 한편 주차장 입구에서 대기하던 다른 택시기사, 이 사람이 고미의 협력자예요. 그 사람이 고미에게서 연락을 받고 택시를 출발시켰습니다. 동시에 고미는 주차장 빈자리 아무 데나 숨어들어 나루오카 씨가 지나가길 기다렸어요."

그랬다. 주차장은 워낙 넓은 터라 차를 세워둘 곳이 많았다. 그저 라이트만 끄고 있어도 다른 차량과 구별이 되지 않을 수준이었다.

"주차장 밖에서 연락을 받은 나루오카 씨의 유능한 부하들은 주차장에서 나온 택시만을 열심히 뒤쫓았겠죠. 나루오카 씨가 알려준 차량번호와 같은 번호였기에 추호도 의심하지 않았을 거예요. 그러니까 처음부터 고미의 택시는 주차장을 나가지 않은 거였고, 나루오카 씨가 추격한 차는 완전히 다른 차였던 거예요."

나루오카는 가끔 고개를 끄덕거리며 케이코의 말을 조용히 경청했다.

"그 다음은 간단하죠. 고미는 처음부터 그 협력자에게 어떤 경로로 갈지를 지시했을 거예요. 그리고 나루오카 씨가 그 차를 추격하는 동안, 고미는 도망을 간 거죠."

"잠깐 기다려. 만약 내가 고미의, 아니, 그 뒤쫓던 택시 앞에 가서 운전석을 확인했다면 들키는 거였잖아. 녀석은 어떻게 그런 위험까지 무릅쓰고 일을 벌였다는 거야?"

"네, 하지만 실제로 그렇게 하지 못했잖아요. 고미는 일부러 추월하기 힘든 1차선 도로를 골랐을 거예요. 고미에게는 식은 죽 먹기였겠죠. 이 도시 뒷골목까지 다 외우고 있는 고미예요. 도중에 나루오카 씨에게 전화를 걸어서 마치 자신이 쫓기는 것처럼 연기를 한 것도 작전 중 하나이고요. 또 협력자에게 적당한 때에 손을 내밀어 흔들라고 미리 지시도 해놨겠죠."

"정말이지…, 그렇게 간단한 트릭에 내가 당하다니…."

"다 그런 거죠, 뭐. 처음부터 뒤바뀌어 있었다는 건 마술에서는 일반상식이에요."

룸미러로 보니 나루오카는 분하다는 듯 씩씩거리며 입술을 깨물고 있다. 케이코는 그런 나루오카를 위로하며 말했다.

"고미가 한 수 위였다는 것뿐이에요. 그러니까 너무 자책하지 마세요. 그리고 이건 제 생각인데…, 이 작전을 계획한 사람은 고미가 아니라 나루오카 씨의 아드님일 거예요. 솔직히 고미는 이 정도로 머리가 좋지 않거든요."

"유, 유우라고…?"

"네, 순전히 제 생각이지만요."

아마도 그럴 것이다. 고미는 머리가 좋긴 하지만, 이런 트릭까지 생각해낼 정도의 위인은 아니다. 케이코는 이런 통쾌한 작전에 자신이 끼지 못했다는 것이 조금 분했다.

"하지만 왜지?" 나루오카가 언성을 높였다.

"유우는 왜 그렇게까지 나에게서 떠나려고 한 거지? 물론 내가 유우에게 못난 아버지였을 수는 있어. 하지만 그전에 한마디라도, 단 한마디라도 미리 이야기해주었다면…."

"이제 어떻게 할까요? 아드님을 찾으신다면서요. 그래서 아드님이 사라진 이 주차장에 오자고 하신 거죠?"

잔뜩 풀이 죽은 나루오카가 고개를 푹 숙인 채 중얼거렸다.

"네가 들은 대로 지금 난 모든 걸 잃었어. 유우를 다시 찾을 방법은 어디에도 없어."

"재판까지 일주일이나 남았잖아요. 그리고 아드님도 분명 찾을 수 있을 거예요."

"값싼 동정은 필요 없어. 그리고 만약 유우를 찾는다고 해도 난 감옥에 가게 될 거야. 그게 무서워. 무서워서 견딜 수 없어."

나루오카의 목소리가 떨리고 있었다.

"감옥에 가는 것도 무섭지만, 유우를 혼자 남기고 가는 것이 너무 무서워. 생각해봐. 유우는 범죄자의 아들이 된다고. 게다가 성폭행범의 아들이라고. 사람들이 우리 유우를 어떤 시선으로 보겠어. 그 생각만 하면 너무 무서워서 밤에 잠도 안 와."

케이코는 룸미러로 다시 나루오카의 얼굴을 보았다. 처음으로 나루오카라는 남자의 진심이 엿보였다. 나루오카는 갑자기 뒷좌석 시트를 주먹으로 내려치면서 외쳤다.

"젠장! 난 어디서부터 길을 잘못 들게 된 거지? 이제 어쩌면 좋아? 유우를 혼자 두고 감옥에 가고 싶지 않아. 그 아이를 외톨이로 만들고 싶지 않다고!"

나루오카의 눈가에 눈물이 고이는 것을 보고 케이코는 가슴이 너무 아팠다. 아들을 걱정하는 남자의, 영혼의 외침을 들은 것 같았다.

케이코는 일부러 밝은 말투로 말했다.

"분명 잘될 거예요."

"그러니까 그런 값싼 동정은 하지 말라고. 근거 없는 말로 위로하면 더 비참해질 뿐이야."

"이제 슬슬 다 되었을 거예요."

그 말에 나루오카가 눈물을 닦고 고개를 들었다.

"뭐야? 넌 뭔가 알고 있구나?"

"저기, 나루오카 씨. 어깨 안 아프세요? 우리는 지금 벌써 8시간째 차에 타고 있잖아요. 게다가 전 아침부터 나왔으니까 벌써 17시간 이상 운전을 하고 있어요. 이 시간에는 마사지 가게도 문을 닫았을 텐데…, 정말 최악이네요. 그러니까 요금이라도 제대로 받아야겠죠?"

"딴 소리하지 말고 빨리 말해! 뭐야?"

"몰라요. 하지만 짐작은 가요. 여기가 우리들의 결승점이라는 거요."

"결승점? 그게 무슨 소리야?"

"지시를 받은 게 여기가 마지막이라는 거예요."

케이코는 차를 세우고 문을 연 다음 택시 밖으로 나갔다. 밤바람이 차가웠지만, 차가운 공기가 오히려 시원하게만 느껴졌다. 케이코는 잠시 몸을 풀고, 크게 심호흡을 했다.

그때 문이 열리는 소리가 들리더니, 택시에서 내린 나루오카가 케이코에게 버럭 외쳤다.

"넌 역시 뭔가를 숨기고 있어. 무슨 짓을 꾸미는 거야? 누가 시켰어?"

"아무것도 없다니까요, …앗!"

그때 케이코의 앞쪽으로 다가오는 헤드라이트 불빛이 보였다.

드디어 왔다. 케이코는 가슴을 쓸어내렸다.

◆

"이제 곧 도착합니다."

하카마다의 말에 마리는 창밖을 보았다. 중앙공원의 울창한 숲이 보였다. 이 시간에는 공원에 아무도 없었다. 중앙공원을 따라 달리던 택시는 북쪽에 있는 거대한 주차장에 들어서고 있었다.

"어디 가는 거예요?"

주차장 발권기 앞에서 정지했을 때 마리가 물었다. 하지만 하카마다는 대답을 하지 않고 발권기에서 티켓을 뽑아 다시 출발했다.

어느 정도 이동하더니, 하카마다는 서서히 차량 속도를 줄이기 시작했다. 주차장 담벼락이 보이는 걸 보니, 마리는 여기가 주차장 가장 안쪽이라는 것을 알 수 있었다.

차는 완전히 멈추었고, 하카마다가 말했다.

"도착했습니다, 마리 씨."

"여기는 어디예요?"

"여기는 말이죠…."

하카마다가 대답하려는 찰나에 갑자기 핸드폰이 울렸다. 마리의 핸드폰은 아니었다. 하카마다가 주머니에서 핸드폰을 꺼내 통화를 시작했다.

"네. …네, 맞아요. 네? 그렇군요. 이렇게 잊지 않고 전화까지 주셔서 감사합니다. …네? 같이 있는 여성이요? 네, 여기에 있습니다. …네, 지금 바꿔드리죠."

거기까지 말하고 하카마다는 칸막이 사이로 핸드폰을 넣어 마리에게 건네주었다.

"마리 씨, 마리 씨에게 전화가 왔어요."

"저에게요?"

"네, 빨리 받으세요."

마리는 핸드폰을 잡고 조심스럽게 귀에 갖다 대었다.

'대체 누구지?'

"전화 바꾸었습니다. 데즈카입니다."

"감사합니다."

남자의 목소리였다. 마리는 곧바로 그의 정체를 알아차렸다. 낮에 임산부를 병원까지 데려다 주었을 때 통화했던 임산부의 남편이었다.

"오늘 정말 감사했습니다. 덕분에 제때 도착했습니다. 당신의 침착한 지시가 없었더라면 제 아내는 목숨이 위험했을 겁니다."

"네? 그렇다면…."

"그렇습니다, 무사히 태어났어요. 건강한 여자아이입니다."

괴롭게 신음소리를 내던 임산부가 떠올랐다. 그녀의 온기가 지금도 손바닥에서 느껴지고 있었다. 그녀가 무사히 출산을 했다는 사실에 마리는 진심으로 안도했다.

"축하드려요. 정말 다행입니다."

"당신 덕분입니다. 나중에 정식으로 감사의 표현을 하고 싶습니다."

"괜찮습니다. 누구라도 그렇게 했을 거예요. 전 그저 우연히 그 자리에 있었을 뿐입니다."

임산부의 남편은 계속해서 감사를 표했다. 정말이지 이렇게 기쁜 전화는 오랜만이었다.

"맞다! 말하느라 잊고 있었네요. 아내가 당신의 이름을 반드시 알아오라고 했습니다. 실례지만 이름을 알 수 있을까요?"

"데즈카입니다. 데즈카 마리라고 합니다."

"…마리 씨군요. 좋은 이름이네요. 저희 딸에게 '마리'라는 이름을 지어주어도 괜찮을까요?"

"네?"

갑작스런 제안에 마리는 당황했다.

임산부의 남편은 다시 한번 강하게 부탁했다.

"아내가 꼭 부탁하더군요. 마리 씨의 말에 용기를 얻었다며, 마리 씨와 똑같은 이름을 딸에게 지어주고 싶답니다."

"아, 네. 정 그러시다면야…."

"감사합니다. 아내가 퇴원하면 다시 연락드리고 싶으니 연락처도 좀 알려주세요."

마리는 전화번호를 알려주었고, 그렇게 통화는 끝났다. 마리는 조금 당황한 얼굴로 핸드폰을 하카마다에게 돌려주었다.

하카마다는 핸드폰을 받으며 말했다.

"정말 이래서 택시기사를 그만둘 수 없어요. 이렇게 멋진 일은 두 번 다시 없을 겁니다."

하카마다의 말에 마리도 속으로 동의했다. 재판에서 이겼을 때의 성취감도 대단하지만, 지금은 그것과는 또 다른 기쁨이 있었다.

"자, 마리 씨."

하카마다가 정면을 보며 말했다.

"제가 모실 수 있는 곳은 여기까지입니다. 이제 타석에 선 사람은 당신뿐입니다, 마리 씨."

마리는 밖을 둘러보았다.

주차장 가장 안쪽에 또 다른 택시 한 대가 세워져 있었다. 밤이 깊어서 주차장 안에는 드문드문 차들이 세워져 있을 뿐이었다.

"무슨 말씀인지는 알겠어요. 하지만 여기서 내리라는 의미는 잘 모르겠네요. 제가 여기서 내려서 뭘 어떻게 하라는 거죠?"

"내리시면 아실 겁니다. 아, 그리고 요금은 괜찮습니다."

"네? 그럴 수는 없어요."

요금이 얼마인지는 모르겠지만 안 받아도 될 정도의 금액은 아닐 것이다. 마리는 지갑을 꺼내며 강하게 말했다.

"돈을 내야죠. 얼마죠?"

"정말요?"

"네, 지불한다고요."

"어디보자…."

하카마다가 말한 금액을 들은 마리는 깜짝 놀라지 않을 수 없었다. 많아서가 아니라 너무 적었기 때문이다.

"뭔가 착각하신 거 아니에요? 제대로 계산하신 거 맞아요?"

"제대로 계산했습니다. 왜냐하면 미터기는 오래전에 꺼두었으니까요."

"언제부터요?"

"언제였더라? 마리 씨가 타고 처음 정체에 휘말릴 때였죠, 아마?"

'그럼 택시를 탄 직후가 아닌가.'

마리는 황당해서 입을 벌린 채 운전석에 있는 하카마다를 쳐다보았다.

'이 남자는 대체 누구지?'

생각해보면 이 남자의 택시를 탔을 때부터 모든 일이 시작된 것 같았다. 사실 애초에 처음 만나는 택시기사와 이렇게 친해진 것부터가 불가능한 일이 벌어진 것 같았다. 마리는 자신의 의지로 이 택시를 타고 다녔다고 생각했는데, 언제부턴가 이 하카마다의 계획에 휘말린 것만 같았다.

'아니, 처음부터 내 의지가 아니었나?'

마리는 또 생각해 보았다. 어쩌면 자신은 이 택시가 가는 대로 여기까지 오게 된 걸까.

'하지만 대체 왜?'

마리는 안절부절못한 채 하카마다에게 물었다.

"하카마다 씨, 당신은 대체 누구죠?"

"저요? 저는 그냥 평범한 택시기사입니다."

마리는 양손을 칸막이에 대고 하카마다의 얼굴을 관찰했다. 하지만 겨우 그의 옆얼굴만 보일 뿐이었다.

마리는 택시에서 내렸다. 그리고 운전석으로 가서 문을 열었다. 당황한 하카마다는 황급히 고개를 돌렸지만, 마리는 몸을 운전석 쪽으로 밀어 넣고 하카마다의 얼굴을 살폈다.

"하카마다 씨, 올해 삼재라고 하셨죠?"

"아, 네. 맞습니다. 삼재입니다."

"그런데 피부를 보니 좀 더 젊으신 것 같네요. 흰머리도 별로 없고요. 제 기분 탓인가요?"

"네, 마리 씨 기분 탓이에요."

하카마다는 당황한 듯 고개를 이리저리 돌리며 마리의 눈을 마주치려고 하지 않았다. 마리는 하카마다의 콧수염을 보았다. 자세히 보니 왠지 그 콧수염이 어색하게만 느껴졌다.

다음 순간, 마리는 손을 뻗어 그 콧수염을 잡아당겼다.

"아얏!"

하카마다가 비명을 질렀다. 마리의 손에는 콧수염이 들려 있었다. 역시 가짜 수염이었다.

"이게 어떻게 된 거죠? 설명 좀 해주세요!"

마리는 콧수염을 들이대며 하카마다에게 따져 물었다. 하카마다는 코 아래를 손으로 문지르며 대답했다."너무하세요. 이제 조금만 더 하면 되는데…."

"당신은 대체 누구예요?"

"이름을 댈 정도의 인물은 아닙니다. 그저 다들 '스마일 택시'라고 하죠."

"…스마일 택시?"

그때 환한 불빛이 시야에 들어왔다. 차량의 비상 깜빡이였다. 15미터 정도 떨어진 담벼락 근처에 주차되어 있던 택시가 마치 신호를 보내듯 깜빡이를 켜고 있었다.

"우리를 부르고 있는 거예요." 하카마다가 말했다.

"누가 부르는데요?"

"가보시면 알아요."

자칭 하카마다라는 남자가 코 밑을 쓰다듬으며 한쪽 눈을 찡그리고는 말했다.

◆

마리는 택시 앞으로 한 걸음씩 다가갔다. 가까이서 보니 깜빡이를 켠 택시는 하카마다의 택시와 똑같은 노란색 택시였다.

마리가 가까이 오는 것을 보았는지 이내 택시의 깜빡이가 꺼졌고, 그와 동시에 뒷좌석에서 한 남자가 내렸다. 그 거대한 실루엣을 본 마리는 그가 누구인지 금세 파악할 수 있었다.

"당신이 왜 여기에 온 거지?"

나루오카의 질문에 마리가 답했다.

"나도 몰라요. 그냥 여기까지 택시를 타고 오게 된 거예요. 그러는 당신이야말로 여기서 뭐 하는 거예요?"

"나도 몰라. 택시기사 말로는 여기가 결승점이라는군."

"…결승점이라니요?"

"그러니까 나도 모른다고. 오히려 내가 당신에게 묻고 싶을 정도야."

저녁식사 시간에 헤어지고 나서 아직 2시간도 채 지나지 않았다. 마리는 태평한 그를 보자 다시 분노가 치밀었다. 실종된 아들을 찾으려고도 하지 않는 최악의 아버지였다.

"이런 데서 어영부영 시간만 보내지 말고 빨리 유우를 찾아야죠."

그러자 나루오카는 어깨를 으쓱거렸다.

"나도 그럴 생각이야. 여기가 바로 한 달 전에 유우가 사라진 장소거든. 그래서 온 거라고."

마리는 주위를 둘러보았다. 이곳은 거대한 주차장이다. 밤이라 그런지 유난히 조용했다.

"여기서요?"

"그래, 나는 드디어 유우가 사라진 트릭을 파악했어. 유우는 어떤 택시기사와 함께 움직이고 있지. 그래서 안전하다고 말한 거야. 유우가 집을 나간 동기는 여전히 모르겠지만."

"거기까지 알았으면 유우를 바로 찾을 수 있잖아요."

"그건 쉽지 않아. 이 도시는 너무 넓어."

그때 나루오카의 핸드폰이 울렸다.

"나야. …뭐? 내일은 무리라고? 그럼 언제야? 언제 만날 건데? 모른다고? 네 녀석, 할 생각이 있긴 한 거야? 야, 대답을 하라고! 야!"

나루오카는 고개를 좌우로 흔들며 핸드폰을 주머니에 넣었다. 그러고는 씩씩거리며 말했다.

"내 담당 변호사 비서인데 미팅 약속이 취소되었어. 그 영감, 완전히 의욕을 잃은 모양이네. 아직 그 영감과 한 번밖에 만나지 못했는데…. 이건 말도 안 돼."

“괜찮아요, 어쩌면 당신이 이길 수 있을지도 몰라요.” 마리가 나루오카를 달랬다.

“무슨 소리야?” 나루오카가 놀란 눈으로 말했다. “내가 처한 상황을 알기나 해? 이길 확률은 만 분의 일도 되지 않아. 내 주위에는 적밖에 없다고.”

“그렇지 않아요.”

마리는 우연히 나오미를 만난 때부터 지금까지의 일들을 들려주었다. 마이클과 나오미의 호텔 만남, 둘의 밀회, 택시 안에서 녹음한 그들의 대화, 마음을 바꾼 나오미가 모든 진실을 털어놓기로 했다는 이야기 등을 전하자 나루오카의 눈매가 순식간에 날카로워지더니, 흥분을 감추지 못하고 말했다.

“날 함정에 빠트린 장본인은 역시 마이클이었군. 그 녀석 뒤를 내가 몇 번이나 봐주곤 했는데…, 괘씸한 녀석! 아? 아니, 잠깐만!”

나루오카는 입술을 잘근잘근 씹으며 마리를 보았다.

“내 무죄를 입증할 증거가 있어도 그런 늙다리 변호사로는 승산이 없어. 그 영감이 내 변호를 하는 한 어떻게 해도 질 거야.”

“여기 있잖아요, 변호사.”

“뭐?”

“그러니까 여기 있잖아요. 누구보다 우수한 변호사가.”

“너…. 네가…, 내 변호를 해주겠다고? 무슨 속셈인 거야? 돈이야? 아니면 유우의 친권?"

"아니, 아무것도 바라지 않아요."

그렇게 말하면서도 유우의 친권을 교환조건으로 해도 나쁘지 않겠다는 생각이 떠오르긴 했다. 하지만 일단 재판에서 이기는 것이 먼저였다.

"나오미의 증언 번복에도 어려운 싸움이 될 건 분명해요. 하지만 우리가 힘을 합치면 어떻게든 이길 거예요."

"힘을 합치자고? 운동회도 아니고. 난 옛날부터 운동회를 엄청 싫어했는데 이제 와서 그걸 하라고?

"뭐라고요?"

"아, 아니, 아무것도 아니야."

나루오카는 엷은 미소를 띠고 있었다.

"내일부터 바빠질 거야. 재판까지 일주일도 남지 않았어. 내일 아침 바로 변호사 변경절차를 밟아야 해. 그리고 나오미를 만나서 재판 당일 어떻게 해야 할지 정해야지. 배심원에게 가장 효과적인 상황을 연출해야 해."

"잠깐 기다려요. 변호사는 나예요. 그런 건 내가 정할 테니 간섭하지 말아요."

"뭐 어때? 피고인은 난데."

"변호사는 나라고요."

마리는 벌써부터 머리가 아파왔다. 앞으로 지지리도 고생할 것 같았다. 하지만 왠지 모를 기대감도 들었다. 이길 수 없을 것만 같은 재판을 통쾌하게 이기는 건 변호사의 가장 큰 쾌감이기 때문이었다. 하카마다의 말처럼 여기서 한 방을 제대로 치면 그야말로 역전 끝내기 홈런이었다.

마리는 하카마다의 택시가 서 있던 쪽을 흘깃 보았다. 그러나 그는 어느새 사라지고 그곳에 없었다. 마리는 더더욱 그의 정체가 궁금해졌다.

"좀 춥지 않나?"

나루오카는 마리에게 다가오며 말했다. 그리고 마리의 어깨에 코트를 덮어주었다. 그의 얼굴은 부끄러운 듯 붉게 물들어 있었다.

"안에서 이야기하지. 밖은 너무 추워."

마리는 나루오카가 타고 온 택시 뒷좌석으로 향했다. 안에 타자 운전석에는 아까 이자카야에서 봤던 케이코가 타고 있었다. 뒤에 탄 마리를 본 케이코가 인사를 했다.

"안녕하세요."

"안녕하세요."

마리의 뒤를 이어 택시에 탄 나루오카가 케이코에게 말했다.

"자, 이제 전부 말해줘. 날 태운 건 우연이 아니지?"

나루오카의 질문에 케이코는 웃었다. 마치 장난을 치다 들킨 어린아이 같은 천진난만한 미소였다.

"에헤헤, 들켰나요?"

"당연하지. 어떻게 된 건지 설명해봐."

"설명하라고 하셔도 사실 저는 잘 몰라요. 오늘 아침에 한 달 만에 고미에게 전화가 와서는 경찰서 앞에서 뚱뚱한 남자를 태우도록 지시를 받았어요."

"잠깐만요."

마리가 끼어들었다. 나루오카는 이 여성의 택시에 우연히 탄 것이 아니란 말인가.

"고미라는 사람이 누구예요?"

"고미는 저 같은 택시기사예요. 아무튼 저는 고미로부터 지시를 받아 나루오카 씨를 이 차에 태운 거예요."

나루오카가 날카로운 눈초리로 말했다.

"고미에게 받은 지시는 날 태우란 것뿐이었어?"

"아뇨, 당신을 절대로 내려주어서는 안 된다고도 했어요. 만약 나루오카 씨가 내릴 것 같으면 명함을 보여주라고 했어요. 그러면 나루오카 씨는 내리지 않을 거라고 했죠. 실제로 호텔 앞에서 나루오카 씨는 내릴 뻔했지만, 그때 제가 명함을 보여드렸더니 태도가 돌변하셨잖아요. 사실 그때는 저도 놀랐어요."

마리는 오늘 하루 있었던 일을 돌아보았다. 오전에 마리는 법원에 가기 위해 사무실 밖에 서 있던 노란색 택시를 탔다.

'그럼 나 역시 마찬가지인가? 하카마다라고 자칭하는 남자가 일부러 거기서 날 기다리고 있던 걸까?'

"나머진 간단해요. 먼저 저녁 7시에 우리들의 단골 이자카야에 나루오카 씨를 데려가는 것, 그리고 밤 10시까지 이 주차장에 오는 것. 이 두 가지가 고미에게 지시받은 전부예요. 그 이상의 자세한 사정은 몰라요. 진짜예요."

저녁 7시, 하카마다와 케이코가 이자카야에 마리와 나루오카를 데리고 간 것은 아마도 둘을 만나게 할 요량이었을 것이다.

"전부 그 남자가 꾸민 계획이라는 건가."

그렇게 말하며 나루오카는 팔짱을 끼었다.

마리는 또다시 두 사람에게 물었다.

"그 고미라는 남자는 대체 누구예요?"

"택시기사라니까요. 스마일 택시, 고미. 꽤 유명해요." 케이코가 답했다.

스마일 택시.

하카마다라는 남자가 마지막으로 했던 말이다. 그렇다면 그 남자의 정체가 고미였던 건가.

"저도 당신과 마찬가지예요. 오전에 택시를 탔고, 그 택시에 조금 전까지 타고 있었어요. 하카마다라는 이름의 택시기사였어요. 도중에 갑자기 임산부를 병원까지 데려다주었고, 그리고 우연히 나오미를 발견하여 미행하게 됐고, 여러 가지 일이 일어났죠. 그리고 나도 모르는 새 여기 오게 되었고요."

"아하하." 케이코가 호탕하게 웃었다.

"그 사람은 절대 하카마다 씨가 아니에요. 하카마다 씨는 임산부를 앞에 두고 임산부보다 더 우왕좌왕할 사람이에요. 아마 그 사람이 고미일 거예요. 승객의 미소를 위해 길가에 있는 임산부를 병원에 데려다준 거라고요."

'그렇다면 나오미를 발견한 것도 우연이 아닌 건가?'

어떤 방법을 사용했는지 모르겠지만 그 장소에서 나오미를 우연히 본 것도 고미라는 남자가 꾸민 일 같았다. 그리고 나오미의 아파트에 가 그녀의 어머니와 그녀를 연결해준 택시기사도 아마 고미일 것이다.

마리는 하카마다, 아니, 고미라는 남자의 얼굴을 떠올렸다. 가짜 콧수염을 뗀 고미의 얼굴은 어딘지 모르게 눈에 익은 모습이었다. 하지만 최근에 본 것 같지는 않았다. 마리는 옆에 앉은 나루오카에게 물었다.

"당신, 고미라는 남자를 만난 적 있죠?"

"그래, 한 달 전에 보았지. 그때는 완전히 속아넘어갔어."

"그때 말고 또 그 사람을 어디서 본 것 같지 않아요?"

"없어." 나루오카는 딱 잘라 말했다. "어디에나 있을 법한 평범한 얼굴이잖아. 거리에서 마주쳐도 알아보지 못할 인물."

이 남자에게 물어본 마리가 바보였다. 나루오카는 일 외의 것들은 모조리 잊어버리는 성격이었다.

마리는 케이코에게 다시 물었다. "그 고미라는 사람은 유명한가요?"

"네, 이 업계에서는 유명해요. 스마일 택시라고 해서 손님의 미소를 위해 최선을 다하는 것이 그의 철학이에요. 아이러니하게도 본인은 전혀 웃지 않지만요. 사실 그 친구가 유명해진 것은 9년 전 어떤 사건 덕분이랍니다. 고미는 9년 전 심장을 운반했어요. 심장이식에 사용되는 심장을요. 대단하지 않아요? 당시에는 뉴스에도 나오고 제법 시끄러웠어요. 그 사건에 감동을 받지 않았더라면 저도 지금쯤 다른 일을 하고 있었을 거예요. 고미는 모든 인터뷰를 거절했지만, 택시 업계에서는 알 만한 사람은 다 아는 전설이죠."

그랬다. 마리는 9년 전의 일을 떠올렸다. 어떤 택시기사의 활약으로 기증자의 심장이 유우에게 전해졌다는 것을 마리 역시 들어 알고 있었다. 마리도 병원의 CCTV에 찍힌 영상을 보고 그 택시기사에게 감사의 마음을 표하고 싶었다.

정신을 차리자 마리는 어느새 나루오카의 손을 잡고 있었다. 나루오카 역시 고미의 정체를 듣고 나서 마리의 손을 마주 잡았다.

"정말이지…." 나루오카가 크게 한숨을 내쉬며 중얼거렸다. "뭐가 어떻게 된 건지 전혀 모르겠어. 고미가 그때 그 택시기사라고? 그리고 한 달 전에 유우와 함께 종적을 감추었다고? 유우랑 그 택시기사는 어떻게 알게 된 거지?"

그 말대로였다. 마리도 혼란스러웠다. 자신도 나루오카도 고미라는 남자에게 농락당한 듯했다. 고미의 목적은 대체 뭘까?

아니, 정확하게는 고미와 함께 행동하고 있는 유우의 목적은 뭘까? 그 아이는 뭘 하고 싶었던 걸까?

"모르시겠어요?" 케이코가 물었다.

케이코의 입가에는 미소가 걸려 있었다.

"전 고미와 아드님이 뭘 하려고 했는지 알겠는데요. 두 분 다 변호사시면서 의외로 둔하시네요."

마리는 옆에 앉은 나루오카를 보았다. 나루오카도 마리를 보았다. 서로 고개를 갸우뚱거리며 케이코를 보았다.

케이코는 웃으며 설명했다.

"지금 이 상황을 바랐던 거죠. 견원지간이었던 두 분이 이렇게 어깨를 나란히 하고 계시잖아요. 게다가 마리 씨가 나루오카 씨의 변호사가 되어서 힘을 합치고 있잖아요. 고미와 유우가 바라던 것은 바로 지금의 상황이었을 거예요."

정말 그렇다. 오늘 아침까지만 하더라도 헤어진 남편과 이렇게 함께 있을 줄은 몰랐다.

"뭐, 좋아." 나루오카가 고개를 끄덕이며 말했다. "마이클 쪽에서는 우리 둘이 힘을 합칠 거라고는 꿈에도 생각하지 못할 거야. 이런 때야말로 역전극이 만들어질 때지."

"그러네요. 당신은 제 활약을 피고인석에서 보기만 하면 돼요."

"바보 같은 소릴…. 넌 내 시나리오대로 말하기만 하면 돼."

"저기, 잠깐만요." 케이코가 끼어들었다. "저도 아침부터 운전해서 꽤 피곤하거든요. 슬슬 퇴근해도 될까요?"

"그렇군. 그럼 마지막으로 분위기 좋은 와인 바에 가줘. 정말 내키지는 않지만 재판을 위해서 담당 변호사와 이야기를 나누도록 하지. 괜찮죠, 변호사님?" 나루오카는 괜스레 툴툴거리며 말했다.

"그러죠. 피고인이 원하신다면." 마리 역시 괜히 툴툴거렸다.

"그럼 출발할게요."

케이코는 택시를 천천히 출발시켰다.

잠시 후, 나루오카는 누군가에게 전화를 걸었다. 그러다 짜증을 내며 말했다.

"이 망할 늙다리 변호사 비서 녀석, 이젠 아예 내 전화를 받지도 않네. 이런 변호사는 당장 바꿔야 해!"

"저기, 실은 말이에요." 케이코가 운전을 하며 말했다. "이런 일이 있을까봐 제가 알던 변호사 아저씨에게 미리 물어보았어요. 두 분이 밖에 계실 때요."

"그래서? 뭘 좀 알아냈어?" 나루오카가 재촉했다.

"네. …나루오카 씨 담당 변호사 말인데요, 지금 이 시간대에는 항상 5번가에 있는 술집에서 술을 마신대요. 그리고 집 주소도 제가 알아냈어요."

케이코는 메모지를 칸막이 사이로 밀어넣었다.

메모지를 든 나루오카가 큰 소리로 말했다.

"잘했어! 그럼 빨리 그 술집으로 가자! 그 영감한테 지금 당장 변호사 사임계를 받아오겠어!"

"알겠습니다. 아, 그리고요." 케이코는 잠시 뜸을 들이고는 말했다. "도중에 한 명 더 태울 거니까 좁아도 좀 참아주세요."

나루오카가 의아한 표정으로 물었다.

"한 명 더 태운다고? 누구를?"

"누가 타겠어요? 아버지와 어머니가 탔으니, 이번에는 당연히 아드님이 타야죠."

"유우?"

마리는 저도 모르게 소리를 질렀다. 그러고는 나루오카의 얼굴을 바라보았다. 나루오카는 미소를 짓고 있었다.

역시 택시 안에서는 무슨 일이 일어나도 이상하지 않다. 그것이 오늘의 교훈이었다.

발권기에서 정산을 마친 노란색 택시는 주차장을 벗어나 큰길로 나왔다. 중앙공원의 울창한 숲 너머로 도시의 화려한 네온사인이 보였다.

택시는 밤길을 조용히 가로질렀다.

◆

앞에서 손을 흔드는 사람을 본 고미는 차를 세웠다.

고미는 콧수염을 뗀 자리가 가려워서 견딜 수 없었다.

고미는 손을 흔든 인물의 실루엣을 보자마자 누구인지 바로 알아차렸다. 곧이어 뒷좌석에 한 소년이 탔다.

유우였다.

"뭐야, 우리 계획과 다르잖아? 부모님에게 갔어야지?"

그러자 유우는 덤덤하게 말했다.

"제 나름대로 배려한 거예요. 부모님들끼리 조금 더 함께 있을 시간을 드리려고요. 출발해주세요, 아저씨."

고미는 차를 출발시켰다. 밤거리는 오후의 정체가 거짓말이었던 것처럼 한산했다.

고미는 앞을 보며 말했다.

"잘 풀렸네."

"네, 지금은요."

"계획이 성공한 거잖아. 좀 더 솔직하게 기뻐하면 어떠니?"

"기뻐하는 건 아직 일러요. 재판에 이기지 않으면 아무 의미 없다고요."

지난 한 달간 고미와 유우는 오늘을 위해 모든 준비를 해왔다. 먼저 값싼 원룸을 빌려 함께 지내면서 유우의 어머니를 찾았다. 일주일 정도 지나자 그들은 유우의 어머니, 곧 데즈카 마리의 행방을 찾아냈다.

하지만 그 후부터 난항을 겪었다. 나루오카가 비서인 나오미 성폭행 혐의로 이미 체포되어 있었기 때문이다.

나루오카는 무죄를 주장했지만 받아들여지지 않았고, 재판에서도 승산이 없었다. 유우가 나루오카의 사무실에서 엿들은 전화 내용을 미루어 볼 때, 나오미가 무고죄를 저지른 것은 분명했다. 하지만 나오미의 행방을 알 수 없었다. 그 사이 그녀가 이사를 해버렸기 때문이었다. 그러다 겨우겨우 그녀의 집을 찾아낸 것이 불과 3일 전이었다.

하지만 그런 사실을 마리에게 알려주는 것만으로는 부족했다. 마리가 그것을 활용할 수 있는 상황을 만드는 것이 이번 계획에서 가장 중요한 대목이었다.

그리고 나루오카가 보석금을 내고 석방된 오늘이야말로 계획을 실행에 옮길 절호의 기회였다.

고미는 '하카마다'라는 이름으로 마리에게 접근했다. 하카마다는 실존하는 택시기사지만 그의 이름과 택시를 잠시 빌리기로 한 것이었다. 고미가 마리를 태운 채 이곳저곳을 옮겨다니며 나오미의 모습을 우연히 목격하도록 하는 것이 첫 단계였다.

물론 나오미를 호텔로 끌어낸 것은 결코 우연이 아니었다. 그 우연을 연출한 것은 유우였다. 노숙자를 고용한 유우는 마이클과 나오미에게 거짓 전화를 하게 하여 그 호텔로 오도록 유도하였다.

고미와 유우는 나오미의 집 주소를 알고 있었기에 호텔까지 어떤 길에서 택시를 탈지도 예측하고 있었다. 문제는 타이밍이었다. 고미는 마리가 나오미를 목격하도록 택시를 알맞은 속도로 운전하였다. 너무 늦어도 안 되고, 빨라도 안 되었다. 그리고 마침내 마리가 나오미를 목격했을 때, 고미는 안도의 한숨을 쉬었다.

"아저씨, 앞으로 어떻게 하실 거예요?"

고미는 하루 종일 운전하느라 엉덩이가 아팠다.

"앞으로? 나는 달라질 것 없어. 앞으로도 계속 택시기사를 할 거야."

지난 한 달간 택시를 운전할 수 없었다. 운전하지 않는 택시기사는 땅에 올라온 물고기 같았다. 역시 고미는 천상 택시기사였다. 그런 생각을 하게 된 한 달이었다.

다음에 타는 손님은 누굴까? 다음엔 어디로 가지? 그런 긴장감을 유지하며 거리를 운전하는 사람이 택시기사다. 피곤하면 차에서 잠을 자고, 배가 고프면 아무 곳에나 들어가 밥을 사먹으면 된다. 이렇게 자유롭고 재미있는 직업은 그 어디에도 없을 것이다.

"이걸로 작별이야."

고미는 룸미러로 유우를 보며 말했다.

유우는 고개를 끄덕였다.

"힘내, 파트너."

그렇게 말하며 고미는 칸막이 사이로 주먹을 넣었다. 하지만 유우는 주먹을 부딪치지 않았다.

유우는 말없이 계속 고개만 숙이고 있었다.

"자, 고개를 들어. 모든 일이 바라는 대로 되었잖아."

"만약…, 만약 아저씨가 보고 싶어지면 어떻게 하죠?"

"간단해. 거리에 나와서 오가는 택시를 봐. 그리고 노란 택시를 보면 손을 흔들어. 내가 타고 있을지도 몰라."

헤어지기 싫은 것은 고미도 마찬가지였다. 유우와 거의 한 달간 같이 생활했다. 어머니가 돌아가신 후로 누군가와 같이 이 정도로 오랫동안 생활한 것은 처음 있는 일이었다.

"그리고 이 택시는 스마일 택시야. 이 택시를 내릴 때 손님은 미소를 지어야 해. 마지막이니까 유우 너도 웃어주지 않겠니?"

"그건 제가 할 소리예요. 아저씨야말로 웃어야죠. 스마일 택시라면서 정작 아저씨는 웃지 않잖아요."

고미는 룸미러를 보며 유우에게 진지한 표정으로 말했다.

"난 안 웃는 게 아니야. 웃을 수 없는 거야."

어머니가 돌아가신 후 고미는 한 신문배달 일을 했다. 그러다 자신이 웃지 않는다는 걸 깨닫기 시작한 것은 신문배달을 시작하고 한 달 후였다. 거울을 보며 필사적으로 웃으려고 했지만 웃을 수 없었다. 웃으려 노력하면 노력할수록 얼굴이 경직되어 우는 얼굴처럼 보였다.

무뚝뚝하고 무표정한 고미에게 다가오는 동료는 아무도 없었다. 결국 고미는 신문배달 가게에서 친구도 사귀지 못하고 되었고 끝내 적응하지 못했다. 그 일을 그만둔 뒤에도 여러 가지 아르바이트를 전전하며 입에 풀칠은 하고 살았지만 역시 웃을 수가 없었다.

작정을 하고 정신과에 가서 상담을 받은 적도 있지만, 정확한 병명은 듣지 못했다. 그저 '불안에 의한 자율신경계 장애'라고 하면서 근본적인 치료법은 없다는 말만 들었다.

그래서 택시기사라는 직업은 고미에게 최고의 직업이었다. 처음 보는 손님이기 때문에 꼭 웃지 않아도 이상하다거나 사회성이 부족하다는 말을 듣지 않을 수 있었다.

"그래서 난 반대로 손님을 웃도록 만들고 싶었어. 아니, 웃도록 만들어야만 했어. 내가 웃지 못하니까 손님들이라도 웃어주었으면 한 거지."

고미가 그렇게 말하자 유우가 고개를 들었다. 유우는 입술을 깨물고 있었다.

그때 핸드폰이 울렸다.

케이코가 보낸 메시지였다. 운전 중에 작성했는지 맞춤법이 맞지 않았지만 그녀는 지금 유우의 부모를 태우고 주차장을 나갔다는 내용이었다.

고미는 택시를 세우고 케이코에게 근처에 있는 빌딩 이름을 알려주었다. 그리고 유우에게 말했다.

"이제 좀 있으면 여기로 노란 택시가 올 거야. 그 택시를 타. 뒤에 네 부모님이 타고 계실 거야."

유우는 여전히 입술을 깨문 채 고개를 숙이고 있었다.

"부탁이니까 마지막으로 한 번만 웃어줘. 네가 이 택시에서 내릴 때는 웃어줘야지."

"싫어요. 전 웃지 않을 거예요. 아저씨가 웃으면 저도 웃을게요."

어쩔 수 없었다. 고미는 한숨을 쉬고 뒤를 돌아보았다. 웃는 것을 포기하고 산 지가 벌써 십수 년이어서 웃는 연습도 하지 않았다.

하지만 고미는 유우의 부탁에 응하기 위해 일단 입가를 올리고 볼 근육에 힘을 주었다. 그렇지만 흠칫흠칫 볼 근육이 경련만 일으킬 뿐 미소가 지어지지는 않았다.

"전혀 안 되네요." 고미의 얼굴을 보던 유우가 말했다.

"그러니까 네가 웃어야지, 유우. 웃으며 이 택시를 내리는 거야. 이 택시는 티어스tears 택시가 아니라 스마일smile 택시니까."

유우의 눈에서 눈물이 폭포처럼 흐르고 있었다. 그 눈물을 손등으로 닦으며 유우가 고개를 들었다.

"아저씨를 만나서 다행이었어요."

고미는 택시를 세우고 운전석에서 내려 뒷좌석의 문을 열었다. 유우도 말없이 따라 내렸다. 유우가 내민 손을 고미가 잡았다.

반대편에서 다가온 노란색 택시가 유우의 앞에 멈추어 섰다.

고미는 유우의 손을 놓고 다시 택시에 탔다. 유우는 그런 고미를 물끄러미 바라보다 그대로 반대편 택시 뒷좌석에 탔다.

◆

"또 와, 케이코."

톰의 인삿말을 들으며 케이코는 이자카야를 나왔다.

케이코는 이 근처를 지나다 점심을 먹으러 들렀다. 점심 특선을 먹기 위해 찾아온 회사원들이 길게 줄을 서고 있었다.

식사는 마친 케이코는 긴 하품을 하고는 길가에 세워둔 택시로 향했다. 오늘은 유독 피곤했다. 어제 새벽까지 마셨기 때문이다.

어제 그 술집에서 나루오카의 담당변호사를 만났다. 후줄근한 양복을 입은 연로한 변호사는 나루오카와 마리의 설득 끝에 거의 반 강제적으로 변호사 사임계에 서명을 했다.

그리고 다 같이 술을 마시게 되었는데, 어째선지 케이코도 그 자리에 끼게 되었다. 그 자리에서 나루오카와 마리는 재판에 대해 열띤 토론을 펼쳤고, 케이코는 어쩔 수 없이 유우와 이야기를 나누었다. 역시 나루오카의 아들답게 유우는 약간 건방진 말투였고, 시종일관 입을 쉬지 않았다.

케이코는 오늘은 돈이 어느 정도 벌리면 일을 일찍 끝낼까 생각했다. 피곤을 풀기 위해 어제 가지 못한 마사지 가게에 가기로 결심했다. 그런 생각을 하며 케이코는 시동을 걸었다. 그때 갑자기 누군가 창문을 노크했다. 뒤를 돌아보자 한 남자가 뒷좌석에 탔다. 고미였다.

케이코는 퉁명스러운 말투로 말했다.

"손님, 어디로 갈까요?"

"일단 직진해줘."

케이코는 택시를 출발시켰다. 고미는 뒷좌석에서 팔짱을 끼고 있다. 묻고 싶은 것은 산더미지만, 그냥 물어보는 것은 왠지 약이 올랐다. 어젯밤 유우에게도 계속 물어봤지만, 유우는 비밀이라면서 끝내 케이코가 궁금했던 점을 말해주지 않았다.

"너무 빨라."

고미의 말에 케이코는 속도계를 보았다. 제한속도를 20킬로나 넘고 있었다. 케이코가 브레이크를 밟으며 속도를 떨어트리자 고미가 말했다.

"조수석에 타도 돼?"

"안 돼."

그러자 고미는 어깨를 으쓱하며 창밖을 보았다.

꽤 오랜 시간이 흘렀지만 고미는 처음 만났을 때와 전혀 달라지지 않았다.

신호가 빨간불로 바뀌자 케이코는 택시를 멈춰 세웠다.

케이코는 18년 전을 떠올렸다. 크리스마스날 밤 케이코는 처음으로 고미와 손을 잡았다. 그때로부터 벌써 18년이나 지났다는 것이 믿어지지 않았다.

고미가 멋대로 도쿄에 가버린 다음, 케이코도 그를 뒤쫓아 상경했다. 도쿄에 가기만 하면 고미를 만날 수 있을 거라 생각했지만, 도쿄는 생각보다 훨씬 넓고 복잡한 곳이었다. 케이코는 결국 고미를 찾는 것을 포기하고 백화점에 취업을 했었다.

그러던 9년 전의 일이었다. 새벽에 위성방송으로 CNN 뉴스를 보다가 심장이식에 사용할 심장을 운반한 택시기사의 뉴스가 흘러나오고 있었다. 그 택시기사는 이름도 언급하지 않고 가버렸다고 했다. 그러면서 병원 CCTV에 찍힌 그 남자의 얼굴이 TV 화면에 나왔다.

그 사진을 보자마자 케이코는 곧바로 알아차렸다.

그는 분명 고미였다. 고미는 도쿄를 떠나 미국으로 간 것이었다.

그러고는 다음 날 곧바로 케이코는 백화점을 그만두고 택시 회사에 취업을 했다.

"파란불!"

고미의 목소리에 케이코는 현실로 돌아왔다. 케이코는 핸들을 잡고 다시 출발했다. 어째선지 고미가 살짝 웃고 있는 것 같았다. 그래서 룸미러로 고미를 보았지만, 고미는 여전히 무표정했다.

'기분 탓인가. 하긴 고미는 웃을 수 없으니까.'

케이코는 그런 생각을 하며 계속 운전을 했다.

타임스 스퀘어Times Square 광장은 오늘도 관광객들로 북적거렸다. 전 세계에서 몰려든 관광객들이 여기저기서 기념촬영을 하고 있다. 화려한 불빛 장식이나 오로라 비전에 흐르는 광고가 눈에 들어왔다.

케이코는 택시기사 일을 좋아하고, 이 도시도 좋아한다. 세계에서 가장 활력이 넘치는 사람들과 만나는 것만으로도 자신 역시 에너지를 받는 느낌이었다.

케이코는 지금 이 상황만으로도 충분히 행복했다. 이 남자와 같은 차를 타고 있는 것만으로도.

7번가 사거리에서 좌회전한다. 그러자 왼쪽에 뉴욕의 대표적 명물 중 하나인 그랜드센트럴 터미널Grand Central Terminal이 보였다. 그리고 그 너머에는 또 다른 명물인 크라이슬러Chrysler 빌딩이 보였다. 뉴욕의 마천루는 오늘도 평소와 같은 모습이었다.

그때 고미가 뒷좌석에서 말했다.

"그러고 보니 어젯밤에 어떻게 되었어? 그 가족 3명 전부를 집까지 데려다준 거야?"

"진짜 엄청 힘들었어. 아침까지 같이 있었다니까. 나루오카 씨는 계속 술을 마시고, 마리 씨는 계속 떠들고, 유우는 무슨 퀴즈를 계속 묻고 말이야. 난 코끼리를 택시에 태우는 법 따윈 모른다고."

"답은 그저 택시를 향해 손을 흔들기만 하면 되는 거야. 그런데 그 아이는 웃고 있었어?"

"응, 고미 이야기를 하면서 계속 즐겁게 웃고 있었어."

"그건 다행이군."

고미의 말투가 변했다. 무언가를 참는 듯한 목소리였다. 마치 웃음을 참는 것만 같은 목소리.

케이코는 슬쩍 다시 룸미러를 통해 고미를 보았다.

설마….

긴장한 케이코는 자신도 모르게 숨을 삼켰다.

심장이 두근두근 요동치고 있었다. 어젯밤에 만난 그 건방진 소년 덕분에 고미도 웃음을 되찾은 걸까.

케이코는 크게 숨을 들이쉬고는 마음속으로 하나, 둘, 셋을 외친 다음 뒤를 돌아보았다.

뒷좌석에 앉은 남자는 창밖을 보며 환하게 웃고 있었다.

옮긴이 최재호

일본 출판물 기획 및 번역가. 중앙대학교 일어일문학과를 졸업하고, 동대학원에서 일본문화를 전공하였다. 센다이 도호쿠 대학에서 유학하였다. 번역작으로《루팡의 딸》,《형사의 눈빛》,《익명의 전화》,《짚의 방패》 등이 있다.

SMILE MAKER

스마일 메이커

초판 2020년 4월 15일 1쇄
저자 요코제키 다이
옮긴이 최재호
ISBN 978-89-98274-42-9 03830

출판사 도서출판 북플라자
주소 경기도 파주시 파주출판단지 문발동 638-5
홈페이지 www.book-plaza.co.kr

영화 판권, 오탈자 제보 등 기타 문의사항은 book.plaza@hanmail.net으로 보내주세요.
잘못된 책은 구입하신 서점에서 교환해 드립니다.